그것은 사랑이었네

김춘자 에세이

청어

그것은 사랑이었네

김춘자 지음

발행처·도서출판 **청어**
발행인·이영철
영 업·이동호
홍 보·최윤영
기 획·천성래 | 이용희
편 집·방세화 | 이서윤
디자인·김바라 | 서경아
제작부장·공병한
인 쇄·두리터

등 록·1999년 5월 3일
(제321-3210000251001999000063호)

1판 1쇄 인쇄·2015년 8월 1일
1판 1쇄 발행·2015년 8월 10일

주소·서울특별시 서초구 효령로55길 45-8
대표전화·586-0477
팩시밀리·586-0478

홈페이지·www.chungeobook.com
E-mail·ppi20@hanmail.net
ISBN·979-11-86484-02-9 (03810)

이 도서의 국립중앙도서관 출판시도서목록(CIP)은 서지정보유통지원시스템 홈페이지
(http://seoji.nl.go.kr)와 국가자료공동목록시스템(http://www.nl.go.kr/kolisnet)에서
이용하실 수 있습니다.(CIP제어번호: CIP2015011846)

가족과 이웃을 위해 살아온 인생을 담아내며

한 여자가 있었다. 그녀는 8남매 중 셋째로 태어났다. 그녀는 똑똑하기로 동네에 소문이 나 있었다. 여학교를 졸업하면서 바로 취업 전선에 뛰어들었기 때문에 대학교 진학을 포기했다.

그녀의 첫 직장은 '대한일보사'였다. 당시 꽤 영향력 있던 신문사에 입사하여 부지런히 경력을 쌓던 그녀였지만, 신문사에서 수재의연금을 횡령하는 사건이 발생하면서 정부로부터 폐쇄 명령을 받게 된다.

직장을 잃은 그녀는 시험을 봐서 농협에 들어갔다. 시험 감독관이었던 농협 도지부 이남석 대리는 주판 없이 암산을 하는 그녀를 컴퓨터 같다고 칭찬했다. 물론 지금은 세월이 흘러 전화번호 하나 제대로 외우지 못하고 있다.

하루하루 자신의 새로운 능력을 체감하며 바쁘게 살아가던 그녀는, 시청 공무원인 한 남자를 만나 운명적인 사랑에 빠지게 된다. 그

는 남자답게 그녀를 리드했고, 그녀도 그런 그에게 끌려 결국 결혼을 하게 된다. 항상 당당했던 그는 자신에게 모든 걸 맡기라며 그녀가 집안일에만 신경 쓰길 바랐다. 그녀는 자신감 넘치는 그의 모습에 그동안 정들었던 직장을 떠나 전업주부가 되었지만, 현실은 빠듯한 살림 탓에 시간이 흐를수록 궁핍해져 갔다.

하지만 힘겨운 삶 속에서도 작은 행복과 희망의 씨앗을 키워갔다. 첫째와 둘째 모두 예쁜 딸을 낳았고, 그 아이들의 미소를 보면서 다람쥐 쳇바퀴 같이 굴러가던 고된 삶 속에서 힘을 낼 수 있었다. 그러나 오늘 당장의 분유 값을 벌어야 했던 그녀는 사회생활을 다시 시작하기로 결심한다. 결국 그녀는 거친 건축 일에 뛰어들어 일산건설을 운영하게 된다.

그녀는 천기저귀 40여 장과 젖병, 분유 등 각종 유아용품을 잔뜩 챙겨들고 유모차를 밀며 현장을 누볐다. 하루에 3시간도 못자고 위험천만한 공사장을 뛰어다닌 28년의 세월, 그렇게 정신없이 살다보니 어느덧 셋째, 넷째 딸과 막내아들까지 생겼고, 그 아이들이 고맙게도 무탈히 잘 자라주었다.

현재 첫째, 둘째, 셋째는 좋은 남자를 만나 어엿한 가정을 꾸려 행복하게 살고 있고, 넷째는 직장에서 열심히 사회생활을 하고 있으며, 막내는 대학원 사진학과에 재학 중이다. 너무나도 자랑스럽고 고마운 아이들이다. 늘 바빴던 그녀는 아이들을 학원에 한번 보내지 못했고 다른 아이들처럼 잘 챙겨주지도 못했는데, 기특하게도 각자 자신의 길을 찾아 훌륭하게 살아가고 있다. 지금 돌이켜 생각해보면 그저 미안하고 또 미안하다고 말하는 그녀, 아직도 아이들의 얼굴을 보면 너무나도 행복하면서도 가슴이 찢어질 듯 아프다.

바쁘게 살아가는 와중에도 늘 남을 도왔던 그녀는, 누군가 곤경에 빠지면 그냥 지나칠 수 없었다. 특히 금전적 문제로 힘들어하는 이웃이 있으면 두 번 생각 않고 바로 도와주었는데, 이러한 그녀의 성품을 많은 이들이 나쁘게 이용하거나 당장의 곤경에서 빠져나오

면 안면몰수 하는 일이 비일비재했다. 전생에 빚이 많아 현생에서 갚나 싶을 정도로 힘겨운 일을 많이 당해서 남모를 상처를 홀로 이겨내야 할 때가 많았지만, 그녀는 아직도 사람에 대한 믿음을 저버리지 않고 살아가고 있다.

화살처럼 지나가버린 인생. 이제야 뒤를 돌아볼 여유가 생긴 그녀는 지나온 인생과 가족들의 이야기를 모아 한 권의 책으로 엮어냈다. 그동안 살아오면서 주고받은 편지와 사진, 그리고 아이들의 글……. 정리해보니 아련하면서도 새롭고, 가슴 아프면서도 행복하다.

그녀는 가족과 이웃을 위해 살아온 세월이었기에 미련은 남지만 후회는 없다고 말한다. 늘 에너지가 넘치는 그녀는 모든 짐을 내려놓은 지금부터라도 자신의 삶을 되찾고자 새로운 것에 도전할 예정이다. 공부도 더 하고 싶고, 여행 가이드도 되고 싶고……. 열정적인 그녀의 앞날은 늘 새로운 시작뿐이다.

아무쪼록 이 책으로 인해 우리 가족들이 더욱 화합하고 즐겁게 살아가는 계기가 되길 바라며, 이 책에 담긴 따스함이 독자들의 가정에도 전달되어 항상 기쁨이 넘치길 바란다.

김춘자

차례

제1부. 일상 속에서

- 엄마의 일기

사랑하는 셋째 진영이가 하얀 드레스를 입고 호용이 손을 잡고 행복의 문턱을 들어섰다. 기쁘고 행복한 날임엔 분명한데 한편 가슴 한구석이 텅 빈 이 기분은 무엇인가? 아빠가 오열했다. 쌀방개처럼 팽글팽글 돌아다니던 그 아이가 곁을 떠나는 빈자리 때문일 것이다. 후배 공무원이 나왔다고 많이도 좋아했는데, 딸을 시집보낸 게 아니고 아들 하나를 더 얻은 기쁨으로 채워야겠다.

비가 부슬부슬 내린다. 초겨울에 비라니 온난화 걱정이다. 먼 훗날 우리 자손들이 지구의 변화 때문에 행복한 삶을 살지 못할까 봐 걱정이 된다. 행복해하는 민주와 손을 잡고 고려대학교 체육관을 향했다. 기대가 컸던 우리 막내딸이 대기업 L사 취직한 기념으로 환영회를 해준단다.

광장을 가득 메운 67개 계열사 공채에 합격한 신입사원과 부모님들 얼굴엔 설렘과 기쁨으로 가득했다. 민주 아빠와 자리를 함께했다면 얼마나 기뻐했을까? 아쉬움이 크다. 그래서 생생하게 전해줬다.

우리 민주가 참 대견하다. 좀 더 넓은 아량으로 행복한 그리고 즐거운 마음으로 직장 생활을 잘해주기를 기대한다. 많은 욕심을 버리고, 나누며 사는 민주가 되길 기원하며.

오늘 아침은 기쁜 날이다. 큰사위와 연희 사이에 나의 손자인지 손녀인지 모르는 새 생명이 배추라는 태명으로 우리 곁에 와, 건강하게 자라고 있다니 너무 기쁘다. 태몽은 학이 연희에게 날아들어 알을 낳았으니, 아마 영부인이 되어 많은 국민의 어머니가 될 것이다.

큰사위와 연희는 부부 금실이 좋아 부모의 마음을 기쁘게 하는 효한 사위와 딸이어서 감사하다. 호용이와 진영이가 신혼여행지에서 무사히 귀국하여 자고, 점심은 청남 한우에서 아빠와 연서 다섯이서 먹고 시댁으로 갔다. 저녁에 가슴이 뛰면서 갑자기 보고 싶다. 같은 청주인데 왜 이리도 멀리 있는 듯 느껴질까?

우리 엄마도 그랬을 텐데……. 딸을 결혼시키고야 엄마 마음이 헤아려진다. 오늘 저녁은 엄마가 보고 싶다. 부모가 되어 봐야 부모 마음을 안다더니 60이 넘고서야 부모 마음을 헤아리는 어리석음에 통탄한다.

우리 연서를 가만히 들여다본다. 할 일이 있어 행복하고 이제 결혼할 마음이 있어 고맙다. 좋은 인연 만나 맑은 청주에서 모두 모여 살았으면 이보다 더 기쁨이 있을까 생각해본다.

2.5톤 트럭을 빌려 배추를 뽑으러 사돈과 손부장님이랑 셋이 가면서 주마등처럼 많은 생각들로 가득하다. 우리 아이들을 위해 복을 짓는 것도 큰스님이 살아계실 때까지만이겠지.

이제 점점 모든 일들이 겁이 난다. 좀 더 평범하고 안온한 삶을 살도록 힘이 있는 한 내 아이들을 위해 기도하고 무량복을 쌓아주어야 할 텐데……. 내 몸 하나 가누기도 부족한 힘. 이제 무엇으로 나의 삶을 찾을까?

아이들은 하나둘씩 짝을 찾아 떠난다. 결국 남는 건 남편과 나, 둘뿐이다. 나보다 더 건강하여 이제까지 희생하며 산 삶을 행복으로 마무리해야 할 텐데…….

주위를 돌아본다. 우리 집만큼 모든 조건을 갖추고 아이들이 반듯하게 자란 가정도 드물 것이다. 행복하다, 행복하다. 주문을 외며 잠을 자야지. 진영이한테 전화가 왔다. 씩씩하고 활기찬 음성이 기분을 좋게 만든다. 행복하기를.

초겨울 날씨처럼 약간은 쌀쌀한 날씨다. 혁진네 가족과 괴산으로 산행을 했다. 가면서 민들레와 달래를 캤다. 봄처녀 나물 뜯는 노래가 생각났다. 즐거운 날이다. 올갱이국으로 점심을 먹고 집에 와서 쉬면서 오늘은 진영이 생각할 겨를 없이 자겠구나 생각했다.

점퍼 두 개를 혁진 아빠와 덕현 아빠를 줬다. 잘한 것 같다. 새로운 옷이 나오면 우리 것은 아이들이 사서 주겠지. 매년 새 옷을 산다고 하면 30개나 사려는지? 생각지도 않았는데 진영이한테 퇴근한다며 전화가 왔다.

슬프다. 지척에 두고도 어려워서 가보지 못한다. 아직 사위가 내가 낳은 자식보다는 어려운 것 같다. 사람으로 태어나서 늘 한결같이 기쁘고 행복하지는 않은 것. 이것이 인생이라 생각하니 서글프다. 오늘은 편히 자는 하루가 되면 좋겠다.

날씨는 우중충하지만 내 마음은 활짝 개었다. 진영이와 사위가 왔다. 국도 끓여주고 설거지도 해준단다. 딸을 아껴주는 것 같아 마음이 기쁘다. 오순도순 정답게 사는 모습에 이제는 안심해도 될 것 같다.

오늘은 관음재일이라 일찍 일어났다. 사위가 절까지 동행해주었다. 든든하다. 많은 대화를 한 것 같다. 우리 진영이를 많이 사랑해주고 직장에서도 인정받는 사위가 되어주기를 기도했다.

큰사위한테 전화가 왔다. 모두 다 모여 있단다. 기쁘다. 오순도순 정 붙이면서 넷이 살았으면 좋겠다. 민주와 병규도 큰사위를 좋아해서 고맙다.

아빠가 목욕탕에서 9시 15분에 왔다. 피곤하겠다. 일이 있어 다행이다. 아빠와 둘이서 저녁을 먹고 하루를 돌아보며 적어본다.

❋

4대강 사업의 일환인 여주에 가서 보를 전망대에서 관람했다. 강바람이 매섭다. 뭇 생명들은 희생되었어도 강 정비는 잘된 것 같다. 병윤 아빠와 혁진 엄마 모두 다 고마운 사람들이다.

진천 이월에서 오리 목살을 숯불에 구워먹고 집으로 향하는 중에 진영이한테 전화가 왔다. 시댁에서 김치 담그느라 고생했을 텐데 사돈이 보낸 간장게장을 갖고 왔다. 바쁠 텐데 마음써줘서 고맙다. 사위는 당직이라서 시청에 가고 진영이는 집에서 자기로 했다. 한결 마음이 가볍고 오늘은 행복하다.

연서와 진영이는 서로에게 옷 선물을 하고 기분 좋아하는 모습이 기쁘게 한다. 민주와 병규한테도 전화로 음성을 들려준 기분 좋은 날이다. 잠이 잘 올 것 같다.

❋

피곤하다. 좀 쉬고 싶다. 연서한테 연속으로 선 자리가 들어온다. 연서와 평생을 해로하며 행복하게 살 사윗감이 빨리 정해졌으면 좋겠다. 오늘은 진영이한테 아무런 소식이 없다.

무척 피곤하다. 금방이라도 몸살이 올 것만 같다. 금단산으로 산행을 했다. 동심으로 돌아가는 기분이다. 바스락 바스락, 낙엽 밟는 소리를 이불 삼아 누워서 쉬어가고 싶은 기분 좋은 산행이었다. 길옆 두릅나무들이 즐비하다. 봄이 오면 한 번 더 오고 싶은 산이다.

오후에 용화로 차를 돌려 씀바귀를 6㎏ 정도 캤다. 씀바귀가 간을 보호한다는데 아이들 아빠에게 많이 먹게 하고 싶다. 아이들이 오면 주려고 민물고기를 사서 손질하여 냉동실에 넣었다. 자식이 뭔지…….

진영이한테 전화가 왔다. 기쁘다. 참기름을 달란다. 다음에 오면 줘야지. 고소하게 알콩달콩 살기를 바라며 쉬어야겠다. 연희의 이사 날짜를 정해주었다. 큰사위가 연희 위하는 마음이 크다. 회사를 쉬게 하고 싶단다. 고맙다.

　머리가 계속 아프다. 주사를 맞고 진영이에게 비빌 언덕을 만들어 주기 위해 바쁘게 움직였다. 움직인 보람이 있다. 흡족하리만큼 마음에 든다. 진영이가 근무하는 충대 본부에 가서 설명을 하고 집에 오니 민주가 아빠랑 점심을 먹었단다. 고맙다. 나는 점심도 먹지 못하고 일을 보았는데 굶는 것 자체가 배고프지 않고 기쁜 날이다. 모두가 행복하기를 간절히 바란다.

　민주가 연서 퇴근을 도우러 차를 몰고 갔다. 조심해서 다녀오기를 바랐다. 하나하나가 걱정된다. 이런 부모의 마음을 아는지……. 남편이 몸살이 온 모양이다. 나이탓인가 보다.

전복으로 죽을 쑤어 점심으로 먹고 민주와 영플라자에 가서 민주 구두를 사줬다. 12월 7일부터 교육이란다. 잘됐다. 한시름 놓았다. 병규가 30일 우리 결혼기념일날 졸업작품 전시회를 갖는다. 우연의 일치치곤 감격적이다. 일요일(11월 30일) 서울에서 모두 모여 가기로 했다.

연서의 선 자리가 들어왔다. 행정고시에 합격한 재원과 생각 중이다. 누구한테 가야 행복할 수 있을지……. 우리 연서만 생각하자. 그리고 남편과 둘이 어떻게 알콩달콩 살다 갈지만 생각하며 계획을 세우고 실천하며 살자. 진영이와 잠깐 전화를 했다. 신혼을 잠시 방해하고픈 장난기가 발동했다. 오늘밤도 좋은 꿈꾸길.

날씨가 흐릿한 게 기분이 썩 좋지 않다. 우리는 만 36년 전 오늘 결혼했다. 하얀 눈이 소복이 쌓인 날, 설레는 마음으로. 어떤 작품들로 우리 가슴 가득 채워질까?

사내 아이 둘을 먼저 보내고, 딸 넷에 아들 하나가 있다. 이 작은 품에 7명의 아이들이 인연 따라 왔다가 곱게 자란 첫째와 셋째 딸이 결혼을 하고 아직도 1남 2녀가 남았다. 좋은 인연 만나 품에서 떠나 새 둥지를 틀기를 바란다.

영플라자에 가서 맘에 드는 코트를 사고 울적한 마음이 한결 가벼워졌다. 내년에는 어떤 변화들로 채워질까? 손녀가 태어날 테고 진영이가 아기를 갖고 연서가 결혼을 할 테지. 점점 튼튼한 가지가 채워진다.

진영이가 취등록세를 냈다. 움직이기 싫어서 진영이한테 전화를 했다. 착한 딸이 착한 짓만 한다. 행정고시에 합격한 재원과는 선자리를 마다했다. 사주가 별로 마음에 내키지 않아서다. 연서를 고생시키고 싶지 않다. 나도 가만 보면 욕심이 많다.

민주 덕분에 편안하게 일들을 보고 모처럼 달콤한 낮잠을 즐겼다. 병규 사진전에 화환을 보내고 대기업 L사에서 민주의 합격 선물로 예쁜 장미를 포장해서 주었다. 마음이 따스한 분들이다. 고맙다.

이상균 기자는 지와 체를 갖춘 좋은 사람이다. 초겨울 날씨 같은 사람, 민주와 병규를 좀 도와 옆에 있어주면 좋을 사람이다. 병규가 노선이 달라 자기가 갈 길을 가겠단다. 아들을 믿어보자. 민주가 기특하다. 할아버지 옷이 낡아 안타깝단다. 방한화를 사왔다. 마음이 예쁘다.

봄에 싹을 틔우고 여름에 싱그럽게 자라 어느덧 추수에 접어든 나이, 이제 자꾸 하나하나 버리는 연습을 할 나이가 되었다. 나는 다 이룬 사람 중에 한 명이다. 아이들이 품을 떠나서 늘 감사하며 행복하다. 최면을 걸며 살자. 내일은 병규 사진전에 온 가족이 간다. 보고 싶은 얼굴들을 그리며 내일을 기다려본다.

행복한 삶을 살았다고 내일 모두에게 말해줘야겠다.

아침부터 분주하다. 모두가 설렘과 기대 속에 진영이 내외 차를 타고 서울로 향했다. 큰사위가 독감에 걸려 병원에 다녀온 후 인사동 갤러리에 도착했다. 설치 작업과 사진을 감상하며 우리 병규의 미래가 보이는 듯해서 기뻤다. 뿌듯하다.

한식집에서 온 가족에 이상균 기자와 사진기자까지 총 11명이 즐거운 대화 속에서 식사를 마치고 홍차를 마시러 이상균 기자가 하는 삼청동 찻집으로 향했다. 생각보다는 소규모였지만 분위기는 아늑하고 시골 사랑방에 온 듯한 느낌이었다.

좋은 사진을 감상하고 보고, 싶은 얼굴들을 보고 오늘은 가슴 가득 국화꽃 향기 같은 행복을 싣고 왔다. 돌아오는 길, 민주를 서울에 두고 오는 마음이 줄곧 섭섭했다. 욕심도 많고 애교도 많은 우리 막내딸. 하늘길처럼 앞날이 쭉쭉 뻗기를 기대해본다.

가벼운 마음으로 교원대 우체국으로 향했다. 어제 진영이가 가져 온 돈을 예금하러 가기 위해서다. 남편에게 가자고 했더니 순순히 오케이 했다. 데이트하는 기분이다. 강내집에 들러 이곳저곳을 살펴보았다. 미선나무엔 하얀 꽃이 피고 연산홍도 피었다.

겨울 날씨치곤 기이한 날씨다. 내년 농작물이 걱정이다. 해충 피해가 클 것 같다. 우리 막내 민주한테 전화가 왔다. 오늘 교육 잘 받고 귀가하는 길이란다. 잘해주어야 할 텐데…….

온몸이 아프다. 1초라도 안 아프면 좋겠다. 고통보다는 나누는 행복으로 살자. 김춘자 파이팅.

금요일에 배추네 식구가 모두 왔다. 사위 눈이 피곤해 보인다. 한 가지 시름을 덜었나 했더니 한 명이 더 걱정과 관심거리로 추가 된다.

늦은 아침을 먹고 대왕산삼농원에서 닭백숙을 먹었다. 사위는 공주로 가고 진영이가 늦게 왔다. 공주에 갔던 큰사위와 딸이 다시 와 저녁을 먹으러 갔다. 남편과 같이 먹기 위해 집에서 TV를 시청했다. 큰사위는 몸이 약해 걱정이고, 작은사위는 먼 거리를 출퇴근해 늘 걱정이다.

모두 모여 국수를 점심으로 먹고 호용이 코트를 사주었다. 많은 것을 줘도 아깝지 않은 것이 자식으로 받아들였기 때문인가 보다. 큰사위는 티셔츠를 생일선물로 사서 보냈다. 서운하게 생각하지는 않을지 이제는 뭐든지 움츠러든다. 생이 멸하는 시기가 가까이 와서 그런가보다.

밤에 머리가 번개에 맞은 양 아파서 몇 번을 일어났다. 죽음은 자는 듯이 가기를 원한다. 효성병원에 가서 진료를 받았다. 극심한 스트레스 때문이란다. 약을 먹으니 잠이 온다. 계속 자고 싶다.

오후 한일문구에 가서 필요한 용품을 사고 홍원이도 봤다. 선한 인상이 좋다. 사위가 된다면 더할 나위 없이 좋겠다는 생각을 했다. 누구를 괴롭게 할 인상은 아닌 것 같아 좋았다. 12월 17일 김정일 이북국방위원장이 서거를 했단다. 이참에 통일이 되면 좋겠다.

병규가 왔다. 보고만 있어도 흐뭇하다. 나의 영과 육을 나눠 가진 아이다. 점심을 연서가 샀다. 고맙다. 요즘 생각이 없는 나무 같아 기쁨이 없다. 삶 자체가 무기력하다. 새로운 것에 도전해보고 싶어도 열정이 없다. 희생한 것이 후회된다. 누구에게 보상을 받아야 하나. 보상 받으려 한 희생은 아닌데 왜 이렇게 마음이 약해지는지 모르겠다. 여행을 떠나 나를 내려놓고 싶다.

저녁을 먹고 병규가 서울에 갔다. 잘 도착했는지 전화를 해도 벨소리만 갈 뿐 전화를 받지 않는다. 버스를 타고 갔으니 걱정은 덜 된다. 진영이와 전화를 하고 연서를 기다린다.

머리 가득 흰 서리가 내리고 있다. 인위적으로 흰 서리 위에 물 감을 칠하고 샴푸로 감고 린스로 헹구고 하여 까만 머리로 만들고 나서야 조금은 위안이 되었다. 가슴 가득 밀려오는 설렘. 동지만 지나면 여행을 가리라. 다 놓고 가리라. 기쁨도 슬픔도 이 무거운 짐을……. 어떤 모습으로 돌아올까? 아니면 주저앉아 머물러버릴까?

제법 쌀쌀한 날씨다. 오늘 자정을 기해 해가 조금씩 길어진다는 동짓날이다. 생각보다는 보고 싶은 분들이 많이 오셨다. 연로하신 분들이 겨울나기를 잘하셔서 내년 동지에도 뵈면 좋겠다. 늘 한결 같은 마음으로 기쁘게 해주는 벗들이 있어 허전한 마음을 채워준다. 월요일엔 아산병원을 들렀다가 병규가 시간이 된다면 둘만의 여행을 가련다. 아님 혼자서라도 나를 돌아보며 새로운 계획을 세우련다.

어느 집을 막론하고 근심걱정이 없는 집이 없다. 권력이 있는 자와 부유한 자나 가난한 자 모두가 다른 류의 걱정이지만 각각 다 있다. 우리 집은 그나마도 근심걱정이 없는 평범한 집안인데 왜 심술보가 터졌는지 모른다. 가끔 가슴 깊은 곳에서 한숨이 나온다. 진영이한테 전화가 왔다.

창문을 여니 눈이 소복소복 쌓였다. 50년 전으로 돌아간다. 눈을 뭉쳐 눈사람을 만들고 바위샘에 매달린 고드름을 따먹고 하얀 토끼가 되어 뛰어놀던 그 행복했던 순간들을……. 진영이와 셋째 사위가 오고, 연희는 집을 전세 놓고, 남편이 목보호대를 선물해줬다. 효성병원에서 목을 따스하게 하라고 했는데 뭔가 알고 샀나? 조금씩 얼음이 녹는 듯 마음이 풀린다.

민주가 행복해보여 마음이 기쁘다. 모두가 관심을 갖고 탐을 내니 감사한 일이다. 셋째 사위도 점점 볼수록 진국이여 좋다. 부디 행복하기를 엄마가 바란다. 꿈이 태몽인 듯한데 무슨 꿈인지 감이 오지 않는다. 진영이가 얼른 아기가 들어서면 좋겠다.

오늘은 크리스마스다. 올해는 김정일의 사망으로 인해 조용한 성탄절이었다. 남편이 좀 편안해보였다. 그저 평범한 삶! 오늘 같은 날이 바로 평범한 삶의 표본이 아닌가 싶다.

민주가 서울로 가고 집은 적막하기 그지없다. 집에 연서가 있어 조금은 안온한 것 같다. 삶은 돌고 돌아 제자리로 와 멎는다.

특별한 일 없이 오늘도 무사히 하루해가 저문다. 피곤한 날, 목욕탕에 가서 샤워라도 하면 조금은 피로가 풀리곤 한다. 병규가 오늘은 썰매장에 가는 날이다. 무사히 도착하여 즐기고 있다니 다행이다. 토요일에는 홍콩으로 여행을 가련다. 마음속에 먼지 같은 칙칙한 것들을 털어내고 오려는데 잘 될지……. 이제부터는 낙천적인 삶을 살아야겠다. 하늘이 무너져도 솟아날 구멍이 있다고 했는데 왜 조바심을 내며 사는 걸까?

전주 언니가 어깨가 아파 여행을 포기했다. 참 안타까운 일이다. 나도 4년 후면 언니처럼 아픈 곳이 많아지는 것은 아닐까? 지금도 죽을 만큼 고통스러운 것을 참고 있는데, 더 버틸 수 없는 지경이 되면 모두를 내려놓고 홀가분하게 여행을 하련다.

여행갈 준비로 파카를 사고 옥화 것도 하나 사주었다. 멋을 내느라고 옷을 적게 입는 탓으로 늘 감기를 달고 산다. 혁진 엄마와 덕현 엄마, 또 혁진 이모님이 목욕을 오셨다. 칼국수로 대접을 해드리고 세상 사는 이야기를 했다. 똑똑한 분이다. 아시는 게 많아 대화가 통했다. 민주에게 여행 경비를 보내주고 내일은 달러로 바꾸어야 될 것 같다.

남편이 도지를 받으러 갔다가 기분이 상해서 돌아왔다. 오래된 얘기라 기억이 잘 나지 않는다. 순리대로 풀면 풀리겠지. 큰 소리에 가슴이 두근거린다. 왜 이토록 심장이 약해졌는지 걱정이다. 삶은 부유하고 윤택해졌는데 몸과 마음은 비례해서 약해지고 있다.

아침부터 부지런히 움직였다. 기도도 하고 강내집에 들러 토끼도 보았다. 잔뜩 웅크리고 있는 모습이 안쓰러워보였다. 얼마나 추울까? 환전을 하고 병규에게 송금도 해주고, 오후엔 친구가 블랙야크 한 번 입어보면 좋겠다니 옷도 사주었다. 이런 작은 것에 행복해하는 사람들이 주위에 많은데 왜 나는 긍정적인 마인드에서 부정적으로 변해갈까?

내일은 서울에 올라간다. 토요일에 홍콩으로 여행을 간다. 민주, 병규와 가는 것이다. 되돌아보면 연희와 둘만의 여행이 없었던 것 같다. 오랫동안 외국에 머물렀던 연희, 그래서 시간이 없었던 것 같다. 안타깝다. 이제 해주고 싶어도 못해주니 너무 아쉽다.

양력으로 하루만 지나면 올해도 저문다. 지옥처럼 마음의 그림자가 내 실체를 가린 한 해였다. 서울에서 잠에서 깨어 민주, 병규와 공항버스에 올랐다. 이 무겁고 부정적인 마음을 털어내고 올 수 있을까? 인천공항에 내려 홍콩행 비행기에 탑승할 때까지 상념들로 나래 쳤다.

홍콩에 도착해, 한창 여행을 하고 있는데 다리가 휘청하며 어지러웠다. 중심을 잡고 내디뎌보려는데 또 그렇다. 나 때문에 여행을 망칠 것 같아 물을 사오라고 하여 비상약을 먹고 쉰 다음 마음을 가라앉히고 계획했던 모든 일정을 마치고 잠자리에 들었다.

아들 딸 둘을 나란히 눕히고 잠을 청하니 행복하다는 생각이 들었다. 미워했던 마음도 서운했던 마음도 배가 가라앉듯 마음 밑바닥에서부터 서서히 흩어져 나간다.

이튿날 명품거리를 아이쇼핑했다. 옛날 골동품 시장도 우리나라 인사동 거리가 훨씬 멋지고 고풍스럽다는 생각이 들었다. 짝퉁이 있다는 네팔인의 말을 따라 들어간 건물 안은 으스스했다. 소녀 때의 모험심이 발동해 그들을 따라나섰다. 병규와 민주가 있어 안심했다. 그들을 안심시키고 건물 안에서 벗어나는 게 급선무여서 호텔에 동료들이 많다고 데려오면 몇 %를 싸게 해주겠냐고 회유하여 밖으로 나왔다. 아이들에게 좋은 교훈을 준 것 같아 기뻤다.

새로운 것에 도전하고 싶다. 조금만 젊었어도 하고 싶은 일들이 너무 많다. 민주와 병규는 잘 하고 있는 것 같다.

다음날, 신발을 잃어버리는 꿈을 꿨다. 꿈땜인지 민주가 교통카드를 잃어버렸다. 택시기사에게 사정하여 홍콩달러를 꿔 에그타르트를 샀다.

배가 아프다는 핑계로 민주와 병규에게 에그타르트를 먹이고 공원에 들렀다. 참 예쁜 새들과 수목들이 공생하는 모습에서 내 삶을 돌아보게 되었다. 선물은 간단하게 옛날처럼 아무 욕심도 내지 않았다.

집으로 돌아오는 버스에서 곤한 잠이 들었다. 민주가 동행해주어 고맙다.

체력이 달린다. 예전엔 아침 5시면 기상하여 아이 둘을 유모차에 태워 일을 해도 피곤한 줄 모르고 저녁에 돌아오면 기저귀를 40개씩 빨았는데, 이제는 연속 3시간 이상 일하기도 힘들다. 노는 자체도 힘든데 세월은 무상하고 크게 남긴 일도 없이 낙엽이 지는 계절에 나의 인생이 서 있다.

지관 스님의 장례일이다. 인자하신 모습이 눈앞에 아른거린다. 삶과 죽음. 우리는 어디를 향해 어디쯤 가고 있는가. 오후 진영이와 호용이가 퇴근하여 집에 왔다. 예쁘게 사는 모습이 귀엽다. 연서도 속히 좋은 짝을 만나 행복하게 사는 모습을 보아야 할 텐데 왜 이렇듯 조급증이 나는 걸까?

잿빛 하늘이 맑은 가을 하늘로 변했으면 하는 바람이다. 마음의 변화는 마음에 있다고 했다. 행복하고 기뻤던 순간들만 생각하면 뇌신경도 활발하게 움직인다는 연구 결과가 나왔단도 있단다. 나는 행복하다. 오남매 하나도 빼놓을 수 없이 소중한 나의 열매다. 이제 줄기가 두 개 뻗어 곧 열매를 맺는단다. 어떤 아이가 태어날까? 귀한 아이라는데……. 궁금하다.

호용이와 둘이서 데이트를 즐겼다. 보은 할머니가 하신 말씀과 동일하다. 태어난 운명은 바뀌지 않는 것이다. 박 줄기가 죽죽 뻗어 이제 꽃을 피우고 튼실한 열매로 가득 채운단다. 감사하고 고마운 일이다. 형제 계에 혼자만 참석했다. 생선구이와 탕이 제법 맛나다. 남편이 함께 하지 않아 미안하다. 1년치 곗돈을 내고 집으로 향하는 발걸음이 가볍다.

어젯밤엔 잠을 못 자 연희와 화상통화를 하고 남편을 깨웠다. 미안하다. 자야 되는 사람을 못 자게 깨운 게 가슴에 남는다. TV에서 슬픈 장면을 보고는 가슴으로부터 애잔함과 두근거림이 동시에 나를 괴롭혔다. 왜 강한 심장을 타고나지 못한 걸까? 부모 유전으로 엄마를 닮은 듯하다.

남편이 아침에 깨워 과일을 사 가지고 함께 절에 갔다. 보름이다. 동지가 지난 지 얼마 되지 않아 사람들은 많이 오지 않았다. 모두가 편히 계시기를 기도한다. 처사님께 문풍지 값을 주고 또 차단기 값 13만 원을 주었다. 조금 잘 산다면 이런 것으로 복을 지으면 좋을 텐데 안타깝다.

민주가 많이 보고 싶다. 잘 교육 받고 있겠지. 야무지고 똑똑한 아이니까! 잘 자라, 예쁜 막내 우리 민주.

재활을 하고 오면 점심시간이 늦을 것 같아 주사만 맞고 왔다. 남편은 목욕탕 세탁물 때문에 한 시쯤 왔다. 이럴 줄 알았다면 재활(물리치료)까지 하고 오는 건데, 청소도 하고 빨래도 하고 좀 한가한 마음이다. 남편이 놀다오라고 성화다. 거리를 천천히 걸었다. 많이 어지럽다. 일란이, 말선이 셋이 모여 세상 돌아가는 이야기들로 시간을 보내다 왔다. 남편이 감사한 존재인 것이 틀림없다. 왜 우리 부부는 서로 표현에 인색한지 모르겠다.

청심환을 먹고 좀 진정을 하고 누룽지를 끓였다. 그래도 조금씩 먹어주니 고맙다. 오늘도 무사히 잘 잤으면 좋겠다. 하루를 무사하게 넘기게 해준 부처님께 감사하다. 진영이에게 전화가 왔다. 고맙다.

당숙모 댁과 작은어머님 댁, 금천동 할머니 댁에 설 인사를 미리 드리려 계획을 세우고 출발했다. 농협 물류센터를 들러 선물을 고르는데 첫째며느리가 와 있다고 전화가 왔다. 둘이 같은 마음일 때 이렇듯 편한 것이다.

보은 작은어머님 댁에 들러 시장통 메기 매운탕집에 가서 점심을 먹고 금천동 할머니 댁까지 들러 집으로 오는 길에 성창에 들러 침을 맞았다. 인연이 되려는지 침 놓는 분을 만났다. 산후풍이라고 하여 왼쪽이 늘 불편했는데 좀 풀린 듯하다. 힘들겠지만 한 열 번 정도 맞아볼 생각이다.

새해가 밝았다. 우리 온 가족 각자의 소원이 이루어지는 한 해가 되길 기원한다. 남편은 마음에 평안이 그리고 건강이 함께하는 한 해가 되기를, 큰사위는 대기업 S사에서 연구에 매진하여 인정받으며 새로 태어날 배추에게 좋은 아빠, 든든한 버팀목이 되어 온가족 웃음소리가 그치지 않는 한 해가 되기를!

우리 사랑하는 연서에게는 좋은 남자친구가 생겨 그 마음에 기쁨이 가득 차길. 그래서 결혼한다는 말을 스스로 하길 바란다. 우리 진영이 내외는 알콩달콩 지금처럼만 살아주길…… . 더 바란다면 두 식구가 아닌 예쁜 아이도 잉태되길 엄마가 바란다.

욕심도 많고 샘도 많은 우리 민주, 조금만 남도 헤아리는 마음을 가져주길 바란다. 아빠, 엄마가 많이 사랑한단다. 언니들도 병규도 모두모두 너를 사랑하는 것을 느꼈으면 좋겠다. 직장에서 빛을 발하길! 우리 민주는 할 수 있단다.

우리 병규, 누나들 많은 가운데 아들로 태어나 마음고생이 많은 것 알지만 모른 척 한다. 숙명이니까 그래서 더 많이 고민하고 폭넓은 생각으로 잠재된 생각들이 사진 속에 담아낼 수 있다고 엄마는 생각한단다. 건강하게 그리고 홍익대학교 대학원을 향해 열심히 달려가길 엄마가 기원한다.

초하루부터 바쁜 일상들이 조금의 틈도 주지 않는다. 아이들과 더불어 사위 둘까지 사람 사는 집 같다. 병규가 어딘가 아픈가보다. 모두 다 걱정되긴 하지만 내색을 하지 않았다. 설날 병규는 서울로 가고, 큰사위는 청주에서 출퇴근을 하고, 연희는 집에서 쉬면서 회사 일을 했다. 후임자가 정해졌다는데 서운함이 역력하다. 아이들 키우는 것도 먼 장래를 본다면 아주 큰 재산 증식이다. 현명한 선택에 엄마로써 기쁘다. 남편이 일을 못하게 말렸을 때, 연희처럼 아이를 선택했다면 우리 아이들은 지금쯤 무엇을 하고 있을까?

사위와 연희도 가고, 남편은 호용이와 진영이를 데리고 산소에 다녀왔다. 집에서 정리를 하고 침을 맞았다. 장침이 너무 아프다. 침을 맞아 아픈 것보다는 늘 아픈 몸뚱이에 더 지친다. 누가 이 고통을 알겠는가.

잠이 오지 않아 수면제 반 알을 먹고 TV 소리가 거슬려 연서 방에서 잤다. 연서는 상미와 부산에 갔다. 많은 것을 보고, 많은 것을 느끼고, 새로운 결심을 하고, 새롭게 시작하는 한 해가 되길 바란다. 부모가 생각하듯 내 속으로 낳았지만 이제 각자의 삶을 향해 달려간다. 민주는 서울에 있단다.

비몽사몽인 상태에서 목욕탕에 갔다. 온몸이 바위에 눌린 듯 무겁고 통증이 심했다. 오랜만에 아줌마한테 때를 밀고 집으로 향하는 발걸음이 조금은 가볍다. 남편과 오랜만에 함께했다. 혼자가 되었을 때 얼마나 외로울까 하는 걱정 반으로 잠자는 얼굴을 물끄러미 쳐다보았다. 늘 한결같이 동안이다.

우리 모두가 고생하고 욕심내는 건 우리보다는 병규 때문이 아니던가? 모두에게 감사한 마음이다. 늘 빚진 마음으로 산다.

행복하게 사는 우리의 귀중한 아들딸을 보면서 감사하며 살아갈 때 더 큰 축복이 들리라 믿는다. 민주한테 전화가 왔다. 연서가 부산에서 무사히 돌아와 고마운 마음으로 오늘은 푹 자야겠다.

새해 1월도 이제 하루 남았다. 계를 하나 더 하고 5개월치를 주었다. 내년이면 목돈이 된다고 생각하니 기뻤다. 연서가 결혼한다면 결혼자금으로 충분하다.

남편이 전화했다. 침 맞으러 오라고. 얼굴과 머리 어깨 쪽에 장침을 맞았다. 아프지만 참는다. 자식들에게나 가장 가까운 남편을 고생시켜 주고 싶은 생각이 전혀 없다. 관리하면서 건강을 지키려 노력해야겠다.

민주한테 문자가 왔다. 오늘 하루도 행복하라고. 민주 또한 교육 열심히 받고 마음이 행복하기를 기도해 본다. 병규는 잘 있는지? 공부에 방해될까봐 참는다. 연희는 이제 하루 후면 가정주부로 돌아가겠구나. 부디 자아발견을 위해 쉬지 말고 공부하기를 부탁한다. 좋은 꿈을 각자 꾸기를. 모두 잘 자거라.

방 안 가득 햇살이 창문을 향해 날아들었다. 늦잠을 잤다. 침을 맞으면 피로가 몰려온다. 형님 댁에 전화를 드렸다. 점심을 함께 하자고 한다. 목소리가 침울하다. 무슨 일이 있는 모양이다. 늘 행복해 했는데, 아주버님 때문인 것 같다. 70 평생을 일만 하셨는데, 이제 쉴 때가 되지 않았나?

혁진 엄마, 말선 내외와 점심을 먹고 성창에 놀러갔다. 늘 있는 사람만 있고 활력이 없다. 나와 곽 소장, 성창, 오사랑, 말선, 이렇게 다섯 명이 번갈아 고스톱을 쳤다. 어제도 잘 되었는데 오늘도 잘 되었다. 마음의 여유가 있으면 돈은 저절로 들어온다. 25,000원을 따고 곽 소장님 차로 집까지 왔다. 고맙다.

늦게 온 조 사장님이 다락리까지 눈 때문에 잘 가시려는지 걱정이다. 소복이 내린 눈이 너무 아름답다. 웨딩드레스를 입은 신부처럼…….

큰사위한테 전화가 왔다. 모두에게 감사하다. 아직 연서가 오지 않아 걱정이다. 조심해서 무사히 귀가하기를 바란다.

눈이 얼어붙어 미끄럽다. 검은 흙탕물이 차에 튀어 깔끔한 남편 마음을 불편하게 한다. 내일 정초기도 회향일이라 걱정이 되었는데 과일을 사서 올려놓고 오자고 하여 마음이 가볍다. 내려오는 길, 브레이크가 말을 듣지 않아 미안하면서도 불안했다. 무사히 내려오다 성창에 들러 침을 맞고 다시 덕현이네 집에 가서 허리에 침을 맞았다. 한결 가볍다. 이제 지는 해 같은 몸뚱아리 아프지 말고 살다가 가면 좋겠다.

진영한테서 전화가 왔다. 진급했단다. 반갑다. 모쪼록 모범 공무원이 되어 우리를 기쁘게 해주는 딸이 되어 주기를……. 아래층 번호 키가 잘 먹지 않아 추위에 두 시간을 떨다 열쇠 집에 전화해서 겨우 들어왔다. 너무 추워 누룽지를 뜨겁게 해서 먹고 아스피린을 두 알 먹고 남편을 기다리는 마음이 편안하다. 눈 치우랴, 과일 사다주랴. 오늘 하루 무척 피곤한 하루였으리라. 오늘은 남편한테 감사한 마음이 든 하루였다.

유리알처럼 미끄러운 도로를 지나 일주일간의 대운 받는 기도를
회향하는 절로 향했다. 기대 이상으로 적은 분들이 참석했지만 뭐
든 풍족하게 회향을 잘했다.

내일은 연희가 태어난 날이다. 며칠 전부터 쑤시고 아팠던 것이
산후 후유증 탓인 걸 잊었다. 결혼 후 두 번째 생일, 새로운 곳으로
가기 위한 짐정리 때문에 저희 집으로 저녁에 간다고 했다. 병규가
걱정이 되어 전화를 했는데 받지 않는다. 부디 지금처럼 열심히 작
업하고 대학원 준비에 박차를 가해 주기를 바란다.

민주는 낯선 곳에서 잘 하고 있는지 궁금하다. 억척스러운 데가
있는 막내니까 잘하고 있으리라 믿는다. 튼튼한 기초를 닦고 있겠
지. 앞으로 60년을 잘 살기 위해! 민주 파이팅.

매서운 날씨다. 걸어 다니기도 힘들만큼 미끄럽고 몸은 힘들다. 오늘은 연희가 태어난 지 33년 되는 날이다. 건강하게 태어난 것이 감사한 날이다. 더욱 감사한 것은 연희가 결혼하여 뱃속에 새 생명을 잉태하고 있다는 것이다. 연희는 이사준비로 분주할 테고 생일이 같은 미화한테 다녀왔다. 반가워한다.

이제 나이를 먹었나보다. 미화 걱정에 마음이 놓이지 않는다. 혼자 있다가 아프기라도 한다면 가슴이 콱 막히는 느낌이다. 이제 병규가 제 모습으로 돌아왔다. 설을 전후해서 많이 걱정했는데 무엇을 고민하는지, 어디가 아픈지 말을 안 하니 더 걱정이었다.

졸업을 앞두고 많은 생각들로 힘은 들겠지만 아무것도 두려워하지 말고 앞을 향해 나아가기를 바란다. 빈 그릇에 하나하나 채워가다 보면 그릇은 넘칠 테고 또 다른 그릇에 다른 것으로 채워가며 살면 되는 것을. 처음부터 너무 큰 그릇을 채울 생각을 하면 두렵고 힘들어서 밑바닥도 채우지 못하리라. 병규, 힘내라. 너는 많은 것을 채워 나누며 살리라. 태어난 것에 감사하길! 민주, 잘 자라. 내일 만나자. 예쁜 우리 딸.

민주가 온다고 하여 기다렸는데 오지 않았다. 궁금하다. 남편은 서울 결혼식에 가고 오후 목욕탕만 보면 된다. 늦게 온다던 남편이 목욕탕을 보러 막 나가려는데 도착했다. 아침까지 오지 않았던 민주도 오고, 회사 이야기로 꽃을 피우다 영플라자로 민주 옷과 캐리어를 사러갔다. 경제가 어렵다고 난리들인데, 3초에 한 명씩 명품백들이 보인다. 나부터 반성해야 된다고 생각된다.

7급 승진한 우리 예쁜 딸 셋째와 호용이가 여행을 갔다 오면서 멍게와 해삼을 사왔다. 화기애애하게 먹으며 즐겼다. 감사하다. 결혼하고 입덧할 때가 생생하다. 아무것도 못 먹고 있는데 큰아가씨 결혼식으로 부산에 갔던 남편이 오면서 해삼을 사왔다. 해삼을 먹고 입맛이 돌아와 밥을 먹은 생각이 불현듯 난다.

세월은 흘렀어도 젊었을 때의 기억은 또렷한데 지금은 금방 둔 것도 못 찾아 안절부절못한다. 세월 앞에는 장사가 없다는 말이 실감난다. 막내 민주도 옆에 있고, 병규 소식도 들었으니 오늘은 눕기만 해도 잠이 잘 올 것 같다. 모두 모두 행복한 꿈꾸기를……

제법 추운 날씨인데 남편은 떠내려간 둑을 어떻게 할 것인지, 새한 조경과 보러가고 나는 이불 속에서 게으름을 피웠다. 점심을 간단하게 먹고 미장원에 가 파마를 했다. 하얗게 올라오는 머리칼을 바라보니 눈물이 뚝하고 떨어질 것 같다. 순리인 것을 왜 삶을 자꾸 뒤돌아보는 건지. 하고 싶은 일도, 하고 싶었던 공부도 모든 욕구를 떨쳐낸다.

농협에서 출납 업무를 하고 결혼해서는 억센 남정네들 틈에서 건설업도 해보고 헤아릴 수 없는 돈 더미에서 살았다. 돈에 원인 사람들한테는 부러운 대상이었을 텐데 나는 하나도 행복하지 않았다. 아이들한테 희생하고 남편한테 희생하니 내 삶은 없었다. 우리 가정의 원천인 행복이 나에게서 샘솟았다면 그것으로 내 인생 힘든 것 다 잃어버리고 보람이라고 말할 수 있을까? 삶과 죽음, 삶보다는 죽음을 향해 빠른 걸음으로 행진하고 있다. 누구하고도 아닌 혼자서. 오늘 민주는 잘하고 있는지, 우리 병규는……. 너희들 늦게 태어나서 미안하다. 너희들이 모두 행복해 하는 모습을 봐야 안심할 텐데. 모두 다 고운 꿈꾸길.

절에 볼일이 있어 갔다가 남편과 점심을 먹어야겠다는 생각으로 내려오는 도중 전화를 받았다. 말선이 점심을 사준단다. 우리가 사줘야하는 건데, 발을 동동거리며 벌어 보겠다고 열심인 그녀를 볼 때마다 젊었을 때 나를 보는 것 같다. 나는 젊어서이고, 그녀는 60년 평생 편한 날 없이 지금껏인 게 가엾다. 남편과 함께여서 말선이 점심 값을 내도록 그냥 두었다. 시골밥상. 노 할머니가 하시는 가게인데 한 달에 3번만 하신단다. 옛날부터 단골만 하신다. 그래도 의리가 있으신 분이다.

오늘은 큰일 없이 하루가 저문다. 병규한테도 전화가 왔다. 괜찮단다. 모두가 다 잘 되려는 신호인 것 같다. 언 땅속에서 봄을 준비하는 새싹처럼 우리 연서도 새싹이 되어 쏘옥 둘이 올라오기를 기대한다.

가까이 다가갈수록 진국인 사람이 있고 미워지는 사람이 있다. 나는 진국인 사람이 되고 싶다. 목욕탕에서 어느 할머니를 만났다. 몸은 불편하지만 예의가 바른 분이다.

할머니 말씀이, 많은 자식 가운데 막내딸이 제일 믿을만하여 통장을 맡겨놓고 쓰신다고 했다. 스스로 돈 관리도 못한다면 다 산 삶이 아닐까?

연희와 통화를 했다. 안경을 안 쓰면 보이지 않으니 걱정이다. 모두 다 걱정할까봐 말을 안 한다. 다 같은 자식인데 누굴 더 챙긴다고 서운해 할까봐 조심을 한다. 오늘은 어떤 시간들을 보냈을까 뒤돌아본다. 무의미하게 보낸 시간들은 없는 것 같다. 참 잘 했어요. 나에게 칭찬을 해준다.

수정처럼 맑고 투명한 고드름을 보니 옛 고향집에 매달렸던 고드름이 떠올랐다. 햇살을 받아 무지갯빛으로 영롱하던 고드름 하나를 떼어 입에 넣고 목마름을 축였었다. 어린 시절 그때는 그것이 어찌나 즐거웠던지. 이제는 마음에 때가 묻어, 예뻐도 예쁜 줄 모르고 표현도 제대로 되지 않는다.

연희 내외가 며칠간 청주에서 머물렀다. 이사 날짜가 맞지 않아 불편하지만 이곳에서 출퇴근을 하고 있다. 연희는 책을 보며 모처럼 휴식을 취하는 것 같아 마음이 흐뭇하다. 호용이는 다리 인대가 늘어나 마음이 아프다. 얼마나 불편할까? 일요일에 민주만 빼고 가족 모두가 대게로 점심을 했다. 일주일 내내 뭔가 특별히 한 일도 없는데 분주했다.

15일에 연희는 무사히 이사를 하고 출퇴근 시간, 두 시간을 벌었다고 좋아한다. 병규는 목소리가 밝아져 고맙고 기쁘다. 우리 병규는 남편과 내가 하고 싶어도 하지 못했던 것들을 다하고 그 일에 행복을 느끼며 또한 대한민국에 큰 족적을 남겨주면 더 바랄게 없을 것 같다. 우리 연서는 일이 있어 행복하다며 열심히 출근을 한다. 요즘 같이만 마음이 편안했으면 좋겠다.

땅속에서 새싹이 기지개켜는 소리가 들려오고 실버들엔 봄의 물기가 오른다. 우리의 삶도 마찬가지리라. 영혼이 살고 있는 한 우리 생은 멸하지 않으리라. 이제 봄이 오면 남편은 조금 더 바빠지겠다. 겨우내 당근을 마당에 두워 배고픔 없이 잘 자라던 산토끼가 사라져 서운하다.

남편이 나서서 일 보는 데 도와주어 고맙고 감사했다. 삶, 기쁨, 절망 이런 모든 것이 한 순간에 뇌리까지 전달된다. 우리 모두가 행복해질 수 있는 것이다. 우리 모두가 함께 기쁨을 공유하는 것뿐이다. 연희는 행복하면 전화가 오고, 민주는 내일 온다고 전화가 왔다. 목소리가 밝은 것을 보니 잘 지냈나보다. 병규는 모든 준비를 잘 진행하고 있다고 걱정하지 말라고 전화가 와서 안심이 된다.

저녁 무렵 남편은 계에 가고 목욕탕에서 카운터를 봤다. 저녁 늦게까지 손님이 들어 감사했다.

초하루, 남편이 태워다 주어 기분 좋게 시작됐다. 북적이던 시간대가 지나 조용히 혼자 사색에 잠겼다. 몸에서 미세한 통증이 느껴진다. 새로운 돌파구를 찾아야 내가 숨을 쉴 것 같다.

주변을 두리번거린다. 얼음이 녹아 개울물 내려가는 소리가 들린다. 내가 하는 모든 일이 이처럼 기분 좋은 일이었으면 좋겠다. 민주가 피곤한가보다. 일찍 잠들었다. 쌔근쌔근 깊이도 잠들었다.

연서는 태어난 시를 잘못 알았다고 하여 오시로 하여 다시 보았다. 더 좋단다. 고맙다. 인연이 있는 것을……. 마음을 많이 졸였다. 우리 모두 행복하자. 이슬 맺은 풀잎처럼 풋풋한 사랑을 하며 이 밤도 모두 좋은 꿈꾸길.

꙼

　가만히 있고 싶은 날이다. 말선, 혁진 엄마, 남편까지 넷이서 부강으로 매운탕을 먹으러 갔다. 사람이 앉을 자리가 없을 정도로 북적인다. 1년만 장사하면 금방 부자가 될 것 같다. 한 곳에서 오랫동안 자리를 잡고 있으면 지기가 도와주나보다.

　셋째 호용한테서 전화가 왔다. 진영이를 바꿔준다고 해 싫다고 했다. 수화기 너머로 "엄마! 엄마!" 계속 부른다. 쉽게 마음이 풀어지지 않는다. 누구를 위해 이렇게 힘들게 신경 썼는데 불만이라니……. 아직은 철이 없는 것 같다. 민주가 회사이야기를 재미있게 한다. 찌질남 얘기도 하고……. 많이 컸다.

6시차를 타고 서울에 도착했다. 병규가 마중 나와 둘이서 국밥으로 저녁을 먹고 집에 도착하여 편안한 마음으로 쉬었다. 아들을 보니 행복하다. 서울집은 깨끗하게 정리되어 있었고, 거북이도 많이 자랐다. 시간이 가고 영양이 공급되면 자라고 활동하고 하는 것을…… 왜 아등바등하는지 모르겠다.

아침 일찍 세탁기에 빨래를 돌리고 다시 이불 빨래까지 했다. 베란다를 청소하고 병규 후배가 병원까지 함께 갔다. 병규 작업을 많이 도와준다. 안양예술고등학교 사진과 선생님으로 취직도 했단다. 병규는 인덕이 있는 모양이다. 서로 도우며 사진 작업을 열심히 하여 세계적인 작가가 되기를 바란다. 후학을 가르치며 사진 부분에 대가가 되기를 부모로써 기대해 본다.

병원에서 진료를 받고 동서울에서 집으로, 병규는 서울집으로 갔다. 호용이와 진영이가 잠시 다녀가고 그 사이 일어났던 모든 결말을 남편이 해결하고 왔단다.

❋

동유럽 여행길에 올랐다. 설렘보다는 무사히 다녀오길 바라는 마음으로 비행기를 탔다. 새로운 문물을 접하면서 나는 우물 안 개구리였구나, 생각했다. 아이들 그리고 남편, 가족이란 무엇인가? 조건 없는 용서 그리고 사랑은 아닐까?

아름다운 야경은 환희를 주었고 아이들 선물을 살 땐 기뻐하는 모습을 그리며 샀다. 나는 왜 혼자만 수고했고 혼자만 짐을 졌다고 생각했는지 모른다. 왜 모든 것들을 끌어안고 가려 했는가? 더러 모른 척, 더러는 알면서 버려두고 알맞게 함께 했어야 했는데 이제 조금은 알 것 같은 마음이다.

❋

도착하여 여독이 풀리지 않은 상태에서 연희, 연서, 진영, 민주, 병규가 기뻐하는 모습에 새로운 마음을 갖게 되었다. 배려하는 남편 모습에서 여행 다녀오길 참 잘 했구나, 생각된다. 당신과 함께하여 즐거웠다고 적고 싶다. 연희가 고맙다. 무거운 몸으로 그래도 장녀라고 집에 와 있어줘서 고맙다.

서울집에서 자는데 무서운 꿈을 꾸었다. 병규 MRI 결과에 대한 두려운 마음인 것 같아 불안했다. 누룽지로 아침을 먹고 남편과 셋이서 아산병원에 도착하여 진료를 기다리는 시간이 어찌나 길던지……. 권도훈 박사와 상담을 했다. 수술 자국만 남고 괜찮다고 하여 연신 고맙다고 인사했다. 어린아이가 부모님께 칭찬받고 기뻐하는 것처럼 가슴이 뛰도록 기쁘고 감사했다. 부모의 마음이 이런가보다.

남편이 달라졌다. 뭔가 배려하는 마음이 생긴 것 같아 삶의 새로운 활력소가 생기는 것 같다. 민주가 너무 지쳐 보인다. 삶의 현장이 얼마나 치열한 경쟁인가 알았으면 좋겠다. 연서는 남자친구와 잘 되가는 것 같고 더 걱정할 게 없는 하루다. 민주도 병규 결과가 어떠냐고 걱정스럽게 묻는다. 이것이 형제간의 우애가 아니고 무엇이겠는가? 연희, 병규, 남편과 식사를 하고 각자 서울로 가고 나는 바쁘게 움직여 할 일을 마쳤다.

아침부터 민주가 짜증을 부린다. 아침 기분이 엉망이다. 출근하는 딸이지만 너무 철없다는 생각이 들어 혼내주었다. 민주가 부모의 마음을 헤아렸으면 좋겠다. 형님 내외분과 넷이서 옥천으로 옻닭을 먹으러 갔다. 오랜만에 우애를 다지는 시간이었다.

연서가 어제 꽃과 초콜릿을 받아왔다. 꽃바구니와 케이크가 예쁘다. 기특하지만 너무 주위 사람들을 피곤하게 하는 성격이 아닌가 걱정이다. 내 딸이어서 배려하고 또한 잘 되라고 늘 기도한다.

서류들을 정리하고 청소를 하고 힘들어서 약 30분쯤 쉬었다. 가슴에서 용암이 흐르듯 뜨거운 게 치밀었다. 이보다 더 행복할 수 없는데 왜 가끔 불같은 화가 치밀어 오는지 마음을 관해봐야겠다. 수연 엄마한테 전화가 왔다. 고맙다. 하루일과를 정리하는 옆에서 민주는 회사일로 컴퓨터 자판기을 열심히 두드리고 있다. 일하는 모습이 예쁘다. 잘 자라.

봄이 움트는 소리가 들린다. 다락리 집에서 진영이 내외와 연서와 막내는 집안 청소를, 남편과 혁진 아빠는 구지뽕나무를 정리하고 화단에 묵은 잡풀들은 긁어 불을 놓았다. 잡풀들을 모아 마당에 놓은 불이 잔디로 옮겨 붙어 한바탕 소란이 났다. 든든한 남자들이 셋이나 있는데 아무런 걱정도 되지 않았다.

이제 봄이 시작되는 것을 새싹이 움트는 모양새로 알았다. 생명의 신비, 우리도 윤회라는 것이 있다면 새싹과 같은 것이 아닐까? 남편은 계를 하러 갔다. 목욕탕을 보는데 제부가 왔다. 이런 저런 이야기들로 꽃을 피웠다. 동생이 제부의 10분의 1만이라도 헤아려 준다면 더 감사할 텐데……. 오늘은 일을 했다는 게 감사하다. 큰언니와도 통화를 했다. 모두가 행복하기를 염원해본다.

무리했나보다. 감기몸살로 병원 신세를 졌다. 죽지 않을 만큼 아프다. 이제 몸도 마음도 많이 허약해진 것 같다. 링거도 맞고 약을 써도 소용이 없다. 약이 독해 먹으면 졸리다. 그래도 식구들한테 옮길까봐 걱정이다.

※

연희의 진통이 시작됐다. 아직 한 달이 남았는데 걱정이다. 부처님의 가피로 배추도 연희도 건강하길 빈다. 인큐베이터가 없어 성모병원으로 앰뷸런스를 타고 가고 나는 연서와 함께 갔다. 양수가 다 흘러 아기가 호흡이 곤란하다고 하여 정 서방과 제왕절개를 하기로 합의를 했다.

밖에서 초조히 서 있는데, 들어간 지 30분 만에 보호자를 찾는다. 아기도 연희도 건강하단다. 한숨을 돌린다. 2.18kg 아기는 인큐베이터에 들어가고 연희는 입원을 했다. 배가 고프다고 울기도 하고 제법이다. 예쁘게 태어났다. 생명의 소중함, 고맙다. 우리 핏줄로 온 것에 감사하다.

연서가 고생이 많다. 열심히 심부름을 잘한다. 고맙다. 연서도 몸살기가 있어 걱정이다. 감기 기운이 있어 아기가 태어난 후로 한 번도 병원에 들르지 못했다. 공주에서 사돈댁이 오셨단다. 모든 걸 기쁘게 생각하셨으면 좋겠다. 힘들다. 삶! 오고 감이 이토록 힘든 것을……

※

쭉- 긴 시간동안 누워만 지낸다. 서우가 궁금하여 연신 전화 통화만 한다. 기침이 멈출 줄을 모른다. 힘들다.

말선네 집에서 계를 했다. 남편도 함께 가서 점심을 먹어줘 마음이 가볍다. 오는 길에 남편의 봄 점퍼를 샀다. 맘에 들어 해서 기쁘다. 아기의 이름을 정서우로 지었다. 나라 정(鄭)에 지혜 서(愭), 도울 우(祐)다. 지혜로 나라를 돕는 큰 바위가 되어주었으면 하는 마음이다. 아침부터 획을 맞춰가며 정성을 다한다.

이제 우리의 새싹이 돋았다. 기쁘다. 우리는 이제 이 아이들의 밑거름이 되어 주었으니 자라서 열매 맺고 할 즈음이면……. 서글프다는 생각보다는 기쁘다. 민주는 어린양을 하면서도 실속파다. 그리고 잘도 출근한다. 앞으로 오너가 되는 그날까지 전진하기를. 그리고 욕심내어 신소재 회사를 운영해 보는 것도 좋을 듯싶다.

의사선생님께서 서우도 함께 퇴원해도 좋다고 하셨다. 이것이 감사한 일이 아니고 무엇인가. 부처님께 감사하고 온 우주의 좋은 기들이 우리 가족에게로, 그래서 모두 힘내어 남을 돕는 좋은 가정이 되기를 바란다. 연서는 데이트를 하러 갔다. 점심을 함께하고 출근한다고 했다. 잘 이뤄져서 결혼했으면 좋겠다.

민주는 엄마가 답답한가보다. 혼내면서 문자 보내는 법을 가르쳐 준다. 배운 대로 민주하고 진영한테 문자를 보냈다. 곧장 답장이 온다. 재미있다.

목욕탕에서 샤워를 하고 탕 아줌마가 손 마사지를 해준다. 피로가 풀리는 듯하다. 고맙다. 삶은 쉽지만은 않은 것 같다. 젊어서 고생 없이 살다가 뒤늦게 고생하는 아줌마가 안쓰럽다.

연서가 감기가 온 듯하다. 몸살이 날 만도 하다. 여리고 여린 마음을 가진 딸이기에 더 안쓰러운지도 모른다. 민주는 4월 2일이면 본 발령을 받는다고 한다. 부디 원하는 부서에 발령받기를 엄마로써 기도한다. 파도에 부딪히면서 모난 돌이 조약돌이 되어 모든 사람들의 귀여움을 받듯 우리 딸의 모난 구석들이 조약돌처럼 잘 다듬어져 모든 이들의 사랑을 듬뿍받는 그런 성품이 되기를 엄마가 바란다. 누구에게도 상처 주는 딸은 되지 않기를. 그리고 보듬으며 세상을 살아가기를…….

조금 있으면 서우 아빠가 온다. 병원에 있느라 고생이 많다. 영양 있는 음식으로 사위의 기운을 북돋아 주워야겠다. 12시 30분쯤에 사위가 왔다. 석곡에서 한우를 먹고 내친김에 사위의 등산복을 사 주었다. 서우 아빠가 된 기념으로. 연희는 내일 퇴원을 하고 서우는 하루 이틀 늦어질 모양이다.

아주버님한테 전화가 왔다. 물길을 열면 물이 흐르는 것, 그래도 형제가 아닌가. 남편에겐 서운한 게 많아도 아이들의 아빠고 37년

간 나를 지켜온 나무가 아닌가. 때로는 잎 사이로 햇볕도 비추고 그 사이로 비도 오고 눈도 내렸지만 우리는 흔들림 없이 살았다. 근데 이제 와서 이 허전함을 무엇이고, 작은 미움은 무엇인가. 나의 편이 아니라고 느끼는 이 마음 때문인가. 힘들고 고달프다. 생각이 없는 자가 더 행복하다더니 그 말이 맞는 것 같은 오늘이다.

힘들게 했던 남편은 어디가고 8시 30분에 맞춰 집에 와서는 데려다 준다. 가서 우리 가족과 서우를 위해 기도하고……. 오면서 연금을 찾아주고 여행가서 찍은 사진도 인화했다. 자상할 때는 엄마보다 더 자상한데 가끔 편치 않은 표정 때문에 마음앓이를 한다. 내 남편이 오늘 하루도 행복했으면 좋겠다. 큰사위는 천안으로 가고 연희는 산후조리원으로, 우리 서우는 신생아실에 있다.

8시에 서우를 보러갔다. 너무 예쁘다. 어쩌면 저희 아빠를 빼다 꽂았는지 참 예쁘다. 이제는 건강하기만 바란다. 그래도 다행이다. 일찍 퇴원 할 수 있어서. 부처님께서 보살펴 주신 것 같다. 병규는 잘 있는지 궁금하다. 열심히 제 할 일을 하는 것 같아 안심이다. 너의 행복을 위해 할 수 있는 뒷바라지는 할 생각이니 열심히만 해주길 바란다.

연서는 감기 기운이 있는 것 같아 마음이 조이고 진영이는 부서 발령이 나지 않았다고 대성통곡이다. 정말 운명이란 있는 것인가? 항상 31살까지는 힘들다고 했다. 하지만 이 고비만 넘기면 30년 대운이라 하지 않는가?

우리 민주를 생각하면 너무 철이 없어 걱정이다. 정답고 속이 깊어 예쁘지만 늘 걱정이 앞선다. 오늘은 문자 연습을 했다. 시간이 되면 특수문자도 배울 생각이다. 진작 배워둘 걸. 이제 내일을 위해 자야겠다.

말선이가 병아리처럼 아주 예쁜 노란색의 옷을 사왔다. 고맙고 반갑지만 형편을 생각하면 기분 좋은 일만은 아니다. 내년 말선의 회갑엔 더 멋진 옷을 선물해야겠다. 민주가 가르쳐준 특수문자로 여러 사람에게 기쁨을 주고 말선과 자매 계를 하고 생일선물로 20만 원을 받았다.

오후엔 성창에 잠시 들렀다가 왔다. 전과 같지 않은 느낌이다. 정말 많이 아팠던 것 같다. 힘들다. 7시에 옥화가 연희를 데리고 병원에 갔다. 서우가 밖에 나와 있단다. 더 좋아진 것 같다. 모자를 쓰고 똘망똘망한 눈으로 배냇웃음을 짓는다며 연희와 옥화가 침이 마르게 자랑이다. 건강하게 잘 커야 할 텐데 걱정이다.

아직 민주는 오지 않았다. 오늘 회식이란다. 술을 먹고 오지 말아야 하는데 왠지 걱정이다. 민주야 정신일도. 언제나 정신을 바짝 차려 흐트러짐을 보이지 마라. 올 때까지 기다려야겠다. 오늘 우리 연서는 빗속을 걸어왔다. 감기가 더하지는 말아야 할 텐데, 늘 걱정이다.

우리 서우가 퇴원한 날이다. 기쁨과 설렘이 벅차다. 아침부터 문자를 돌렸다. 남편한테, 민주, 진영, 옥화, 큰사위한테 기쁨의 메시지가 날아들었다. 나비가 꽃을 찾아 날아들 듯, 자식들과 나의 보호자인 남편이 내게 날아든 듯 평화와 든든함이 가득 날아들었다.

남편은 연서 차를 고치러 갔고, 나는 목욕탕을 보러갔다. 남편이 퇴직하기 전까진 내가 하던 일이었다. 퇴직 후 도와주는 남편이 고맙다. 목욕까지 하고 집에 오니 막내 민주가 반긴다. 서울로 갈 것 같은 예감인데 잘 모르겠다. 앞으로 큰 나무가 되어 주위사람들을 도우며 살아주기를 당부한다.

우리 병규도 이제 내일이면 오겠지. 그러면 우리 가족 모두가 모이겠지. 그리고 피를 나눈 나의 형제들도 볼 수 있겠지. 세상살이 65년, 나를 위해 한 게 하나도 없는 것 같아 안타깝다. 나를 위해 투자하며 기쁘게 사는 내가 되어야겠다.

우리 진영이가 임신 소식을 알려줬다. 가슴이 멍하도록 기쁘다. 얼마나 가슴 조이며 소식을 기다렸는지 누구도 알지 못할 것이다. 이제 모든 마음을 내려놓아도 될 것 같다. 수고했다. 고맙다. 장하다, 우리 예쁜 진영이.

이불속에서 뒤척이다 아이들이 혹시 집으로 올 수도 있겠다 싶어 청소를 하고 누룽지와 물을 넣은 냄비에 불을 붙였다. 끓여 먹으면 구수하고 감칠맛이 난다. 오늘은 내가 태어난 지 65년이 되는 날이다. 긴 세월 무얼 하고 살았는지 나를 뒤돌아본다. 남편이 오는 소리가 들려 나가보니 꽃바구니를 안고 들어온다.

울컥 가슴으로부터 뜨거운 눈물이 쏟아진다. 감사해서다. 미운 마음, 고마운 마음이 한 순간 교차하는 순간이다. 진영이와 호용이는 먼저 경북집에 가 준비를 하고 객실을 풍선으로 장식했다. 자식이 있어 느끼는 행복감이다. 전주에서 상수와 지아가 형부언니를 모시고 왔다. 참 고맙다는 생각이 든다.

대전에서 몇 년 만에 은지가 왔다. 살이 오른 게 보기 좋다. 은지 엄마도 이제 은지로부터 해방되어 자식 둔 것에 행복을 느껴보면 좋겠다. 정옥이네와 옥화 그리고 오빠집 식구들 모두 화기애애하다. 오랜만에 느껴보는 형제자매의 우애다.

더 머물고 싶고 얘기하고 싶지만, 내일을 위해 헤어지는 시간이 아쉬워 주차장 앞에서 기념사진을 찍고 헤어졌다. 서우를 위해 이모들이 용돈을 주었다. 우리 서우는 참 운도 좋은 것 같다. 손녀를 본 것이 실감으로 다가왔다. 민주와 병규는 함께 서울로 떠났고, 진영이는 저희 집으로 돌아갔다. 입덧을 별로 하지 않는 것 같아 다행이다.

날씨가 구질구질하다. 태풍이 불고 비가 온다. 재활원에서 재활을 하고 연희 앞으로 넣은 화재보험을 연희 통장에 넣어주고 서우를 보러갔다. 좀 더 서우를 봐줘야 연희의 피로가 확 풀릴 텐데…….여러 가지로 마음이 쓰인다. 삶은 마음에 따라 행복하기도, 불행하기도 한다. 말선이는 감기에 걸려 마음이 쓰이고, 왜 오지랖 넓게 모든 사람의 걱정을 떠안고 가려는지 전생에 빚을 많이 진 모양이다.

민주에게 문자로 서로 소식을 알리고 받고 했다. 할 만한 지 크게 부어있는 것 같지는 않다. 다행이다. 진영이 야채를 가지러 왔다. 입덧을 하지 않아 다행이다. 스스로 알아서 일을 하는 게 대견하고 기특하다. 뭐든 해주고 싶은 내 딸. 우리 연서가 가슴 가득 환희와 행복으로 가득할 그런 프러포즈를 받으면 좋겠다. 삶의 더 기쁜 활력이 샘솟을 텐데……. 뭔가 새로운 일에 도전하고 싶다.

목욕탕 삼촌이 약을 구해왔다. 항상 고맙다는 생각이 든다. 오늘은 무척이도 바쁜 날이다. 갑자기 처리해야 될 일이 생겨 바쁘게 움직였다. 연서가 집에 있는 시간대라 일 처리하는데 도움을 많이 받았다.

민주와는 문자를 주고받고 병규와도 대화했다. 서로가 잘 있어줘 고맙다. 사랑한다. 요즘 같으면 살맛난다. 남편이 많이 이해해줘서 고맙다. 내일도 갑자기 약속이 잡혔다. 남편이 함께 가준다고 했다. 올해는 힘든 고비는 다 넘긴 것 같다. 좋은 일만 있다.

서우가 배꼽이 떨어졌다고 한다. 이제 안심이다. 배꼽이 있을 땐 혹시 염증이 생기지 않을까 걱정했는데 배꼽이 떨어졌다니 곧 집에 와도 될 것 같다. 하지만 조리원에 조금 더 있으라고 했다. 조심스러워서다. 돈이 다가 아니다. 우리 연희와 서우가 건강하고 행복하다면……

아직 연서가 퇴근을 안 해서 기다린다. 진영이는 서우 사진을 보내왔다. 철이 듬뿍 든 것 같아 대견하다. 사랑하는 딸아 무사히 건강한 아이 출산하기를 기도한다.

어젯밤에 사위가 왔다. 저녁에 야근을 해야 한단다. 서우 옆에서 오랫동안 잔 모양이다. 연희와 서우를 사랑하는 사위가 좋다. 갑자기 일이 있어 남편이 데려다 주고 성창에서 고스톱을 치고 연희 병원에 가서 서우도 보고 연희 내외도 봤다. 다른 조리원에 예약을 하고 집에 와 세탁물을 찾았다. 남편 옷에서 담배냄새가 너무 짙게 난다. 건강해질까 걱정이 된다. 우리집의 기둥인데 조금만 덜 피우면 좋겠다.

진영이가 친구에게 젖을 얻어와 서우한테 먹였다. 형제간이 참 무섭다. 고맙다. 진영이가 쫄면을 먹으면 좀 개운하다고 한다. 딸아이가 아닐까 예감해본다. 딸 가졌을 때 쫄면 먹은 기억 때문에……

우리 연서는 아직 퇴근을 안했다. 힘들어도 힘든 내색을 안 하는 딸이 대견하다. 오늘 병규가 온다고 한다. 보고 싶은데 잘 됐다. 우리 병규가 굳센 게 너무 좋다. 민주는 잘하고 있는지 요즘은 아이들 걱정으로 기쁨으로 하늘과 땅에 감사하고 있다. 내가 있어 행복하고 가족이 있어 더욱 행복하다.

병규와 보은 산소에 가기 위해 준비를 했다. 아들이 있어 든든하다. 아들이 없는 집들은 얼마나 허전할까. 할아버지, 할머니 어머님 산소에 인사를 드리고 보은 동서집에서 단란하게 식사를 했다. 작은아버님은 왠지 힘들어 보인다. 모든 게 잘되셨으면 좋겠다.

다녀와서 친정아버지, 어머니가 계신 산소에 갔다. 인사를 드리고 또 올케를 만나 청국장과 들기름을 갖고 왔다. 나이를 먹더니 달라진 느낌이다. 세월 참 무상하다. 병규는 서울로 가고 민주는 오늘 오지 않는단다. 기다렸는데 부모 마음을 알기나 아는지…….

저녁때 우리 연서와 둘이서 할 일을 찾아서 했다. 연서가 모은 돈을 보태 연서 앞으로 땅을 사주려고 한다. 밑천이 되어 잘 살기를. 우리 민주와 병규만 살 길을 열어주면 엄마의 도리를 다하는 것 같다. 오늘 하루도 기분 좋게 지나갔다. 고맙고 감사하다.

연서와 둘이서 늦은 목욕을 하고 진영이 내외를 기다렸다. 진영이 속옷과 봄 점퍼를 사 주었다. 많이도 좋아한다. 좋아하는 모습에서 기쁨을 느낀다. 돈을 쓰고도 기쁜 게 남편 말고 또 아이들이란 걸 느꼈다. 남편과 연서, 진영과 함께 서우를 보러갔다. 기분 좋은 하루다.

민주한테서 전화가 왔다. 병규와 잘 지내야 할 텐데……. 둘이서 의견 충돌이 일어날까봐 마음을 졸인다. 자식은 좋은 것도 있지만 애물 덩어리다. 내일은 옥상 방수 때문에 좀 시끄러울 것 같다. 하지만 서우 오기 전에 준비해야 할 일들이 아닌가?

자식 귀한 것은 어느 부모에게나 똑같을 것이다. 나한테는 연희가 있고 연희한테는 서우가 있다. 쳇바퀴가 맞다. 삶도 그렇지 않은가? 식물들도 봄, 여름, 가을, 겨울……. 가을 낙엽이 지고 겨울이 되면 죽은 듯하다가도 봄이 오면 새싹이 돋고 우리 삶도 마찬가지다. 큰사위는 밥이나 제대로 먹는지 걱정이다.

벌써 4월하고도 9일이다. 오늘 옥상 방수를 한다고 했는데 전달이 잘못되어 다음에 하기로 했다. 서우 오기 전에 해야 하는데 걱정이다. 서우는 잘 있다고 하고 민주도 병규도 전화가 왔다. 고마운 일이다.

오늘 연서를 위해 말선과 땅을 보러 갔다. 잘생겼다. 마음이 변해 팔지 않겠다고 할까봐 걱정이다. 이제 자식들에게 할 도리는 다한 것 같아 기쁘다. 아침부터 짜증이 났다. 왠지 모르게 가슴도 두근거린다. 꼭 무슨 일인가 일어날 것 같은데 잘 넘어간 것 같다. 연서만 집에 오면 모두가 무사히 귀가다.

오늘은 일란이, 말선이, 병기 엄마 중 내가 실력이 제일 없다. 5,000원을 잃었다. 딴다고 해도 마음이 편치 않을 상대들이다. 하루를 뒤돌아보는 이 순간 잘못된 일들이 없기를 바란다. 아침보다는 기분이 좋아졌다. 남편도 기분 좋아 보였다. 같이 저녁을 먹은 뒤, 남편은 컴퓨터 고스톱을 치고 나는 오늘 하루를 정리한다. 진영이가 튼튼이의 심장박동소리가 쿵쿵 들린단다. 부디 건강하기를 연서가 일어나기를 기다려 미래 산후조리원에 도착했다. 이렇듯 더 있을 줄 알았으면 이곳에 2주 정도 더 두는 건데, 오늘 한마음 조리원으로 서우를 옮겼다. 서우를 안고 가는데 제법 무게가 느껴진다. 고맙다. 잘 커줘서……. 날씨는 구질구질했지만 마음만큼은 화창했다.

연희는 잘 운다. 서우가 작게 태어난 것도 제 탓인 양 미안해한다. 연희가 울면 나에게도 눈물이 흐른다. 모전여전인가보다. 셋째는 지금 감사 중이란다. 한창 입덧 중에 감사라니 힘들겠다. 그래도 우리 진영이를 믿는다. 단단한 외모 뿐 아니라 마음도 야무지다. 남편은 왠지 시무룩하다. 뭔가 마음에 들지 않는가 보다. 그 마음속에 평화가 있기를…….

잔뜩 찌푸린 날씨만큼이나 우울한 날이다. 서우를 병원에 데려갔는데 아주 건강하다고 하였다. 마음이 안정되었다. 연희가 한마음 조리원이 맘에 안 드는 모양이다. 있고 싶은 곳으로 옮겨주자. 미래 조리원으로 가서 사정하여 바로 이동시켜주었다. 내 자식이 뭔지…….

지금 아이들은 우리 때와는 다른 것 같다. 난 몸조리라고는 한 번도 한 적이 없다. 하루 후면 밥하고 기저귀 빨고 그랬다. 요즘은 기저귀 빠는 것도 없는 편한 세상이 되었는데도 힘들다 아우성이다.

서우 오기 전 옥상 방수를 하기 위해 서둘렀다. 손녀가 이제 실감이 난다. 호적에도 올렸단다. 이제 큰사위도 가족을 거느린 가장이 되었다. 기쁨과 동시에 마음의 무게도 느껴질 것이다.

나이 탓인지 몸이 회복될 기미가 없다. 찌뿌듯한 게 콕콕 쑤신다. 남편과 아이들이 알까? 안다면 대신 아파줄 수도 없는데 무슨 소용이람. 내일은 미장을 한다. 집에 연서와 진영이가 있어 다행이다. 태어나면서부터 죽는 그날까지 우리는 둥근 지구처럼 돌다가 가는 것이다. 어느 지점이 없으니 마음은 더 편하지 않는가?

벚꽃이 눈처럼 휘날리는 무심천 변을 남편과 사위와 걸었다. 새댁 때 연희를 사진 찍어주던 곳. 그대로인 것 같은데 연희는 결혼하여 서우를 낳고 벚꽃나무는 이제 청년기를 지나 고목이 되어 가고 있다. 세월의 무상함을 느낀다.

진영은 입덧이 심하여 힘들어한다. 안타까운 마음이 엄마의 마음인 것을. 민주는 밝은 모습이 너무 예쁘다. 옷을 사 달라 보채는 모습도 예쁘다. 연서와 민주는 어떤 옷을 샀을까 궁금하다. 우리 병규는 장남 역할을 잘하고 있는 것 같아 안심이다. 보챔도 없고 열심히 사는 것 같다.

옥상에 올라가 점검을 하고 우레탄을 뜯어냈다. 팔이 아프다 칼하나를 버렸다. 이제 잠자리에 들어야겠다. 허리가 무척이나 아프다. 사랑하는 나의 가족과 벗, 모두가 행복하기를.

❀

말선이 생일이라 점심을 먹기로 했는데 말선이가 사정이 생겨 저녁을 먹기로 했다. 남편은 힘들게 목욕탕을 보는데 혼자 저녁을 먹으러 가 미안한 마음이다. 몸이 계속 찌뿌듯한 것이 컨디션이 좋지 않다.

내일은 서울 가서 자고 18일 아침 8시부터 안과 검사다. 더 나빠졌을까 봐 걱정이다.

❀

지친 몸을 이끌고 서울에 갔다. 반찬을 몇 가지하고 빵을 사갖고 간 게 몸에 더 무리가 온 것 같다. 이비인후과에 들러 목 치료를 하고 빨래와 청소를 한 뒤 쉬었다. 민주는 9시경에 들어왔다. 아침에는 민주 아침밥을 해서 먹이고 민주는 출근을, 나는 아산병원에가 검사를 했다. 조금 더 나빠졌다고 했다. 다시 예약을 해 놓고 집에 내려가는 길, 심정이 착잡해졌다.

너무 피곤하다. 침대에 누워서 잠시 쉬고 목욕탕을 마무리 하러 갔다. 남편은 오늘 계라고 했다. 오늘은 그냥 푹 쉬고 싶은 날이다. 연서의 남자친구도 궁금하고, 서우도 보고 싶다. 우리 튼튼이를 잘 보호해 달라고 부처님께 기도한다. 이제 고운 꿈꾸며 자야겠다.

서우가 왔다. 집안이 환한 것 같다. 연서는 골이 났다. 데이트도 취소하고 서우를 데리러 갔는데, 서우아빠가 데리러간다는 연락을 못 받은 모양이다. 전화 한 통만 해주어도 좋아했을 텐데 마음들을 헤아리지 못해 안타깝다.

오늘은 기쁨 반 걱정 반인 날이다. 우리 부부도 이제는 서로가 건강을 걱정해줘야 하고 돌보아 주어야 하는데 마음뿐이다. 둘 다 건강하여 아이들에게 짐은 되지 말아야지. 이제 조금씩 운동도 하고 남편을 더 소중히 생각해야겠다.

피곤하다. 그리고 혼자인 양 가슴이 시리다. 뻥뻥 뚫린 하늘처럼. 이제 빈껍데기 달팽이가 알을 부화시키고 둥둥 떠가는 듯하다. 이제 나는 나의 할 일을 다 한 것 같다. 그래서 더 허전한지 모른다. 영육이 따라주지 않으니 더 고달프다. 벚꽃은 비바람에 날려 눈처럼 내려앉고 민주에게선 밝은 음성으로 전화가 왔다.

날씨가 심술궂은 뺑덕어미같이 흐렸다 맑았다 죽이 끓는다. 몸도 찌뿌듯한데 할 일이 많다. 큰형님께서 서우를 보러왔다. 셔츠를 사오고 용돈도 가져오셨다. 병철이가 아기를 낳으면 나도 서우한테 한 것 이상으로 해드려야지. 고맙고 감사하다.

형님이 서우를 목욕시키고 가셨다. 잘 자려나. 쌔근쌔근 병아리처럼 예쁜 모습으로 잠이 들었다. 연희가 손목이 아프다고 하여 걱정이다. 요즘 아이들은 너무 약하여 걱정이다. 큰사위도 걱정이다. 늦게 결혼하여 알콩달콩할 요즘인데 서우 때문에 친정집에 있으니 뭐라 할 수도 없겠고, 식사나 제대로 하고 다니는 지, 이제 문자 보내는 것도 뜸하다. 별로 하고 싶지 않다. 이제부터 서서히 운동을 하여 체력을 단련해야겠다. 지치고 피곤하다. 아직 할 일이 많은데…….

아침부터 삼촌을 불러서 서우 BCG예방접종을 하기 위해 소아과에 갔다. 뭐든 다 정상이라 하여 기분을 좋게 해주는 의사 선생님께 감사한 마음이 든다.

연희가 빵을 사갖고 조리원 원장님한테 갔다. 모두 다 서우를 예뻐한다. 아무리 봐도 우리 아이들 키울 때 보다는 예쁜 것 같다. 저녁에 살짝 삐쳤던 연서가 서우방으로 와서 예뻐한다.

형제인데 서운한 마음이 오래 갈 리가 없지. 마음이 놓인다. 자다가 기침이 나와 연서방으로 옮겨서 잤다. 혹시 아직 감기 기운이 있을까봐. 깨지 않고 쭉 잘 것 같은 저녁이다.

땅이 질퍽거릴 만큼 봄비가 내린다. 떨어진 벚꽃잎이 배가 되어 고인 물을 가르고 다닌다. 길옆의 쑥이랑 달래가 봄 향기를 진동시킨다. 아침부터 바쁘다. 이비인후과에 들러 치료를 받았다. 비염이란다. 감기가 아니라서 다행이다. 총무원에서 중창주로 하여 스님이 입적하실 때까지 보장하겠다고 종무회의에서 결정이 났단다. 한결 마음이 가볍다.

＊

남편과 오랜만에 볼일을 보러가면서 데이트를 했다. 늦봄 온통 산에는 산벚꽃이 만발했다. 산 저 너머로 우리 서우 손같은 연둣 빛 새싹들이 하늘거린다. 가슴속에 맺혀있는 덩어리들이 한 순간 에 녹아내리는 것 같다. 둘이서 더덕 정식으로 점심을 먹고 경찰 둘 의 밥값을 내주었다.

삼촌이 생각난다. 경찰들이 눈앞에 서니 왜 삼촌 생각이 나는 걸 까? 그래, 이런 마음들이 가족이라는 울타리 안에 있기 때문인 것 이다. 우리 모두 더 험한 일, 걱정거리 같은 건 이제 안하고 사는 게 좋을 것 같다는 생각이다. 생각을 너무하면 생각대로 된다고 했다.

＊

남편 몸살이 심한 것 같아 마음이 아프다. 가만히 생각해보니 너 무 무리해서 그런 것 같다. 자신을 위해 시간을 잘 안배하면 좋겠 다. 시계를 하나 사다 두어야 될 것 같다. 아이들이 있지만 가장 소 중한 사람은 남편이 아니던가?

생각지도 않은 호용과 진영이 다녀가고 우리 큰사위도 제식구들 이 잘 있나 궁금한 지 왔다. 얼굴이 좋아 보인다. 마르지 않고 잘 있 다 와줘서 고맙다. 봄빛 아지랑이처럼 가슴 가득 행복한 하루였다.

다락리로 옻순을 따러 갔다. 남편이 사다리를 붙잡고 나는 사다리 위에서 옻순을 따 모았다. 제법 많다. 남편이 쳐 놓은 나뭇가지에 엎어져 옆구리가 많이 아프다.

시댁에 간 진영이 내외가 정서방이 사준다는 점심을 먹으러 왔다. 청남대 한우에 가서 맛있게 점심을 먹고 열무김치를 가져와 연희와 진영이에게 국수를 삶아 먹였다.

서우 목욕을 연희가 시켰다. 제법이다. 옻이 오르니까 겁이 나서 연희에게 시켰는데……. 자식하고 손녀는 그만큼 다르다. 뭐든 조심스럽다. 큰사위가 잘 도착했다고 전화가 오고 서로 떨어져 있는 게 마음이 아프지만 서우가 어느 정도 공기압을 이길 때까지는 어쩔 수 없는 게 아닌가. 저희 자식을 위함인데……. 밖에서 연서 오는 소리가 들린다.

오늘은 어린이날이다. 몇 년 전만해도 어린이날이 되면 미안함 투성이었다. 아이들을 챙겨주지 못해 늘 마음 한 구석이 저렸다. 지금은 다 성장하여 저희들이 우리를 챙긴다. 흐뭇하면서도 과연 받을 자격이 되는가 되새겨본다.

오늘은 민주가 태워다줘서 편안하게 일을 보고 민주 머리도 감겨주었다. 오후엔 기분이 영 엉망이었다. 스트레스가 가중된, 그래서 그냥 뭔가 던져버리고 싶은 그런 기분이었다.

연희가 몸살이 난 모양이다. 응급실에 보내놓고 서우를 보살폈다. 비축해 둔 우유를 먹으며 크기 위한 몸부림을 한다. 우리 몸뚱아리처럼 될 때까지 얼마나 많은 몸살을 앓아야 하나 안타깝다.

서우가 참 예쁘다. 진영이가 아이를 낳아도 예쁘겠지. 내일은 나의 분신들이 모두 모인다. 흐뭇하면서도 내 자신이 초라해 보일까봐 한편 주눅이 든다. 이제 자신감도 용기도 없다. 늙어가는 과정이라 생각되니 처량하다.

아침을 먹는 둥 마는 둥 하고 다락리를 향했다. 남편은 농약을 주러 논에 가고 삼촌은 집안 청소를 하고 나는 매실을 땄다. 풍우 아저씨는 집 정리를 하시느라 애쓰신다. 다락리 집이 활기를 찾은 듯하다. 삶이 별거 아닌데 아웅다웅 전쟁터다. 오늘은 아무런 걱정도 없이 하루를 보낸 날이다.

개미 군단이 와서 점심을 함께 먹었다. 삼촌과 다농에 가서 매실을 10kg을 더 구입하고 설탕도 사 가지고 왔다. 삼촌은 고마운 분이다. 서우를 영상으로 보니 많이 컸다. 보고 싶다.

큰사위한테 전화가 왔다. 연희 걱정을 한다. 내 딸인데 걱정 안 해도 된다고 말하고 싶었지만 지금 상태를 말해 주었다. 잘해주라는 메시지다.

진영이에게 전화가 왔다. 카랑카랑한 목소리로 딸이란다. 딸이면 어떤가. 지금 세상에 친구도 되고 이야기 상대도 되는 게 딸인데. 작은 몸뚱이로 낳아야 된다는 안타까움이 있지만 어쩌면 다행인지도 모른다. 우리 진영한테는 미안하고 또 뭐든 해주고 싶은 효녀다.

다농으로 해서 남편과 준비물을 사서 주고 다현 엄마 점심을 사 주었다. 너무 힘들어 죽고 싶다는 사람이다. 마음이 찡하다. 우리 가족은 너무 행복한데 이제 몸이 망가졌으니 이것 말고는 힘들게 하나도 없다. 남편은 운동을 하라고 하지만 50보도 걷기가 힘들 정도로 뼈가 아프다. 일어서면서도 아이구를 찾는다. 주위의 모든 사람들은 건강하고 활기차 보이는데 나만 몸이 힘들다 말하는 것 같다. 목욕탕에서도 바닥에 앉는 사람들을 보면 왜 저럴까 했는데, 내가 주저앉는다. 한치 앞도 못 보는 게 우리들인 것 같아 마음이 착잡하다.

우리 서우 동영상을 보면서 위로를 받는다. 참 예쁘게 무럭무럭 자라는 것 같아 여간 기쁘지 않다. 연서는 우리 연희와 사위, 서우랑 밖에서 데이트를 즐기고 피곤하다며 하루 저녁 더 자고 온단다. 진영이는 내일 온다고 한다. 튼튼이도 호용이도 모두모두 행복하기를……

낭중지추(囊中之錐: 주머니 안의 송곳처럼 재능이 뛰어난 사람은 숨어 있어도 저절로 알려짐). 서우한테 갔던 연서가 서우 사진을 많이 가져와 해갈이 된 것 같다. 무럭무럭 잘 크고 있는 서우가 예쁘다. 모두 잘 있다니 반갑다.

호용과 진영이 다녀갔다. 튼튼이가 건강하고 지혜롭게 태어나길 간절히 기도한다. 호용이가 몸살이 심한 것 같아 마음이 아프다. 푹 쉬면 금방 나을 텐데……. 다락리에 가서 점심으로 남편, 혁진 아빠, 개미, 삼촌 다섯 명과 침 아저씨까지 함께 삼겹살을 구워 맛나게 먹었다.

민주 때문에 병이 났는데 전화가 왔다. 얄미운 생각도 되지만 오늘 밤은 잘 잘 것 같다. 연서는 정혁이와 좋은 결실을 맺기를 빈다. 정혁이 사주가 좋다고 하여 그나마 안심이지만 보여주지 않으니 궁금하다. 손등을 가만히 내려다본다. 튀어 오른 힘줄, 짜글짜글한 주름은 되돌릴 수는 없다. 앞으로 시간을 아껴 보람되게 살자.

잔뜩 찌푸린 날씨 마냥 마음이 흐리다. 남편의 말 한 마디 한 마디가 가시로 들린다. 몸이 힘들어서 인 것 같다. 그래도 오늘 태워다 줘서 일을 깔끔하게 볼 수 있었다.

설친 잠 때문인지 아니면 스트레스 때문인지 원인은 잘 모르겠지만 잠깐 누워있는다는 것이 푹 잠들어 소나기가 들이치는 것도 모르고 잤다. 이불이 젖어 낭패다. 서둘러 세탁을 하고 감자를 프라이팬에 구웠다. 상상 외로 맛나다. 남편은 옻나무를 잘랐다며 옻이 올랐다. 날도 더운데 걱정이다.

병규한테서 전화가 왔다. 준비물 및 기타로 여비가 필요하단다. 내일 부쳐줘야겠다. 자식을 위한 삶이 어서 끝나면 좋겠다. 모두 결혼하고 병규가 자립하는 날이 언제가 되려는 지. 힘은 붙이고 세월은 유수와 같이 간다.

한낮 수은주가 30도를 상위하고 있다. 모든 동식물들이 타 들어간다. 얼마나 목마를까 안타깝다. 사막의 오아시스처럼 오늘 시원한 소낙비로 목마름이 해소되었을까? 모든 동식물에게 물어보고 싶은 하루다.

뒹굴뒹굴하다 운동을 해야겠다는 생각에 벌떡 일어났다. 개천을 따라 걷는데 풀 향기가 가득 가슴속으로 들어온다. 오늘은 뭘 하면서 하루를 보내나 생각하며 서서히 걷는데 머리 위로 뚝 살구가 떨어진다. 반을 갈라 입안으로 쏙 밀어 넣었다. 상큼하고 달콤한 살구살이 입안에서 녹는다.

샤워를 하고 우체국에 들러 일을 보고, 다락리 집에 가 인진쑥 벨 때 쓸 낫을 가지고 옥천으로 침을 맞으러 갔다. 전신으로 짜릿한 아픔이 파고들었다. 데려다 준 남편에게 고맙다.

보리밥으로 점심을 먹고 집에 와 남편은 쉬고 나는 누워 있다가 장구봉에 올라 운동기구들로 운동을 했다. 한 명, 한 명 올라오는 내 또래의 여자들을 보며 저들 마음속엔 과연 무엇이 있을까? 나처럼 행복과 불행이 조속 간으로 변하며 회한의 눈물은 흘리지 않나 생각해 보았다. 남편은 한의원 원장과 저녁을 먹고 온다고 하고 나는 우리 연서를 기다린다. 서우가 자지 않으면 보고 쉬어야겠다.

남편과 과일을 사서 가져다주고 혁진 엄마와 점심을 먹었다. 총각 김치를 담가줘서 너무 고맙다는 생각을 했다. 연서랑 서우 백일 반지를 사고, 둘이서 반지도 하나씩 샀다. 팥빙수도 먹고, 옷도 사고 기분이 좀 좋아진 것 같다. 우리 예쁜 진영과 사위가 사진을 갖고 왔다. 집안이 모두 환해진 것 같아 기쁘다. 연서는 정혁이와 데이트를 가고 남편은 간단하게 저녁을 먹고 목욕탕을 마무리하러 갔다.

우리는 내일 단양으로 인진쑥을 베러간다. 주위 모든 사람들에게 나눠주기 위한 것이다. 조금 수고해서 건강과 기쁨을 준다면 힘들다는 생각은 들지 않는다. 삶이란 희로애락이 함께한다. 그것은 나눠서 기쁨을 주는 데서부터 시작되나보다. 우리 민주는 오늘도 회사에서 일을 한다고 하고 진영도 일을 하다 왔다. 사회생활이 만만하지 않다는 것을 일찍 알기를 바란다. 나의 분신, 모두 행복하기를 바란다.

인진쑥을 베러 새벽부터 일어나 간단하게 식사를 하고 6시 30분에 혁진네 부부와 삼촌 총 5명이 강원 태백으로 향했다. 가면서 끊임없이 실실 농담을 하는 혁진 아빠 때문에 심심하지 않았다. 재작년에 인진쑥이 많았던 곳에 가보니 풀만 무성할 뿐 별로 없어 고생을 많이 했다. 절개지에서 남편이 넘어질 뻔하여 얼마나 놀랐는지 가슴이 두근거렸다. 나눠주는 삶이 기쁘고 감사하면서도 힘들다. 뒤 트렁크가 다 차지 않아 마음이 차지 않았는데 다행히 오면서 한 곳에서 빈 트렁크를 채울 수 있어 마음이 가벼웠다.

돌아오는 길에 쏘가리 매운탕도 사주고 연희, 진영이 줄 마늘도 한 접씩 샀다. 좁은 차 안, 그래도 사주고 싶은 부모 마음인 걸. 남편과 우리 모두는 무사히 목욕탕에 도착했다. 제부와 삼촌이 쑥을 씻어 물기를 빼 탕 계단에 넣어주고, 봉평 메밀집에서 저녁을 먹고 헤어졌다.

집에 오니 연서 혼자 있다. 마음 한편이 아파온다. 우리 연서가 행복할 수 있도록 속히 짝을 찾아주면 부모 마음이 얼마나 행복할까. 나는 모든 것이 나의 뜻대로 이뤄질 것을 믿는다.

동화재활원에서 치료를 받고 말선과 카리브에서 계를 했다. 옛날보다 손님이 많이 줄었다. 음식양이 많이 적어졌다. 모든 사람들이 너무 힘들어 한다. 경기가 바닥을 쳐서 걱정이다. 모두가 잘 살아야 하는데 극히 일부분의 사람들만 걱정 없이 사는 것 같다. 오후 남편은 들에 가서 오지 않고 있다. 걱정스러워 전화를 했는데 받지를 않는다.

종우 엄마와 만나 세상사는 이야기와 가정 이야기, 또 며늘아기 이야기를 했다. 남편이 벌어다 주는 돈은 누워서 받고, 자식이 벌어다 주는 돈은 서서 받는다고 세상풍조가 왜 이리 되었는지 한심하다. 우리 아이들은 다른 집 아이들과 달라야 할 텐데……. 교육이 중요한 것 같다.

우리는 많은 인맥을 가지므로 삶의 질이 높아진다. 서우를 보고 가슴가득 채워도 넘칠듯한 기쁨이 고인다. 우리 민주는 잘 있는지 궁금하지만 모른 척 한다. 좀 더 넓은 마음에 소유자가 되면 더 바랄게 없을 것 같다.

침을 맞으러 옥천으로 갔다가 금산에 들러 약재료를 사러갔다. 대추, 행기, 감초를 사갖고 청원 이례소를 지나 남편 바지를 두 개 사고 다시 옥천으로 가려다 집으로 향했다. 왜 이토록 몸이 피곤한 지 알 수가 없다. 옷집 사장도 몸이 많이 안 좋으신 것 같다고 하신다. 숨이 멎을 듯 가슴이 두근거리고 어지럽다. 약이 맞지 않아서인가 두고 봐야겠다.

남편은 나보다 늦게 집에 도착했다. 피곤한 지 낮잠이다. 자려고 해도 잠이 오지 않는다. 왜? 아무리 생각해봐도 크게 걱정되는 것은 없는데 뭔가 몸에서 일어나는 아우성.

민주한테서 문자가 왔다. 그래도 자식인지라 사랑이 간다. 우리 진영이는 튼튼이를 뱃속에 넣고 열심히 제 몫을 하고 있다. 고맙고 감사하다. 불현듯 서우가 보고 싶어서 연희에게 전화를 걸어본다. 신호음만 계속 가고 받지 않는다. 자고 있나 보다. 쉬고 또 쉬면서 내일을 설계해야겠다.

희끗희끗한 머리가 반을 덮는다. 집에 와서 식사를 하고 다시 목욕탕으로가 염색을 했다. 남편한테 국수를 삶아주고 달걀 하나로 점심을 했다. 말선이 소개시켜준 사창동에서 지압과 뜸을 떴다. 몸뚱이를 너무 혹사한 것이 지금 나타나 나라는 주인공이 힘들다.

말선이 집까지 데려다 주었다. 너무 고맙다. 삶이 행복만은 아닌 것 같아 가슴이 아파온다. 남편은 많이 걱정한다. 체력이 바닥나 기력이 없는데 어떻게 운동하라고 하는 건지……. 가경천에는 노란 살구들이 바람에 뚝뚝 떨어진다. 황금덩어리인 양 아름답다. 좀 더 깨끗하게 가경천을 가꾸면 좋겠다.

남편과 오이를 따러 다락리로 향했다. 싱그러움이 가득 코끝을 스민다. 삶도 싱그러움으로 가득 찼으면 좋겠다. 계속 어지러워 아산병원에서 가져온 약으로 하루를 버틴다. 민주의 앞날에 조금이라도 도움이 되길 바라는 마음으로 편지를 썼다. 들어주면 참 좋을 텐데……

점심엔 말선과 남편 셋이서 메밀국수를 하고 성창에 가 35만 원을 받아왔다. 좀 실수한 것 같아 마음이 편치 않다. 인진쑥 내린 걸로 모두 다 나눠주니 기분이 좋다. 조금이라도 모든 사람한테 도움이 되면 좋겠다.

덕현 엄마는 오늘 좀 지쳐보였다. 환자한테 물렸다면서 팔뚝에 물린 자국을 보여줬다. 삶이 무엇인지 왜 마음이 아픈지 모르겠다. 혁진네한테는 미안하다. 조금 더 나눠줘야 하는데…….

기다리던 단비가 내리는 아침, 오늘이 손녀 서우 백 일이다. 남편, 민주, 연서, 진영이 내외와 우리는 차 두 대로 천안 탕정을 향해 바리바리 싸갖고 출발했다. 줘도 줘도 아깝지 않은 내 자식들. 집에 도착하니 사돈댁 내외가 벌써 와서 계셨다. 백 일상 차림도 해주시고 감사했다. 서우 배꼽 때문에 걱정했는데, 배꼽도 이제 많이 들어가고 건강하게만 자라주면 더 바랄 게 없다.

남편도 많이 기뻐했다.

서우야, 잘 있어라. 너를 사랑하는 외할머니가. 우리 병규는 시험을 잘 봤는지 궁금하다.

6월이 가고 7월이 시작되는 날이다. 우리 민주가 옆에 있어 마음이 가라앉는다. 우리 연서는 마음이 아주 여리다. 내가 조금이라도 편치 않은 것 같으면 저를 희생해서 나를 이해시키고 돕는다. 엄마의 축복으로 귀히 되었음 좋겠다. 이규언 교수한테 가서 자문을 구했다. 내 자랑스러운 병규의 앞날이 열리는 공간이니 뭐든 배치가 중요하지 않겠는가. 생각했던 대로다. 나는 축복받은 사람 중에 한 사람이다. 남편도 잘했다 칭찬하리라 믿는다.

서우가 보고 싶다. 그래서 연희와 정 서방에게 전화를 걸었는데 받지를 않는다. 오늘은 휴대폰에 저장된 손녀의 얼굴을 보고 잠자리에 들어야겠다. 점심은 형제 계에 가서 우족탕을 먹고, 병윤이 아빠랑 다락리에 가서 고추와 오이를 땄다. 오이가 아삭이고추처럼 아삭거린다.

오후 6시 30분에 민주는 서울을 향해 가고 나는 오늘 하루를 반성하며 정리한다. 이규언 교수가 준 풍수지리학적 고찰, 석사학위 논문을 읽고 있다.

날씨가 알맞게 더운 아침이다. 무사히 잘 지나가고 김영환 씨는 뒷담을 쌓는 것 때문에 남아서 시청 분들께 설명을 하고 나는 병규 작업장의 중도금을 주었다. 기쁨이 가득하다. 연서와 민주만 좋은 짝 지어 결혼시키면 내 할 일은 다 한 것 같다.

남편은 요즘 편안해진 것 같다. 내가 아프니 걱정이 되나 보다. 계속 약국에서 사온 안정환을 먹고 두세 시간은 푹 잔다. 사람이 살아가면서 수면이 참 중요한 것 같다. 요즘은 불면증 때문에 힘들어 하는 주위사람들에게 무관심 했던 게 미안해진다. 병규는 열심히 작업을 잘하고 있다고 하고 또 도와주는 형과 후배가 있어 안심이다.

나는 겨우살이처럼 남에게 빌붙어 살지 않겠다. 살아가는 동안 다시 새로운 곳에 도전하고픈 일이 생긴다면 멋있게 한 번 더 하고 싶다. 서우가 눈에 아른거린다. 기분이 좋은지 꺽꺽 소리가 크다. 건강하여 감사하다.

어제저녁 늦게 제사를 하고 왔기 때문에 8시에 출발했다. 주문진에 가 전복치로 회를 먹고 쉬엄쉬엄 집에 왔다. 많이 피곤하다. 남편과 혁진 아빠는 더 피곤할 것 같다. 혁진 엄마가 많이 준비해 와 고맙다. 내일은 관음제일이라 절에 가야 하고 혁진네와 연희 아빠는 다락리에 가기로 했다. 남편은 아직 목욕탕에서 오지 않았다. 지치고 피곤하여 일찍 자야겠다.

서우 얼굴을 보니 가슴이 뻥 뚫리는 듯 기분이 좋다. 우리 병규와 진영은 모두가 각자의 자리에서 잘 하고 있겠지. 우리 연서가 시집가고 나면 무척 외로울 것 같은……. 그리고 허전하여 울 것이다. 오늘도 우리 둘째 연서를 기다린다.

형님 내외와 고추를 따고 오이와 상추를 수확하여 대왕 산삼농원으로 점심을 먹으러 갔다. 배가 부르지만 내일을 위해 먹어두었다. 3시쯤 고추를 나눠보내고 목욕탕에 가 목욕탕을 보며 신문을 읽었다. 일이 있어 행복하고 즐겁다.

집에 오니 남편이 저녁도 먹지 않고 기다린다. 미안하다. 속히 몸살이 풀리었으면 좋겠다. 그리고 그 마음에 응어리들도 이제 풀어졌음 좋겠다. 돌아가신 분들 원망하면 무슨 소용이람. 내가 더 따뜻하게 해줘야 하는데 남자 같은 성격 때문에 마음만 있다.

오늘 민주한테서 전화가 왔다. 이제 좀 마음에 여유가 생겼나? 병규가 온다고 했는데 아직 안 오고 있다. 비가 오지 않아 다행이지만 걱정이다. 우리 병규에게는 책임을 져야 하는 첫걸음이다. 짐을 지워주고 싶지는 않지만 책임감이 무엇인지 알게 해주고 싶다. 11시쯤 도착한다고 했는데 도착했는지 걱정이다. 집에 올 시간이 가깝다.

사랑하는 아들의 차를 타고 성남에 갔다. 가슴이 조여 오는 며칠이 지나 지금은 편안하다. 병규를 믿자. 그리고 꿈나무이니 지켜보자. 앞으로 대성하리라 믿는다. 그리고 옆에서 지켜주는 거목이 있으니 절대로 넘어질 리가 없으리라 생각한다.

목욕탕 보는 일은 건축업보다 식은죽 먹기다. 재미가 있다면 작은 돈이지만 현금이 계속 들어온다는데 있다. 연서가 만두를 갖고 왔다. 하루 속히 정혁이를 봐야 마음이 놓일 것 같다.

내일은 서울 가는 날이다. 잘 마무리하고 와야 할 텐데 걱정이다. 삶이란 희극배우와 같아서 내 안에서 서커스를 하는 것 같다. 민주와 병규를 내일 만나서 기쁨을 나누자.

서우 가족이 일주일 동안 청주에 머물면서 기쁨을 주고 갔다. 서우가 하루하루 달라지게 예쁜 짓도 늘고 몸도 커진다. 연희는 정 서방이랑 행복하게 사는 것 같아 예쁘다. 밭에 가서 고추와 오이, 가지를 사위와 연희, 남편 셋이서 따고 나는 서우랑 차 안에서 시원하게 보냈다. 꿈을 꾸는 듯 영혼이 맑아지는 듯하다.

연희가 인삼튀김을 먹고 싶다고 하여 금산 가서 인삼튀김을 먹고 메밀면으로 점심을 먹은 뒤 집에 오니 진영과 호용이가 와 있다. 점심도 먹지 않은 아이들을 데리고 형님댁에 갔다.

서우가 가고 난 뒤 보니 정 서방이 백만 원을 두고 갔다. 쓰기도 바쁠 텐데, 마음이 편지만은 않다. 우리는 저희들 모두가 편안하다면 더 바랄게 없다. 너무 허전하여 2층을 청소하고 3층은 연서와 둘이서 밀고 닦았다. 연서가 힘이 없어 보인다. 마음 한 구석 아련히 아파온다. 삶이 기쁨만이 아니고 슬픔도 함께 한다는 것을……. 잘 자라, 서우야.

밭으로 논으로 남편과 혁진 아빠랑 셋이서 여름을 즐겼다. 조치원에 가서 병윤 아빠를 불러 쌈밥을 먹고 집에서 쉬었다. 진영한테서 기쁨의 문자가 왔다. 인문대학에 발령이 났단다. 원하는 것을 이룬 우리 진영. 튼튼이가 복덩이인 것 같아 고맙고 기쁘다.

병규한테서 전화가 왔다. 모든 게 잘 진행되고 있어 고맙다. 우리 민주는 잘하고 있는지 소식이 없다. 마음속 깊은 곳에 행복이 넘치면 좋겠다.

내일은 말선과 옥화대 계곡으로 휴식을 떠난다. 내 마음 물에 내려놓고 오리라 맘도 몸도 힘들다. 젊어서 너무 지치게 일한 후유증이 지금에서 나타난다. 우리는 지금 어디쯤에 와 있는 걸까? 종착지는 어디이며 나는 누구인가? 박치수 아내! 아니면 다섯 아이의 엄마! 나는 누구란 말인가. 남을 행복하게 해주기 위한 삶인가? 스스로에게 주문을 걸자. 나는 행복하다고……

남편이 깨워줬다. 고맙고 미안하고 감사한 생각이 든다. 오늘은 말선과 풍수지리 공부한 분들과 옥화대로 쉬러 갔다. 16명 모두 화기애애했다. 현대자동차 부품 사업을 하시다 중종땅 11만 평을 관리하시는 분도 계셨다. 쉽지만은 않은 생을 사시는 것 같아 씁쓸하다.

오늘은 아무 생각 없이 쉬었다. 남편은 목욕탕에서 힘든 일을 하는데 놀러만 다녀서 미안한 생각이 들었다. 서우가 보고 싶다. 웃는 모습이 눈앞에 아른거린다. 내리사랑이라더니 정말인 것 같다.

진영이한테 전화가 왔다. 어떻게 진행되는지 궁금하단다. 사위도 좋은 일, 진영이도 좋은 일로 경사가 겹쳤다. 우리 민주와 병규만 앞이 열리고 우리 연서만 결혼하면 더 바랄 나위가 없다. 사랑하는 내 자식들 남의 눈에도 꽃으로 보이길 엄마가 기도한다.

혁진 아빠와 엄마, 그리고 우리 부부 넷이서 아침 4시 30분에 다락리에 도착하여 4시간 30분 동안 풀을 베고 해장국으로 아침 겸 점심을 먹었다. 연서와 여수엑스포를 방문하기로 하고 1시에 출발하여 5시 반에 도착했다. 7시부터 국제관을 돌고 레이저쇼를 관람했다. 환상적이다. 남편도 함께였으면 얼마나 좋을까 생각했다. 모처럼 연서와 나들이 힘들지만 가슴이 설렌다. 더운물로 샤워를 하고 일찍 잠자리에 들었다.

호텔에서 간단하게 아침식사를 하고 4시간을 긴 줄을 서서 아쿠아리움을 1시간가량 관람했다. 장시간 동안 기다린 보람이 있다. 민주가 롯데에 다니니 롯데관을 관람했는데 대기업의 웅장함에 더 감개가 무량하다. 지자체관을 관람하며 충북도의 참여도를 보면서 너무 성의없음에 개탄했다. 청원군수가 오셨다. 인사를 할까 말까 망설이다 하지 않았다. 여러분이 함께 계셔서!

집에 도착했는데 기분이 언짢다. 남편에게 혼자 있어 쓸쓸했냐고 물으니 혼자 있어서 좋았다며 입가에 미소까지 흘리며 말한다. 먹는 것 외에는 불편함이 없다는데 농담이겠지만 싫다. 그러면 다락리 가서 혼자 살든지……. 애교로 발로 밀었다. 왜 없을 때는 걱정되고, 보면 화가 나는지……. 나도 권태기인가. 마음을 점검해 봐야겠다.

날씨가 흐리다가 오후부터 비가 조금씩 내렸다. 남편과 나는 오후 단잠에 들었다가 2시가 조금 넘어 다락리로 향했다. 뜨거운 햇빛보다는 좀 나을 것 같은 마음으로 밭에 풀을 베었다.

고구마순들이 풀에 묻혀 뜨고 녹아 죽었다. 얼마나 답답했을까. 풀을 베주어 고맙다고 인사하는 것 같다. 땅거미가 질 때까지 풀을 베고 저녁으로는 봉평 메밀 온면을 먹고 집에 와서 남편 몸살 약을 먹고 몽롱하도록 잤다.

진영이가 저녁을 산다고 왔다. 배가 불러 힘든데 부모를 생각하는 마음이 예쁘다. 저녁은 더덕 정식으로 먹고 과일주스와 커피로 분위기를 잡으니 남편은 좀 어색했을 거라는 생각이 들어 피식 웃음이…….

병규가 온다고 하여 오리를 구워놓고 내일 일정이 있으니 자야겠다. 혁진 내외가 고생한 생각을 하니 내일 돈 좀 쓰는 건 아깝지 않다는 생각이 든다.

3개월 후면 우리 튼튼이가 나온다. 어떤 모습으로 생면을 할지 궁금하다.

날씨는 우중충하지만 마음은 부자인 오늘아침은 병규, 진영, 연서로 집 안이 한가득이다. 목욕탕에 페인트를 칠하러 왔지만 우리는 혁진 내외와 포항으로 여행을 떠났다. 쉬엄쉬엄 휴게소마다 쉬면서 옥수수, 커피, 아이스크림으로 피로를 풀며 마음속 응어리들을 하나하나 녹여냈다.

　죽도시장에 가서 고래고기를 먹고 점심은 복지리를 먹었다. 20여 년 전 칠포 해수욕장에서의 추억을 그리며 찾아보았지만 너무 변해 그 근처에도 가보지 못하고 올라왔다.

　혁진 아빠가 하루 종일 운전을 했다. 피곤해 보여 미안했지만 남편에게 운전을 시키고 싶진 않다. 교육원에 가다가 수원 근처에서 응급실 강남병원에 간 생각만 떠올려도 가슴이 두근거린다. 다행인 게 지금까지 별일 없이 잘 견뎌주어 고마울 따름이다. 병규는 서울집에 가고 다시 일상으로 돌아온 하루다. 연서만 우리 곁에 있다.

연서 때문에 좀은 심란한 오늘이지만 지혜가 있으니 알아서 하겠지. 그냥 내버려둔다. 왜 부모가 되면 힘든지 조금씩 알아가는 것 같다. 남편은 병원에 들렀다가 밭에 가서 고추를 따왔다. 고맙다.

혁진네 가서 점심을 먹고 삼성에 가 TV를 사고 남편과 오랜만에 TV를 보면서 시간을 보내다 가경천을 거닐었다. 20여 일 만에 걷는 이 길이 새로운 길인 양 새롭다. 말선한테서 전화가 와 벤치에 앉아 긴 이야기를 했다. 수박을 한 통 사 갖고 와 고맙다는 생각을 했다. 여행을 가도 용돈 한푼 주지 않았는데 미안하다.

8시에 남편이 기다리고 있다. 함께 저녁식사를 해야 하는데 늦어서 미안하다. 영상으로 서우 가족과 만났다. 천사 같은 우리 서우, 마음이 새가 되는 것처럼 즐거운 가운데 진영한테 무사히 펜션에 도착했다는 전화를 받아 가벼운 마음으로 잠자리에 든다.

일본으로부터 해방된 오늘을 감사한다. 해방되지 않았더라면 우리들의 언어도 문화도 말살된 채 일본이라는 나라에 속국으로 한심하게 살고 있으리라. 독립투쟁을 목숨을 담보로 하신 분들에 감사하며 경건하게 지내야겠다.

민주가 휴가라고 집에 와 있다. 진영 내외가 와서 점심을 함께 먹었다. 남편 적립카드로 계산을 하고 논으로 밭으로 해서 집으로 돌아오는 길, 가슴 가득 기쁨이다. 민주가 많이 피곤한가 보다. 계속 잠이다. 실컷 쉬어가면 좋겠다.

장대비가 쏟아진다. 갑자기 하늘이 뚫려 양동이로 퍼붓는 것처럼 많은 양이다. 저지대 사는 분들의 피해가 걱정이 되는 오늘이다. 서울의 병규가 걱정되어 전화했는데 별일 없단다. 다행이다.

영화 〈도둑들〉을 민주와 봤다. 스릴 있어 좋았다. 도둑도 용기가 있어야 하고 배려하는 마음을 오해할 수 있다는 것을 영화를 보면서 느꼈다.

오늘은 오락가락하는 비 때문인지, 아니면 엊그제 기분 나쁜 꿈 때문인지 썩 좋은 날은 아니었다. 민주가 복숭아를 가져왔다. 스트레스 받을까봐 걱정이다. 내일은 우리 연서 운명이 바뀌는 날이길 바란다. 모든 업은 소멸되고 삶 자체가 행복의 도가니였으면 하고 바란다. 서우의 방긋방긋 웃는 모습이 가슴을 설레게 한다. 보고 싶다.

무척이나 바쁜 날이다. 기분 좋은 날이기도 하지만 언짢은 날이 기도 하다. 우리 연서의 운맞이 날이다. 행운과 행복이 오는 날로 바뀼다. 음력 5월 9일, 오시절에서는 무척 바쁘고 힘든 날이다. 오후 비밥을 보며 나의 스트레스는 뻥 날아갔다.

정 서방에게 포도와 백설기를 가져다 줬다. 결혼할 때 눈에 차게 해주지 못한 게 못내 안타까워 더 해주고 싶다. 남편은 오늘 배추 밭에 풀을 뽑으러 가고 혁진네와 말선 모두 나때문에 힘들다. 그래도 옆에 나라도 있어 행복한 줄 알기를 오늘은 잠을 잘 잘 것 같다.

연서는 책을 보고 민주는 아직 오지 않았다. 피곤할 텐데 일찍 오지. 걱정이다. 우리 자식들 모두 행복한 꿈을 꾸길……. 엄마가.

턱 옆의 귀가 너무 아파 상당이비인후과를 가니 턱 관절이 약해져서 그렇다면서 약을 이틀 분 주었다.

힘든 몸을 이끌고 쉬고 싶었지만 남편이 밭에 가 있다는 말을 듣고 나보다 더 힘들겠다는 생각이 들어 목욕탕을 보러갔다. 그래도 사업체가 있다는데 자부심이 있지 않은가 요즘은 특별히 바쁘진 않지만 그래도 내가 할 일은 해야 되니 책임을 다 하고 있다.

민주한테서 문자가 오고 병규는 힘이 들어서인지 쉬고 있다고 했다. 자랑스러운 아들이다. 세계로 쭉쭉 뻗어 나가길……. 우리 진영은 사는 것 같이 살아 예쁘다. 오늘은 이혼하는 꿈을 꾸어 조심했는데 별일 없이 넘어갔다.

세찬 빗소리에 일어나 창문을 닫고 잠에서 깨어 일어나니 아침 7시 30분이다. 남편이 어제 따다 둔 고추와 가지를 내일 모레 칠석날 반찬으로 하라고 절에 갖다 주고 은박지를 가져와 목욕탕 수리하는데 펴고 일을 했다. 아픈 다리를 끌고 일하는 한 기사가 딱하다. 열심히 공부했다면 지금쯤 편한 일을 하면서 살 수 있었을 텐데…….

모두 다 때 늦은 후회다. 먹지도 입지도 못하고 자식들을 위해 헌신하는 부모세대는 우리 세대가 마지막이 아닌가 싶다. 부계에서 모계로 이동되는 시대 이제는 남아선호시대도 지났고 직업의 한계도 없어졌다.

남편은 친구 형(김흥의 씨 형)이 운명했다고 해서 우리의 삶이 살 날보다는 갈 날에 가까이 왔음을 문득 느낀다. 밖에는 빗방울 떨어지는 소리……. 나는 연서를 기다린다. 착하고 여린 딸 삶이 편안하길 바란다. 희망이 가까이 다가오고 있다. 좋은 기운이 우리 집에 가득히…….

지치고 힘든 일상 속에 머리엔 서리가 내려 여러 사람이 말한다. 예쁘고 지적인 모습으로 다가가기조차 어려웠는데 머리가 하얘지는 모습에서 세월의 긴 흐름을 보았다고. 정말 눈 깜빡할 사이인 것 같다. 힘들고 지칠 때 안식처가 되던 곳이 이제 한 짐 가득 일어서 기조차 힘들 만큼 큰 짐이 되어 양 어깨를 누른다.

호용한테서 전화가 왔다. 진영도 잘 있단다. 함께 오고 싶었는데 일이 있었단다. 어느 곳에 있든 잘 있으면 된다. 목욕탕 문제는 아직도 원인을 찾지 못하고 남편은 나름대로 힘이 든 모양이다. 나도 지쳐 오늘은 네 시간을 푹 자고 탕 아줌마 신세를 져서 염색을 하고 집으로 와서 서우와 잠깐 영상통화를 하고……

병규에게 몸살이 났을까봐 전화해보니 괜찮다고 한다. 다행이다. 잠을 자다 깬 목소리다. 우리 병규는 키보다 더 많이 마음이 큰 것 같아 예쁘다. 우리 모두 건강하게 살자.

월요일, 서울에서 손님이 오는 날이다. 준비를 하고 올라가니 교장 퇴직을 하신 내외분이 오셨다. 대학을 졸업하고 군대를 다녀오고 회사에 다니다 회식 후 쓰러진 아들 얘기를 했다. 어떻게든 살려보려고 두 번의 수술을 했다. 지금은 그 아들 때문에 이중의 고통을 받는단다.

경제개념도 사고력도 떨어졌단다. 그래서 부모가 살 동안은 책임지지만 걱정이란다. 그냥 가게 둘 걸 판단이 잘못된 것 같단다. 그래도 가슴에 묻는 것보다는 눈앞에 있는 게 더 행복이라고 말해주었다.

태풍이 온다고 민주한테, 병규한테, 진영한테 전화가 오고 자식이 있는 게 얼마나 든든한지 다시 한 번 느껴본다. 자야지 하다가도 아직 연서가 도착하지 않아 기다려야겠다. 태풍이 올라오고 있다. 모두가 재해를 입지 않으면 좋겠다.

페인트 대금을 삼촌에게 넣어주었다. 일을 말끔히 해주면 고맙겠다. 창문 사이로 바람이 에어컨 바람보다 더 시원하게 불어온다.

5시 반에 누룽지를 끓이고 오이냉채를 하고 남편을 깨우니 일어나지 않는다. 8시 출발이란다. 다시 이불 속으로 들어가 한잠을 자고 8시 혁진네 집에 들러 혁진 아빠와 용화로 버섯을 따러 갔다. 없다.

비만 흠뻑 맞고 으슬으슬 춥다. 내가 넘어질까 걱정하는 남편 모습에서 진심이 묻어난다. 어제 기분 나빴던 게 스르르 풀린다. 미원쯤 오다가 보리밥으로 허기를 채우고 목욕탕에가 샤워를 하고 아스피린을 먹었다. 왠지 걱정이다. 이러다 정말 입원하는 건 아닌지……

지금도 가족을 위해 등을 다는 분들이 있다. 쾌유, 진급, 화해와 용서, 그리고 진어의 등. 오늘은 가슴 벅차도록 행복감을 느끼는 하루가 된 것 같다. 자식은 고구마 줄기가 뻗어나가는 것과 같아 한줄기가 뻗으면 그만큼 행복감과 걱정이 동반한다.

우리 연서는 아직 안 오고 있다. 세상이 무서운데 걱정이 앞선다. 진영이는 부른 배로 남편을 돕는다. 애쓴다. 병규는 나름대로 열심이다. 꼭 성공하리라 믿는다.

우리 민주는 행복한가 보다. 불평의 소식 없이 회사를 잘 나가고 있다. 우리 서우는 이제 웃음도 제법 보인다. 삶이 바로 이런 건가 보다. 사소한 것에 행복해 하고 조금 언짢은 것에 가슴 시려 하고……. 나는 지금 행복한가? 자신에게 묻는다.

7형제 계 남남이 모여 계를 하는데 겨우 6명이 나왔다. 버섯찌개 남편이 잘 먹는데 참석 못해 1인분을 포장해 와 저녁상에 올려 놓았다.

＊

민주는 친구들 만나러 가고, 연서와 둘이서 TV를 시청했다. 우리 연서가 속히 짝을 만나 행복해졌음 좋겠다. 우리 민주가 법륜 스님의 책을 사왔다. 읽으면서 행복하고, 답답하면 묻고, 마음이 불편하면 풀으라 한다. 마음이 깊은 막내가 고맙다.

진영은 시댁에 가고 연희 내외는 사돈댁과 여행을 갔다. 즐겁고 행복했음 좋겠다. 모두를 사랑하는 이 밤. 병규에게선 세금이 입금되었다고 전화가 왔다.

＊

뼈마디를 칼로 찍어내는 것 같이 아파 일어나지 못했다. 9시쯤 일어나니 남편은 벌써 일어나있다. 목욕탕에 샤워하러 가니 다락리집에 풀을 베러가고 없다. 아침도 안 먹고 갔는데 이럴 땐 운전을 하면 좋겠다는 생각을 했다. 진영이 민주 왔다고 점심을 산다고 호용과 왔다.

몇 번이고 남편과 삼촌한테 전화했는데 받지 않는다. 일하느라 못 듣는 것 같아 마음이 쓰인다. 현대백화점에 가서 일식으로 점심을 먹고 민주 옷과 호용 옷을 샀다. 예쁜 모습이 좋아 보인다.

연희한테서 서우 예쁜 모습을 담아 보내주어 한결 가벼워진 마음으로 잠자리에 들 것 같다.

8시 버섯을 따러 혁진 아빠 내외와 네 명이서 출발했다. 맑은 계곡물 소리, 시원한 바람과 상쾌한 공기 속에 연신 허리를 굽혀 오이꽃 버섯을 따고 솔버섯, 싸리버섯 등을 채취했다. 힘든지도 모르고 연신…… . 아마도 그냥 산등선을 넘으라면 못 넘었을 것 같다. 내려와서 우리가 돌아 돌아 내려온 산등선을 쳐다보니 까마득하다.

오늘 하루 1년 치의 운동량을 모두 한 것 같은 생각이다. 손발이 많이 저리다. 혈액순환이 저조하고 뇌로 가는 산소량이 부족하다고 한다. 60년을 넘게 살았으니 살 만큼 산 것 아닌가?

진영이 와서 연서가 사다놓은 옥수수와 만두를 맛있게 먹는다. 하는 짓이 모두 예쁜 우리 진영이다. 9시 넘게까지 버섯을 손질하여 삶아 놓고 누룽지를 끓여 먹었다. 가슴이 저려온다. 가끔 통증도 심하게 온다. 우리 연서를 기다리며 책을 보다 빨래를 널고 행복의 꿈나라로 간다. 오늘은 가슴이 뻥 뚫린 기분이다.

몸살이 오려나. 지치고 힘들다. 오늘이 초하루인 것도 모르고 넘어갈 뻔했다. 남편이 태워다 주워 고맙다. 몸이 쑤시고 아프니 시간이 지루하고 길다. 만나야 될 분이 있어 기다렸다. 40대 초반의 분이 병원 가서 진료 받고 암이라고 진단받고 한 달 만에 운명을 달리했단다. 안타깝다.

옥화와 정옥이 남편 생일이라면서 닥스 남방을 사왔다. 인간미들이 있어 고맙다. 또 태풍이 올라오고 있다. 세찬 바람과 함께 비가 오고 있다. 농작물에 피해가 없어야 하는데……. 수확기에 든 농작물의 피해는 자식을 잃은 부모의 마음과 같을 것이다.

병규는 작업 열심히 한다고 하고 민주는 열심히 맡은 일을 잘 하고 있는 것 같다. 우리 진영은 시댁서 예쁨을 받고 우리 연서를 삶을 어떻게 살아야 하는지 잘 메모하며 실천하며 살고 있다. 나는 인생을 성공한 것 같은데 내 몸은 그에 비례해서 너무 많이 망가졌다. 인생 공평한 것 같다.

힘들게 일어나 비가 오고 있는 가운데 동화재활원에서 재활치료를 받고 남편과 점심을 먹고 따뜻하게 해놓고 잠을 잤다. 남편은 목욕탕 보러 가고 나는 따라주지 않는 체력 때문에 마음이 편치 않다. 재채기도 나오고 콧물도 나온다. 심해지지 않아야 되는데.

내일 날이 좋으면 버섯을 따러 가려고 한다. 태풍 샴바 때문에 모두가 고통스러운 이때, 우리 생각이 모자란 게 아닌가 생각된다. 서우와 영상통화를 하고 병규한테 전화하니 계속 통화 중이다. 아무 일도 없어야 하는데……

안방에서 남편이 아들하고 통화하는 소리가 들리고 다시 끊는 소리가 들리자마자 나에게 전화가 온다. 병규가 잘하고 있다며 걱정하지 말라고 한다. 지금 하는 작업의 느낌이 좋단다. 잘 돼서 세계적인 작가가 되어야 할 텐데……. 호용도 잘 되고 있다.

남편이 깨워서 일어나니 6시가 다 되어간다. 6시 출발 약속을 해놓고 부지런히 준비하여 혁진네로 갔다. 대야산. 공기가 맑고 물이 좋은 산 오이꽃버섯, 싸리버섯을 하나하나 따며 천천히 올라가니 크게 힘들지 않다. 운동을 제대로 하는 것 같다. 남편은 허리가 아픈데도 내 짐까지 지어준다. 고맙다.

송이를 하나 땄다. 남편을 눈이 밝은 편이다. 혁진네 고향으로 들러 청천에 가서 진영이가 좋아하는 옥수수를 사고, 스님 드리려고 송이를 조금 사갖고 왔다. 진영이네에 송이를 두 개 주었더니 저녁에 먹고 있단다. 내 자식이니 하나라도 더 주고 싶다. 늦은 시간이지만 상할까봐 버섯을 손질하여 삶아 담궈 두고 방에 들어오니 12시가 다 되어간다. 약을 먹지 않으면 잠이 오지 않을 것 같아 약을 먹고 이제 잠자리에 들어야겠다.

자다보니 남편이 일어나는 기척이 났다. 막 준비를 하고 나가려는 찰나 방문을 열고 나가보니 더 자란다. 아침도 먹지 않고 산에 간다고 생각하니 안타깝다. 저녁에 송이 하나와 싸리버섯을 꽤 많이 따왔다. 씻어서 손질하여 물에 담가 놓고 서우한테 전화하니 벌써 잔단다. 알콩달콩 사는 큰애 내외가 보기 좋고 틀에 박힌 듯 알뜰하게 사는 진영도 고맙다. 우리 연서만 잘 살아 주면 고마울 것 같다.

남편과 시댁에 장흥정을 해다 주고 금천동 할머님댁에 갔다. 위암 수술을 하고 항암주사를 맞는 중이란다. 많이 수척해지셨고 기운 없어 하신다. 참 딱하다는 생각을 했다.

　오후에 원장님이 다녀가셨다. 마음이 썩 좋지 않다. 가슴이 명한 느낌이다. 온갖 것을 다 가졌으면 뭘 하겠는가. 마음의 고통이 심한데…….

　자꾸 몸이 힘들다. 먹는 것도 힘들다니까 남편은 한심한가보다. 사실인데, 아직도 나를 이팔청춘으로 알고 있는 것 같다. 아이를 일곱 명을 낳고 한 명을 유산하고 죽을 고비도 많이 넘겼다. 그 아이를 건졌다면, 지금처럼 많은 아이들은 없었을까…….

　눈이 많이 아프다. 신경이 많이 쓰였나 보다. 다섯 명의 아이들 중 누구 하나도 소중하지 않은 아이가 없다. 모두가 소중하고 예쁘다. 눈에 넣어도 아프지 않을 만치.

큰댁에 쌀을 가져다주고 남편과 아주버님 셋이서 버섯을 채취하러 갔다. 너무 메말라 버섯이 없다. 마음이 상했다. 기왕 온 것이니 본전이나 뽑고 가야겠다고 열심히 돌아다녔다.

가다바리버섯, 능이버섯을 따서 아주버님께 나눠드리고 집으로 향하던 중 남편이 어지럽다며 운전을 아주버님께서 운전을 대신했다. 얼마나 놀랐는지 모른다. 청심환을 사다 주고 형님댁에 들러 사관을 트고 아주버님께서 집에 데려다 주셔서 잘 왔다. 남편이 걱정 됐지만 목욕탕 때문에 나는 목욕탕에 가고 병규와 남편은 집에서 쉬도록 했다.

남편이 10시경에 배가 고프다며 복숭아를 먹는다. 걱정이다. 연서는 아직 오지 않고 빨래를 병규가 도와줘 힘들지만 그래도 힘이 났다. 이제 자야겠다.

둘째 사윗감과 만남이 있는 날이다. 나는 먼저 한 번 상면했다. 귀엽다. 내 식구라 생각되었다. 오늘 연희 아빠가 좋아해야 할 텐데……. 일식집 샷보르에서 대구 매운탕을 민주와 다섯이 먹으면서 많은 대화를 했다. 이제 정말 이 커다란 집에 두 식구만 남는다.

언젠가는 연희 아빠가 아니면 내가……. 혼자가 될 것이다. 자식도 남편도 나일 수는 없다. 모든 것을 내려놓아야 가벼워질 텐데……. 그렇지 못한 게 마음 가득 채워진 욕심 때문이 아닐까 생각된다.

이제 69일만 지나면 연서 결혼날이다. 가슴 가득 쌓여 있던 것이 밀물에 씻겨 내려간 양 허전하다. 해줘도 해줘도 부족한 것 같은……. 연희, 진영 때와는 다른…….

꙳

예쁜 주은이 와서 마음 가득 행복이 밀려왔다. 민주가 옆에서 쌔근쌔근 자고 있다. 어릴 때 그 모습 그대로……. 안아도 나보다 키도 훌쩍 자라고 힘도 세졌다.

호용이 잠시 출근했다가 와서 정혁, 연서, 민주랑 함께 저녁식사를 했다. 정혁이가 저녁값을 냈다. 눈치가 빠른 것 같다. 예의가 바르고 삶의 본질을 아는 것 같아 고맙다. 결혼식 때 입을 예복을 사줬다. 큰사위 호용 모두 해준 것을 정혁만 넘어가기는 부모로써 용납되지 않는다.

옥화를 현대백화점 닥스 매장에서 만났다. 참 반갑다. 오늘은 참 여러 가지 일들로 희노가 함께하는 하루다. 아이들과의 행복한 하루. 우리를 닮은 아이들이 있어 힘이 배가 되는 날이다.

꙳

연서집에 고구마를 세 박스 넣어 놓고 왔다. 신혼집이 정갈하다. 아이들이 상의해서 안마의자를 들여놓아주었다. 고맙다. 이런 재미로 자식을 낳아 기르는가 보다. 가끔 한 번씩은 가슴이 찡하도록 아이들이 보고 싶을 때가 있다. 내 소중한 아이들……. 아이들이 소중한 만큼 남편도 소중한 존재인 것은 맞는데…….

울적할 때는 여행을 떠나고 싶은 충동. 어린아이 같은 버릇이 나올 때가 있다. 오늘도 연서는 오지 않겠지? 기다리지 말고 자자.

연희한테 전화해서 점심을 같이 먹었다. 서우가 서울깍쟁이 같은 모습으로 나타났다. 너무 귀엽다. 연희가 체력이 떨어졌는지 감기로 고생이 많다. 연서는 웨딩촬영을 하고. 진영, 민주, 연희 모두가 도움을 주는 것 같아 엄마로써 흐뭇하다. 부디 잘 살아야 할 텐데. 꿈이 영 기분이 좋지는 않은……. 그래서 조심했는데 잘 넘어갔다.

삶, 하루도 편하게 넘어 갈 날이 없는 것 같다. 왜 이토록 우울한지 모르겠다. 젊은 날 아이들 키우며 바쁘게 살던 때가 그립다. 그때는 힘든 줄 모르고 쌓이는 재미로 살았다.

지금 생각하면 어디서 에너지가 그리 솟았는지 신기할 따름이다. 그래도 지금처럼 풍족한 삶과 바쁜 삶 둘 중의 하나를 선택하라면 지금을 선택하고 싶다. 오늘 밤은 좋은 꿈을 꾸고 싶다.

오늘은 부끄러운 날이다. 일 년에 한번 돌아오는 할머님 기일을 챙기지 못했다. 연마다 27일로 기재해 놓았는데 오늘은 16일이 아닌가? 형님께 여쭤보니 오늘이 맞단다. 죄송하고 부끄러운 하루다. 배추와 무가 잘되어 절, 혁진네, 옥화, 진영, 연서, 대전 사돈에게 보냈다. 가슴이 뿌듯하다. 남편의 피와 땀으로 가꾼 작물들로 복을 쌓는다고 생각하니 기쁨이 배나 더 한 것 같다.

서우가 서울에 가있다. 보고 싶다. 눈앞에서 아른거린다. 아지랑이처럼……. 주은은 심성이 착한 듯 배부르면 잘 논다. 서울 사돈이 연서한테 다녀가신 모양이다. 옷 사라며 많은 용돈을 주고 가셨단다. 시집가서 효하며 잘 살아야 할 텐데…….

살아온 세월 자꾸 뒤돌아보게 한다. 앞으로 좀 더 보람 있고 활력 있는 삶을 살고 싶다. 맑고 싱그러운 봄에 기운을 품고 떠오르는 태양처럼……. 착한 나에게 잘 자라고, 고운 꿈꾸라고 칭찬하며 잠자리에 든다.

결혼한 지 38년, 우리는 주옥같은 과일들을 얻었고 새로운 줄기에 새 과일도 얻었다. 슬픔보다는 기쁨이 더 많았던 세월 속 점점 시들어가는 영과 육. 특별하지도 않은 일 때문에 아옹다옹 남편을 힘들게 하고 있다. 기운이 세하니 이해할 것도 분노로……. 자신을 생각해도 한심스럽다.

　　너무 많은 것을 아이들에게 해주어 스스로 일어서는데 더디게 한 것이 아닌지? 그래도 드라마 속 시월드에 비하면 보통 엄마들 보다는 더 이상적인 엄마인 것 같아 자부심을 가져본다.

　　아이들한테도 서운한 게 점점 늘어나는 것 같다. 내 소유물이 아닌데 지나친 이기심 때문이 아닐까 의심을 가져본다. 남편 소중한 존재인 것만은 확실하다. 꽃 감사! 편지 속, 서로의 생각이 달라도 이해와 챙김이라는 말이 감동적이다.

　　남은 세월, 세월 따라 살아가는 것이 아닌 세월 따라 아끼며 보살피며 살아갑시다로 바꿔봅니다. 새로운 마음으로 마음 상함 없이 살려고 노력해 볼게요. 당신도 내가 싫어하는 것은 이제 느낌으로 알 때도 되지 않았어? 서로 이해하고 더 챙기기를 기대해봅니다.

✼

연서와 정혁이의 결혼. 가슴 한 가득 사랑을 보낸다.

✼

호용이의 진급. 호용이 지금처럼 관운이 쫙 열리기를!

✼

주은이 왔다. 민주와 모처럼 화기애애한 가운데 현대백화점을 들러 집에 도착한 것까지는 좋았는데 주은이가 갑자기 코피를 쏟았다. 가슴이 내려앉는다. 건조해서일까? 아니면 너무 무리해서일까? 정혁도 오고 연서도 오고 정혁이 휴일 근무하고 8만 원을 벌었다고 기뻐한다. 어린애 같이 순수해 보기 좋다. 건강하게 오순도순 예쁘게 살아주길 기도한다. 청담동 부잣집에서 청주 시골로 장가온 둘째. 한가족 되어 고맙다.

너무 피곤해서 몸살로 혀는 터지고 입술은 부르텄다. 내가 태어난 날……. 가슴 깊이서부터 죄책감이 든다. 병규를 하나도 챙겨주지 못해 미안하다. 짠한 마음으로 집에 오니 남편이 장미꽃을 가득 선물했다. 너무 기쁘다.

어릴 적, 「큰 바위 얼굴」이란 작품 속에 빠져든 적이 있다. 우리 맏사위가 그렇다. 키도 크고 얼굴도 미남인 사위가 흠이 있다면 몸이 약하다는 데 있다. 어린 나이에 서울에 유학하여 고대 학사, 서울대 석사, 고대 박사 취득을 하기까지 혼자 자취를 했으니 약할 만도 하다.

그에 반해 우리 연희는 조선시대 맏며느리처럼 둥글둥글한 체형에 마음 또한 보름달 같아 참 예쁘다. 부부는 서로 닮기도 하지만 서로가 대칭인 경우가 많다는데 우리 아이들이 그렇다. 봉사하던 것을 그만두고 쉬는 것이 마음 쓰였나보다.

퇴근하면서 전화하는 것만 봐도 맏이는 맏이답다는 생각이 든다. 큰 바위 얼굴 아니 오롯이 뻗어 내린 민족의 정기, 설악산 설산을 보듬어 간직한 기억을 따라 내려온 골 마냥 처음 가족으로 들어올 때의 상념들이 나비가 되어 춤을 춘다.

벌써 손녀 본 지 4년이 됐다. 올해는 맏사위와 맏딸을 반반 닮은 손자를 보고 싶다. 가솔송 마냥 홍자색의 단지 모양의 꽃 같은 행복이 가득가득 담기길 기원해본다.

고본 꽃은 꼭 우리 남편을 닮았다. 마음여림이 겹산형 꽃처럼 겹겹이 쌓여있는 사람이다. 남편과 만난 지 39년이다. 참으로 많은 희로애락이 있었다. 다니던 직장을 결혼과 동시에 그만두고 공무원인 남편의 월급으로는 내 사랑하는 아이들 공부시키는 데 무리가 있을 것 같아 둘째 딸을 출산하고부터 건축업을 시작했다.

아침 다섯 시에 일어나 남편 아침식사 준비와 옷을 다려놓고 두 아이를 유모차에 태우고 현장으로 가면서 늘 미안한 마음이었다. 아침밥과 점심, 저녁을 10년간 먹지 못했다. 아침 새참, 저녁 새참을 국수로 때우고 집에 돌아와서는 저녁 준비만 해놓았다. 그리고 내일 가져갈 천 기저귀 40개를 개켜놓고 빨아 놓고 아이들 목욕시키면 밤 12시가 되었다.

지치고 피곤해도 그때는 기뻤다. 그런 삶속에서 아이들은 방목해 키웠다. 지금 엄마들처럼 학원에다 학교에 관심을 가졌다면 서울 빅3 학교를 모두 다 합격했을 것인데 엄마의 생각이 부족하여 나라의 동양들로 키우지 못한 아쉬움이 있다.

새벽부터 현관문을 나서서 하늘을 올려다본다. 반달이 구름 속으로 숨으려는 찰나 반달과 나는 한 동아리가 되었다. 지금 삶이 보름달이 아닌 기우는 반달이 아니던가? 삶, 뒤돌아보면 숨이 찰만큼 열심히 질주했다. 지금은 그럴만한 에너지가 없어 허무한 마음이다. 목마른 장미꽃처럼······.

당당히
불에 타지 않고
누가 훔쳐가지 않네
버리려야 버릴 곳 없어
하늘 한 자광이며
당당히
영원을 점지하네

– 석성우 스님의 시 中

　우리 민주는 대기업 사원이다. 매사에 당당하기를 바란다. 비굴함보다는 양심적인 양 무리 속의 늑대이기를. 늑대 때문에 양 무리 모두가 살 듯 소신을 갖고 회사 발전에 기여하는, 국민 건강에 도움이 되는 늘 푸른 소나무가 되기를 바란다.

　불의와 타협할 줄 모르는 게 꼭 남편을 닮았다. 단 한 번밖에 없는 인생인데 행복하며 할 수 있는 일을 해도 좋겠다는 생각이다.

　다섯 아이들 중 막내로 태어난 내 아들, 눈에 넣어도 아프지 않을 아이. 애기봄맞이꽃 마냥 그냥 좋은 아이. 태어날 때도 태몽을 5일이나 연속 꾸고 태어난 아이. 뭐가 되려나 기대했던 아이.

하지만 중학교 2학년 때 수학여행을 다녀온 후 구토를 하여 병원에서 연락이 왔다. 구급차를 태워 효성병원으로 보낸다고. 겁이 덜컥 났지만 부처님 가피를 믿는 마음으로 기도하며 원장님께 전화를 했다. 시청에 근무하는 남편한테도 병원으로 빨리 가보라고 했다. 숨이 턱까지 찼다.

30분 후, 원장님한테서 전화가 왔다. 급체인 것 같다고 이제 아무렇지도 않아 집으로 보낸다고. 수고하셨는데 이왕 간 것 MRI검사 좀 해서 혹시 모를 병이 있다면 찾아달라고 한 게 사단이 났다.

머릿속에서 종양이 발견됐다. 귀한 아들이니 서울 가서 수술을 하란다. 아산병원 권도훈 선생님한테 갔다. 방학 때 수술을 하고 지켜보자고 하신다. 한 달을 기다리는 시간은 지옥불 속 온몸이 타는 고통이었다.

6월 관음재일 다음날인 25일 수술날짜가 잡혀 남편은 병규와 관음재일날 입원을 하고 나는 관음재일 기도를 마치고 서울로 향했다. 내일 아침 6시에 수술인데 아이가 얼마나 불안해할까, 가슴이 방망이질 쳤다.

병실문을 열고 들어가다 병규 머리에 주렁주렁 붙인 줄등을 보고 놀랐다. 줄과 기계를 연결하여 보면서 수술을 하는 모양인데 줄등이 왼쪽이 아닌 오른쪽에 잘못 붙여져 있었다. 교수님을 찾으니 아침 수술이 잡혀 퇴근을 하셨다고 했다. 인턴에게 수술을 못한다고 했다. 왼쪽을 오른쪽인줄 알고 수술하면 종양을 어떻게 수술할 수 있겠느냐고 물었다. 남편한테 왜 오른쪽에 붙여도 가만있었냐니까 긴장이 돼 아무 생각이 안났단다.

불안한 마음으로 있는데 집에 가셨던 교수님께서 저녁 8시 30분에 오셨다. 말씀을 드리니 기계를 다 떼고 밤 9시에 MRI실로 병규를 데려가서 찍고 밤 11시 다시 기계를 머리 왼쪽에 붙였다. 인턴이 24시간 근무하다가 실수를 했다고 사과했다. 지금 생각하면 부처님 가피인 것 같아 감사하다. 대형 병원도 실수할 수가 있으니 보호자들이 정신을 바짝 차리고 지켜보는게 좋을 것 같다.

병규는 다행히 수술을 무사히 마쳤다. 감사하게도 종양이 악성이 아닌 양성이라 항암치료 없이 1년에 한 번씩 체크만 했다. 10년이 지나 이제 병원에 안다녀도 된다는 의사선생님의 말씀에 너무나 기뻤다. 수술하고 1년 반 동안 책가방 없이 학교를 다녔다. 스트레스 받으면 안 된다고 해서……

고등학교 진학 때 한 번의 고민이 찾아왔다. 인문계로 보낸다면 변두리 학교밖에 갈 수 없었다. 가슴이 아팠다. 수술하기 전까지 우등생이었는데……. 권도훈 교수님께 상의를 하려고 병원을 찾아 상담을 했는데 인문계에 가서 입시경쟁 하려면 더 스트레스를 받으니 실업계를 보내는 게 어떠냐고 하셨다.

아쉬운 마음이지만 맞는 말씀 같아 청주 기계공고로 입학을 시키고 담임선생님을 찾아뵈 부탁을 드렸다. 학교생활 중 잘못이 있으면 체벌을 해도 좋은데 머리는 수술을 했으니 조심해 달라고. 교무실에서 교무회의 때 모든 선생님께 말씀해 달라고 부탁을 드리고 담임선생님께서는 무슨 과목을 가르치시냐고 여쭤보니 웃으시면서 전교조 선생님이어서 인문계 학교에서 일어를 가르치다 공고로 오셨단다.

선생님께는 죄송하지만 나에게는 감사한 일이었다. 병규는 회사에 보낼 아이가 아니니 실습시간에 선생님께서 일어를 가르쳐 주시면 감사하겠다고 말씀드리니 쾌히 수락해 주셨다. 지금은 그때 배운 일어로 일본도 혼자 여행할 수 있게 되었다.

중국, 미국, 홍콩, 티베트 등에 어릴 적부터 여행을 보낸 것이 삶의 목표를 정하게 된 계기가 되었다. 일본이나 미국에 다녀온 후에는 별 반응이 없더니 티베트에 다녀온 후에는 게으르게 살다가는 후진국 아이들 삶처럼 되겠다면서 공부를 하기 시작했다. 뉴욕에 가서 어학연수도 하고 서울예대를 졸업하고는 지금 홍익대 대학원에서 깊이 있는 작품을 하기 위해 열심히 공부하고 있다. 지도하고 계신 변 교수님을 뵙지는 않았지만 병규의 재능도 발견하시고 도와주시기에 감사할 뿐이다.

뒤돌아보면 방목해 키운 보람도 있다. 수없이 밟히고 다시 일어서는 잡초처럼 아이들이 단단하여 생각도 건전하고 배려하는 마음도 크다. 요즘 부모님들은 과잉보호로 혼자 일어설 수 없는 아이들로 키우고 있다. 한 예로 이웃집에 놀러가 아이들이 귀한 도자기를 깬다든가 해도 교육을 시킬라치면 얼마냐고 값을 계산해 줄 테니

야단치지 말란다. 이래서야 어디 곧은 나무로 클 수 있겠는가? 사회로 나가기 위해선 밟히고 찢기고 이해하고 배려하는 모든 게 갖춰져야 한다.

팔봉산자락 다락리, 많을 다에 기뻐할 락을 쓴다. 작은 산을 사서 우리가 흙으로 돌아가 묻힐 때를 생각하여 중개인과 하루 종일 산을 보고 다녔던 때가 있다.

저녁 무렵, 중개인이 마음에 드는 산이 없으면 대지가 나온 게 있는데 한번 보고 가시라고 했다. 발품 판 것도 있고 해서 들렀던 곳이 바로 다락리다. 토목공사를 대충 해 놓은 땅. 나는 그 땅을 디디는 순간, 발이 땅에서 떨어지지 않았다. 남편이 퇴직하면 이곳에 집을 짓고 살아야겠다는 생각으로 계약을 했다. 일요일에 남편에게 보러 가보자 하니 왜 노후에 이런 시골에 와서 사느냐고 싫다고 했다.

하지만 건축만 28년을 한 나는 땅의 지기를 안다. 집을 짓는다는 말도 하지 않고 집을 짓기 시작했다. 미리 지어 시멘트독도 빼고 정원도 꾸몄다. 남편이 퇴직하고 들어올 때쯤이면 집과 어우러져 살고 싶은 마음이 생기도록 하기 위해……. 결혼식 뒤풀이에서 남편은 남진의 〈님과 함께〉를 멋들어지게 불러줬다. 그때 나는 꼭 푸른 초원 위에 멋진 집을 지어 남편에게 선물 하겠다 마음먹었었다.

집이 완성되어 남편과 함께 가서 하룻밤 자고 나서는 정말 신기한 일이 일어났다. 복대동 집에서 자면 남편은 혈압이 있어 손등이 붓고 나는 위가 약해 저녁을 별로 먹지 않는다.

그런데 다락리에선 새벽시간이 되니 배가 고프고 밥맛이 그렇게 좋을 수가 없었다. 남편은 손등에 부기가 빠져 있었다. 참으로 놀라운 터다. 하지만 아직은 이사할 때가 아니어서 주말에만 찾는다. 복대동 집을 원하는 아이가 있으면 넘겨주고 노후에는 다락리에서 보낼 생각이다.

　새가 머무는 집, 바로 다락리 우리의 보금자리다. 풍수의 대가 이규헌 교수님과 롯데, 농심 지관이 지사를 배출할 대지라 말씀하시고 종국 스님께서는 문필가가 나올 터이며 갑부가 될 대지라 말씀하신 곳, 이 집에서 살기를 바란다. 1남 4녀인 엄마가 아빠를 위해 지은 이곳에 한 녀석이라도 살면서 우리들을 기억해주기 바란다. 오늘은 아빠와 삼촌 그리고 혁진 내외와 대청소를 한 날이다.

봄비가 장맛비처럼 주르륵 내리는 날이다. 오후면 병아리 난초처럼 귀엽고 사랑스런 손녀가 온다고 한다. 둘 다 공무원인 사위와 딸 사이에서 태어난 외손녀이다. 이제 28개월인 주은은 문장을 만들어 말할 줄 안다. 우리 진영이가 국문과 출신이라 대화하듯 한 말들이 교육이 되었나보다. 오늘 둘 다 야근을 해서 데려다 놓았는데 옛날하고는 다르게 엄마를 찾는다. 이제 헤어짐의 두려움을 아는 것 같아 안타깝다.

8시 30분에 사위가 왔다. 내일은 처갓집에서 주은이를 재워야 할 정도로 일이 많단다. 공무원은 정시에 출근하여 정시에 퇴근하는 듯 보이지만 사실은 여느 직장 못지않게 야근하는 날이 많다. 내 남편의 35년 공직생활에서 터득한 바이지만, 집에 남겨져 부모를 기다리는 손녀가 안쓰럽다.

남편이 캐온 도라지가 무척이나 커 그냥 먹기엔 아깝다는 생각에 술을 담가 여럿이 먹기로 했다. 남편이 수고하고 애쓴 보람이 있어 기쁜 마음으로 슈퍼를 가는 도중 성창에게서 전화가 왔다. 경북 묘봉에 점심 먹으러 가자고. 남편과 성창부동산 부부와 한 사장님 5명이 동행했다.

장닭을 각종 약재를 넣어 달였는데 너무나도 맛나게 먹고 고추장과 달래, 냉이, 씀바귀를 캐줘서 가져오며 감사함을 느낀다. 아들 사무실에 깔아 줄려고 멍석도 얻었다.

산자락엔 산수유가 예쁘게 피고 벌써 아지랑이가 춤을 준다. 해를 섬기는 것은 밝기 때문이며 어버이를 섬기는 것은 은혜 때문이며 임금을 섬기는 것은 세력 때문이며 도인을 섬기는 것은 도를 얻기 위함이다. 사람은 목숨을 위해 의사를 섬기고 이기기 위해 세력에 의지한다. 법은 지혜 있는 곳에 있고 복을 지으면 세상이 빛난다.

벗을 사귀는 것은 일을 하기 위해서요. 친구와 헤어지는 것은 급한 때이며 아내를 바라보는 것은 방재미에 있고 지혜를 얻는 길은 설법에 있다. 스승은 중생 위에 도를 나타내나니 의심을 풀어주어 지혜를 얻게 하고 청정한 행의 근본을 주며 법의 갈무리를 받들어 갖게 한다.

많은 들음은 금세의 이익이다. 처자와 형제와 친구를 잊게 하고 또 후세의 복을 가져오나니 들음을 쌓아 성인의 지혜를 이룬다. 이치를 알기위해 잘 단속하나니 이치를 알면 계율이 완전하다. 법을 받들고 법을 의지하는 이, 그로부터 빨리 안락을 얻느니라. 근심과 성냄 흩어버리고 상서롭지 못한 쇠망을 없애나니 안온한 행복을 얻고자하면 많이 들은 사람을 섬겨야 한다.

　위 글은 부처님 말씀이다. 모든 사람이 새겨들어야 할 말씀이며 이를 지키는 사람은 모든 사람이 존경하고 받들어 모셔야 한다. 오늘 하루 한 사람만이라도 나를 존경하는 사람이 있도록 실천했는가 뒤돌아본다.

서녘에서 해돋더냐. 선근이란 밝고 따뜻한 싱그러운 마음자리에서 심어둔 공덕이려니. 인과를 벗어나지 못하는 사람으로 태어나는 것만으로도 충분히 축복 받았음인데 한 세상 살아감에 제일 먼저 서둘러 해야 할 일 가운데 하나가 바로 이 마음자리를 깨끗이 하는 일이러니.

아무리 밝은 태양도 구름이 가리면 빛을 낼 수 없듯이 우리네 본래 가지고 있는 법성 광명이 원만 구족한 지혜와 복덕을 가졌다 하더라도 번뇌라는 구름이 끼어 나고 죽음의 바다에 표류하여 영원으로 가나니 그 번뇌 다할 때까지 이곳저곳에 태어나야 하므로 이 세상에서 제일 서둘러 해야 할 일 가운데 으뜸으로 해야 할 일이 그 마음의 번뇌 씻는 일이러니.

석성우 스님의 시 전집 가운데 있는 으뜸으로 해야 할 일이다. 구름에 가려 빛을 낼 수 없는 태양처럼, 삶 가운데 가장 번뇌하고 있을 때 참 따스한 말씀과 위안을 주신 분은 물안개처럼 잔잔한 성품을 가진 현조스님이었다.

내가 다니면서 봉사하던 절에서 뵌 스님은 어찌나 수행을 잘한 스님이라는 생각이 들었다.

내게 희열보다는 슬픔이, 아니 실망이 가슴 저 밑 분노로 활화산이 되어 재가 될 무렵 그것을 이해하시고 계신 절에 와서 며칠 쉬어가라던 그 말씀이 고마웠다. 스님의 따스한 성품은 열반에 드실 때

향기와 꽃비로 선신들과 영접할 것이다.

감사합니다. 항상 건강이 영원하시길 합장 발원합니다.

벚꽃이 만개한 4월이 시작되는 날, 나는 13년 전 만난 스님을 기억한다. 내가 다니는 절에서 큰스님을 뵈러 오신 스님 모습은 배우 같으셨고, 잿빛 장삼에선 바스락 소리가 날 정도의 날섬과 깨끗함이 느껴졌다. 그로부터 줄기차게 인연이 끊이지 않았다. 어쩌면 전생부터 인연이었는지도 모른다.

큰스님의 수술 후 무의식 속에서 전생 이름과 금생 이름을 부르며 찾으셨던 그 분, 말씀드리면 혹시 누가 될까봐 스님의 법명은 생략하고 속명은 병희, 내가 하도 신기하여 총무원에 이런 속명의 스님이 모 절에 계시냐고 여쭤봤던 스님. 감사하고 감사한 스님이 계셔서 난 이번 일도 잘 헤쳐 나왔다.

스님들이 습대로 업대로 말씀하실 때 내 편이 되어주셨던 스님. 바른 견해를 갖고 계시니 바르게 보실 수 있는 분. 일월을 비켜가면서 색즉시공 뇌일 수 있게 멀리서 지켜봐주신 스님이 계셔서 비 오는 날 고목 밑에서 비를 피하다 벼락 맞은 그 심정을 위로받을 수 있었다.

비 그친 뒤 무지개 타고 하늘 오른 그 마음을 헤아려주신 스님께 감사드린다. 빗자루로 쓸어내는 쓰레기처럼 마음의 번뇌를 쓸어내리고 자비광명으로 비춰질 때 아직 작은 그림자가 남아있는 게 숙제다.

석성우 스님의 '때로 바람 불고 비 사납게 내려도 구름 걷히면 새파랗게 맑은 하늘 번뇌의 아름다움을 내 몸 통해 읽으렴'을 읽으며 떠오르는 스님. 곽일 스님, 큰스님께서는 곽일 스님께 많은 빚을 지셨다. 서울을 오갈 때 스님께서 모시고 다니느라 정말로 많은 고생을 하셨다. 한쪽이 불편하신 스님을 어버이처럼 배려하며 모시고 다니셨던 스님. 그 빚을 어쩌시려나?

섬광처럼 스치고 지나가는 기억들을 끄집어냈다. 큰스님께서 젊은 시절 곽일 스님, 조부님하고 새벽 1시마다 청수를 떠다 부처님께 올리고 손을 보게 해달라고 기도하시고 곽일 스님 형제분들이 태어나셨다고 하신 말씀이 기억났다. 인과응보 기도해준 공덕에 빚을 연로하셔서 쇠약해지시니 금생에 은혜로 보답을 받으셨다는 것을. 그러니 내 생에 청산할 빚 같은 건 없는 셈이 된다.

곽일 스님은 스님이면서 혈육같이 느껴지는 스님이시다. 지금처럼만 부처님 법 잘 펴시면서 금생에 이루지 못한 소원이 계시다면 내 생에는 꼭 이루시라고 합장 기도한다.

거울에 비친 내 모습이 퍽 괜찮아 보이는 날은 내가 한 가지 일이라도 괜찮게 한 날이고 누구에겐가 도움을 준 날이다. 난 10년 전 큰스님의 뇌수술을 해주신 오창진 박사님을 잊은 날이 없다. 감사한 마음 하늘같지만 표현할 길이 없는 분이다.

아산병원에 권 교수님께 전화를 드렸다. 8군데서 뇌혈관이 터졌다고 말씀드리니 오다 열반하신다 하셨다. 효성병원 오창진 박사님께 부탁을 드리니 많이도 망설이셨다. 그냥 누워만 계셔도 좋으니까 수술 좀 해달라고 떼 아닌 떼를 썼다. 수술 시간을 잡아놓고 준비하는 그 짧은 순간 부처님께 기도하고 오셨다. 부모님을 수술하는 마음으로 수술한다 하신 박사님을 만난 인연도 큰스님의 복이라 생각한다.

수술 후 아무 기억도, 움직임도, 공양도 스스로는 할 수 없는 스님. 부처님께 순간적으로 판단을 잘못한 거에 후회하는 시간이었다. 중환자실에 계실 땐 아침저녁으로 내 남편이 출퇴근하며 닦아드리고 입원실로 올라와서부터는 불편하실까봐 1인실에 의료보험도 안 되는 집중치료로 고압산소, 인태반, 수중치료, 영양제에다 간병인을 24시간 3명을 채용했다. 힘든 시간 누구에게도 신세를 지고 싶지 않았다. 태어나서 가장 힘든 시간을 보냈다.

인연은 도래한다고 전생에 큰스님께서 나를 보살펴 주셨나보다. 부모님께 효도하지 못한 것 모두를 모아 최선을 다해 치료해드린 결과로 거의 완치에 가까운 기적이 일어났다. 수술을 잘해주시고 내가 원하는 치료를 다해주신 오창진 박사님의 치료 덕분이었다.

입원실로 올라오신 후부터는 일주일에 두 번 태양한의원 원장님께서 침 치료와 원기회복을 돕는 보약을 해주셨다. 오창진 박사님과 이정구 태양한의원 박사님께서 수레바퀴가 돌 듯 양방치료로 최선을 다한 결과였다.

퇴원하신 후부터는 간병인을 두 명씩 두고 7년을 잠시도 불편함 없도록 모셨으며 병원에 근무하는 재활실장님이 퇴근하시고 주석처로 오셔서 일주일에 5일을 치료했다. 지금은 기운이 쇠하여 일주일에 두 번, 일요일마다 태양한의원 원장님의 원정 침 치료를 받으시며 원로의장을 10년을 연임하셨다. 수술하시고 11년 째 지금도 나보다 기억력이 더 좋으신 큰스님, 무탈히 편한 삶을 사시기 기원한다.

1월 어느 날, 큰스님께서 행방불명 되셨다는 연락을 받고 형사반장님께 상의를 했다. 방엔 반항한 흔적이 곳곳에 있었다. 효자손이 부러져있고 목침이 방바닥에 뒹굴고 지팡이는 없어졌는데 신발은 그대로 이불째 보쌈을 당하셨다. 매일 매일 경찰서로 출근을 하며 상황을 지켜봤는데 수사대상 중 한 사람이 스님 건강하실 때 절 마당에서 본 사람이었다. 큰스님을 잘 모셔준 처사님께 혹시 이분을 본 적이 있느냐 여쭈니 선원에서 자고 간 분이란다. 형사들이 급파되고 형사반장님께 스님을 찾으셨다는 연락을 받았다.

어떻게 처리하면 모두를 편케 할 수 있을까 고민했다. 큰스님은

90이 넘으신 분이고 보쌈한 사람은 이제 서른이 갓 넘은 청년이었다. 너무나 가난한, 그래서 도와주었던 아이가 장성하여 욕심을 내 보쌈까지 하였는데도 편찮으셔서 마침 온 그 청년에게 병원 좀 데려가 달라고 한 것이 대형사고로 이루어진 것이었다.

황금알을 낳는 닭이야기가 떠올랐다. 닭을 잡으면 매일 하나씩 낳는 황금알보다 몇 배나 많을 거라는 어리석음으로 닭은 죽이고 황금알은 얻지 못했다는……. 은혜를 원수로 갚은 그 청년의 어리석은 행동으로 인해 큰스님 겪으셨을 고통과 희생을 생각하면 너무나 가슴이 저려온다.

보쌈 당한 채 열반하셨다면 모시지 않은 것만 못한 상황이지 않았을까 고민하다 압사당할 것처럼 무거운 짐을 영관스님에게 넘겼다. 인연에 소치라 담담히 받아들이는 스님께 죄송하고 감사한 마음이다.

소낙비가 강풍과 함께 목마른 대지를 촉촉이 적시는 적막한 밤에 잠든 당신의 모습을 보며 편지를 씁니다. 35년 동안 우리 가족을 위해 공직에 몸 담으셨던 강직한 내 남편. 모든 사람들에게 존경을 받은 당신의 아내로 살아온 세월 참 행복했다고 감사한 마음 전합니다. 1인 5역을 할 때는 숨이 차게 힘들다, 힘들다 했으면서도 지금 생각하면 그때가 가장 행복한 순간이었던 것 같습니다.

당신과 결혼 하루 전 사표를 내고 아들 둘을 연년이 실패한 너무나 무료하고 힘들었던 시절 결혼한 것을 후회한 적도 있습니다. 첫딸 연희를 낳고, 둘째 연서를 출산하고 이제 함께 하지 않으면 부모의 도리를 다할 수 없겠다는 생각 때문에 당신의 만류에도 불구하고 건설업에 뛰어들었습니다.

70년 후반 80년대는 건축 붐이 일어 정말 돈 쌓이는 재미로 아침 일찍 당신 출근 준비를 해놓고 두 아이를 유모차에 태워 10곳이 넘는 현장들을 누빌 때는 긴장감 때문에 전혀 힘든지를 몰랐습니다. 지금 생각하면 슈퍼맘이었지 않나 생각됩니다.

밤에 돌아오면 당신 저녁 준비를 해 놓고 지금 같은 1회용 기저귀가 아닌 소창 기저귀 40개를 빨아놓고 내일 가지고 갈 기저귀 40개를 개켜 준비를 해놓고 자리에 누우면 밤 12시가 훌쩍 넘은 시간이 태반, 하지만 내 아이들에겐 사랑과 관심을 그리고 정성을 다하지 못한 엄마로서 미안한 마음뿐입니다.

여보, 때로는 투정하고, 때로는 감사하고, 때로는 당신이 원하는 아내로서 부족한 점이 많았지만 잠든 당신 옆에서 되돌아볼 수 있게 함께해줘서 고마워요. 밖엔 어둠이……. 한숨 푹 자고 일어나면 온 대지는 소생되어 푸른빛을 뽑아내며 벚꽃은 흐드러지게 피어있을 것 같은 밤. 당신이 있어 행복한 아내가.

복사꽃이 만개한 아침, 다니던 절에 공양주로 계셨던 분과의 만남이 있는 날이다. 늘 때를 거르고 건축업을 했기 때문에 위에 문제가 많았다. 공양주는 친자매처럼 늘 베풀어주신 분이다. 공양을 못 먹을 때는 쑥을 찧어 쑥물을 먹게 하여 위 아픔을 멎게도 해 주었고, 선머슴 같은 내게 신발이며 춥다고 조끼를 사 준 분이다. 헤어지고 나서야 은혜를 많이 입은 것에 감사하다.

마음의 문을 여는 손잡이는 마음의 안쪽에만 달려있다고 철학자 헤겔은 말했다. 그러므로 내 마음의 문을 열고 닫는 것은 모두 나의 자유다. 이제 마음의 자유를 얻었으니 마음 가는 대로 남을 위해 베풀 생각이다. 베푸는 법을 가르쳐 준 고마운 공양주님, 늘 마음이 편한 그래서 행복했으면 늘 바랐던 분이 고향에 내려가서도 또한 큰 짐을 지심을 보고 (남편의 폐암 선고) 너무나 가슴이 저려온다.

공양주 남편 분은 큰스님을 10년 정도 다른 간병인과 함께 간병하신 분이다. 늘 당신보다는 큰스님을 먼저 생각하셨던 분, 해드릴 수 있는 것이 있다면 해드려 폐암을 이겨내고 건강한 모습을 보고 싶은 분이다. 큰스님을 모시느라 기력이 빠져서 그런 것 같아 죄송하고 죄송하다.

큰스님 모시느라 사리 영글어 아미타 부처님 곁으로 가시는 길 자국마다 우담바라꽃 피우실 처사님, 감사합니다.

작지만 깨끗하고 주변엔 소형 아파트들로 가득 차있어 사랑방 같은 존재인 대중목욕탕. 아침 일찍 목욕을 하러 갔다. 앉을 자리가 없을 만큼 가득 찼다. 오늘 같은 날은 탕 아줌마도, 때 미는 분들도 몹시 힘든 날인데 내일 병원을 가야 하고 한식을 맞아 성묘를 가야 하기 때문에 아줌마께 부탁을 드렸다. 때를 밀기 시작했을 때 심장이 멎는 듯한 답답함 때문에 카운터로 연락하여 청심환을 먹고 쉬었다가 때를 밀고 왔다. 남편은 카운터에서 기다리고 있다가 내가 나오자 나의 안색을 살펴본다. 많이 걱정했나보다.

10시에 출발하여 선산으로 향했다. 봄비가 부슬부슬 내린다. 활짝 폈던 살구꽃은 어느새 지고 잎이 뾰죽이 올라온다. 무릉도원을 지나는 양 회인고개를 넘는다. 삶도 봄, 여름, 가을, 겨울의 절기처럼 소년기, 청년기, 중년기, 노년기의 계절이 있다. 겨울 초입에 들어선 나이지만, 여전히 소녀같은 감성으로 삶을 살아가는 내유외강인 감성의 소유자. 남의 아픔도 그냥 지나치지 못하는 심성 때문에 아파하고……. 이런 저런 상념에 젖어있을때 앞의 차가 쪼르륵 세 대가 간다.

산중턱에 차를 세우니 큰아주버님은 이미 와계셨고 작은아버님, 작은동서, 사촌도련님, 그리고 서울에서 장조카가 내려왔다. 모두가 반가운 얼굴들이다. 조금은 미끄러운 산길을 지나 조부님 묘에 도착. 할머님 산소에 가서 성묘를 할 때 가슴 가득 애틋함이 밀려온다.

결혼하니 조모님께서는 세상을 떠나셨고 조부님은 살아계셨다. 조모님 살아계실 때 남편에게 부모님보다 더 사랑을 주셨던 분이라고 누차 말씀을 들어서인 것 같다. 다음은 아버님, 어머님 묘소에 참배를 하면서 아무 느낌이 없다. 장남과 막내만 아셨던 분들이기 때문이었을까? 아니면 서운함 때문인지도 모른다.

　건축업을 하다가 얻은 위장병으로 풍수대가를 모시고 산세를 살펴본 적이 있다. 조모님 산소에 수맥이 있어 이장하면 좋다고 하여 아버님께 모든 경비는 우리가 낼테니 이장을 허락해달라고 부탁드렸지만 당신이 흙에 들어가기 전에는 할 수 없다고 하셨던 것이 서운함으로 남았다.

　그래도 사랑하는 남편의 뼈를 주신 분이기에 병원에 3년 간 입원하고 계시는 동안 형님과 똑같이 병원비를 드렸다. 한 가족이라도 어른 아이 할 것 없이 지워지지 않는 독한 말은 삼가야 된다는 것을 다시 한 번 명심한다.

조금은 긴장되는 아침이다. 스트레스로 혈관이 수축하여 머리가 아닌 아래로 터졌다는 말에 누구를 위해 내 몸 구석구석이 망가졌을까? 내 성격 때문인 것 같다. 모든 사람의 고민을 내 고민인 양 완벽하게 해결해줘야 직성이 풀리는 종교 지도자도 아닌 한낱 아줌마인 내가 무슨 능력이 있다고 이러는 걸까. 건축업을 할 때는 누가 어렵다 하면 그 자리에서 도와주고 병원에 갈 돈이 없다 하면 병원비를 대주고 그래도 해줬다는 생각도 없었는데…… 사람 목숨이 찰나에 삶과 죽음으로 바뀔 수도 있다는 것을 안 순간이다.

허리 마취를 하고 수술을 하였다. 위는 살았는데 허리 아래로는 내 몸이 아닌 나무토막에 매달린 느낌. 옆으로 누울 수도 없다. 어쩌면 마취된 다리가 이토록 무거운가? 가슴부터 열기가 올라오더니 진땀이 나고 죽을 것만 같다.

밤 11시, 태양한의원한테 전화를 하는 나의 모습이 의지가 약한 어린아이 같다. 큰스님이 불현듯 떠올랐다. 연세가 많아 열반에 들 것을 1년에 서너 차례씩 말씀하셨다. 12년 동안 재판하여 조계종 사찰로 등록 승소한 것에 열정을 쏟은 것은 전생 인연 때문이리라.

신도가 많이 오는 것도 바라지 않고 토굴 삼아 정진하려 한 것이며 수중에 돈이 없으니 열반하시고 나면 일반 화장터에 태워 절 뒷산에 뿌려달라고 늘 말씀하신 걸 종삼스님과 덕문스님께 말씀드리니 두 분 스님께서는 원로의장 하신 큰스님인데 그것은 안 될 일이라며 열반하시면 본사로 연락하라고 하시는 말씀이 너무나 감사하고 따뜻했다.

감사한 마음에 한 날은 큰 결심을 하고 MBC를 퇴직하시고 절 사무장을 잠깐 보셨던 분에게 부탁하여 화엄사에 함께 가자고 하였다. 내려가면서 남편 퇴직금 통장을 해약하고 주유소 통장에서 보태 본사 주지스님에게 해약한 통장과 돈을 드리면서 큰스님은 모르시는 일이니 말씀드리지 말아달라고 부탁을 하고 장례비를 드렸다. 큰스님이 아시면 얼마나 빚진 마음으로 사실까 걱정되어서다.

2015년 1월, 병원에 들렀다가 선방으로 돌아오기 전까지는 모르시는 일이었다. 큰스님이 돌아오신 후 지금까지 한 번도 뵌 적이 없다. 이제 봉사하던 것을 쉬겠다고 말씀드리니 본사 스님들 세 분이 오신다고 하여 인수인계를 하고, 함께 화엄사에 가셨던 MBC 부장님께 편지를 보내 큰스님과 본사 스님들 계신 자리에서 장례비에 대한 것을 말씀드리라 했다. 본사에서는 설마하셨는데 큰스님도 모르고 계셨던 것을 아시고, 내게 감사해 하셨다.

남편은 공직생활 35년 동안 가정 경제에 관여한 적이 없었다. 모든 걸 나 혼자 했기 때문에 장례비 드린 것도 상의하지 않았다. 남편이 우리 가족을 위하여 복밭에 씨를 뿌렸다 생각하고 이해해 줄 것이라 믿는다. 당신에게 미안해요. 하지만 큰스님의 장례를 당신의 퇴직금으로 여법하게 치러드린다면 그 또한 잘한 일이 아닐까

요? 당신은 금생에 큰 복을 지은 거예요. 상의 안 하고 한 것은 정
말 미안해요.

동생과 함께 병실에서 오만가지 생각들로 가슴을 옥죄여왔다. 최선을 다해 산 삶 속에서 왜 절망이, 아픔이 피어날까. 가족이 아닌 주위로부터의 절망 때문에 눈물이 펑펑 쏟아진다. 나이 칠순이 다 되어가 나이에 조금 창피할 만도 한데 견디지 못하고 존경하는 스님에게 문자를 남겼다.

전화가 왔다. 위안이 됐다. 내 마음에 응어리를 스님께 토해냈다. 감사하고 고마운 일이다. 앉지도 못하고 걷지도 못할 만큼의 고통, 삶 속에서 업의 파장 때문이 아닌가 생각된다.

노루귀꽃. 뿌리와 줄기가 비스듬히 올라가며 마디가 많은 게 날 닮았다. 삶 속 굽이굽이마다 희노가 마디쳤다. 수염뿌리가 많은 것은 내 욕심 같고 잎자루가 긴 것은 사슴처럼 긴 목인 날 닮아서 남을 위해 슬픔을 토해내는 것 같다.

수술 후유증으로 앉지도 눕지도 못하는 가운데 제일 아쉬운 게 있다면 이영철 소설집 『이 비가 그치면』을 다 읽지 못하고 몇 페이지를 남겨놓았다는 데 있다.

'떠난다는 것은 돌아온다는 무언의 약속이 있었던 때가 있었다. 그러나 지금도 그 약속은 유효한 지 모르겠다. 살아있는 날 중에 가장 파릇한 이 순간 나는 또 여행 가방을 꾸리고 있다. 쓸쓸하다거나 고독하다는 것은 지나온 날들이 그런대로 아름답고 행복했기 때문이리라. 그래, 앞으로도 나는 행복할 것이다. 왜냐하면 고독한 축제를 즐길 것이므로 새가 나는 것은 즐거워서가 아니라 떨어지지 않기 위해서다. 나의 문학은 어쩜 그런 것인지도 모른다. 새처럼.'

작가님의 말 중에서 인용한 것이다. 「성불」과 「아버지의 반지」를 읽으며 소설이 아닌 작가의 삶을 옮겨놓은 듯한, 그래서 더 감명 받았는지도 모른다. 「성불」은 어쩌면 큰스님과 상좌 사이에서 법을 깨우쳐주기 위한 법거량 같은 거여서 큰 감명을 받았다. 암자 마당에 항아리를 채우라는 말씀에 항아리에 돌과 흙을 채우는 모습에서 순수함을. 비 오는 날 달려가 흙탕물이 여울져 흐르는 마당에 항아리 앞에 털썩 무릎을 꿇고 주저앉아 순간 깨닫는 작가. 나였다면 아마 다른 방법으로 하지 않았을까? 항아리를 깨부수면 채울 것도 없지 않은가?

채울 것도 비울 것도 없는 삶 속에서 나누며 사는 것이 행복이 아닐까 하는 생각을 하는 날이다. 어쩌면 감칠맛 나게 풀어가는지 개구쟁이 철수처럼 정감있게 다가오는 책이다. 우리 아이들에게 돌려가며 읽게 해야겠다. 행복한 여울이 너울너울 춤추며 다가오는 날이다.

미래를 여는 과학 편지

오늘도 최고의 날이 되십시오. 이 글의 저자는 전 청주시장 한범덕이십니다. 모든 실생활을 과학으로 접목시켜 발전시키는 내용이며 모습은 꼭 큰바위 얼굴처럼 생기셨지만 집 안에서의 일상생활은 무척이도 자상하고 모든 여자분들의 로망인 생활. 정말 존경하는 마음이 큽니다.

어릴 적 화덕 모서리에 찔려 난 화상자국을 어머님의 힘듦으로 그리고 연탄불로 다음은 가스가 보급되면서 연탄불에서 해방되고 가스레인지, 전기밥솥, 오븐, 인덕션으로 짧은 시간에 요리되는 신기한 전자레인지로 전파에너지를 열에너지로 바꾸어 짧은 시간에 요리를 하는 내용과 고급 정보들이 258가지나 실려 있는 책입니다. 시간을 내셔서 한 번쯤 정독하신다면 실생활에 많은 도움이 되며 한범덕 시장님을 한 번 더 되뇌어보는 시간이 될 것입니다. 우리 지역 충청북도를 발전시킬 위대한 인물이 아닐까 생각됩니다.

인간의 삶은 수많은 행위의 집합입니다. 그렇기 때문에 행위에 의해 그 사람의 귀함과 천함이 나눠지고 보람과 가치가 있는 삶인지 후회만 나는 삶인지가 결정됩니다. 좋은 습관을 갖는다면 점점 귀해질 것이고 나쁜 습관에 길들여진다면 점점 타락하고 천해질 것입니다. 부끄러워할 줄 알고 마음으로 행동을 삼가면 고귀한 사람이 될 것입니다. 한범덕 시장님은 행이 고귀한 분입니다. 때 묻지 않은 심성이 어쩌면 부처님을 닮은 듯합니다. 한범덕 전 시장님, 오늘도 최고의 날이 되십시오.

제2부. 손 편지 모음

사랑하는 어머니께

엄마, 민주에요. 사랑하는 엄마의 생신을 진심으로 축하드려요. 어느새 다섯 남매가 어엿한 성인이 되어서 가정을 이루고 직장을 잡고 사람다운 구실을 하고 있네요. 엄마, 아빠의 그간의 노고가 좋은 결실을 맺었네요. 정말 감사하고 행복해요.

엄마, 앞으로는 우리 걱정하지 말고 온전히 엄마와 아빠를 위한 인생을 사시길 바랍니다. 이제는 저희가 지원해 줄게요. ^^ 사랑해요. 그리고 감사합니다.

- 막내딸 민주

엄마

생일 축하합니다. 갑자기 쓰려고 하니 무슨 말을 해야 할지 모르겠네요. 엄마가 밀어붙이는 바람에 정 서방도 만나고 이쁜 서우도 만난 것 같아요. 고맙습니다. 우리가족 엄마 생각보다 훨~씬 잘 살고 있으니까 너무 걱정 마셔. 엄만 가끔 안 해도 되는 걱정을 하는 경향이 있더라구……

그러니까 엄마는 아빠랑 알콩달콩 살아요.

요즘 엄마 무릎 안 좋다고 다들 걱정하고 있어요. 그리고 절 행사도 있고 옆에서 도와줄 수 있는 사람이 없다고도 하고……. 우리도 힘닿는 데까지 도울 테니까 엄마도 힘내고 너무 무리하지 마세요. 아들 다섯이나 키워놓고 왜 그런 걱정을 사서하는 거야.

엄마도 가끔 보면 재미있어. 아구, 넘 두서없이 썼다. 정리가 안 되는구만. 엄마, 우리들 모두 행복하게 잘 사니까 걱정 마시고 엄마 건강에나 신경 쓰시오. ^^ 아빠랑도 사이좋게 지내고, 여지껏 그랬듯이 앞으로도 엄마는 즐겁고 행복한 일이 더 많을 것이요. 알았지요, 엄마? 다시 한 번 생일 축하드리고 감사드립니다.

- 연희

아버님, 어머님께

결혼기념일을 축하드리며, 감사의 마음을 담아 편지를 적습니다. 2013년 12월 22일 아버님, 어머님 둘째 사위가 되어 벌써 1년이 되었습니다. 정신없이 사계절을 지내온 것 같습니다. 금이가 생긴 뒤로 이제야 어른이 된 것 같은 느낌에 좀 더 책임감을 느끼며, 하루하루 지내온 듯합니다.

지난여름 마당에서 형님, 작은동서 식구들과 캠핑, 가을에 고구마 캔 일 등의 모든 기억이 홀로 자란 저에게는 따뜻하고 신선한 경험이었습니다.

가족이라는 큰 울타리 안에서 행복을 느끼며 보다 성장할 수 있도록 그늘이 되어주시는 부모님께 감사드립니다. 비록 회사 생활로 자주 찾아뵙지는 못하지만, 항상 챙겨주심에 감사드립니다. 이렇게나마 결혼기념일을 맞이하여 감사·축하드립니다.

－ 둘째사위 박정혁·둘째딸 박연서

이모, 생신 축하드려요. 항상 고마워요. 문자도 조금밖에 못 보냈는데 예쁜 한복과 원피스 선물 고마워요. 시간 날 때마다 문자 보내드릴게요. ^^

－ 수불 올림

어머님! 생신 축하드립니다. 가족들 모시고 식사한 게 엊그제 같은데 시간 참 빠르네요. 내일 같이 축하해드려야 되는데 부득이 참석하지 못해 죄송합니다. ^^ 저의 빈자리가 크겠지만 어쩔 수가 없네요. 하하.

요즘 '보통'인 주은이가 하루가 다르게 크고, '보통 이상'으로 예뻐지고 있네요. 자주 와서 보여드려야 되는데……. 저희는 주은이 한 명 키우는데 이렇게 힘든데, 어머님은 5명의 자녀를 다 훌륭하게 키워내신걸 보니 존경스럽고 대단하신 것 같네요.

항상 아들처럼 생각해 주시고, 뭐든 아낌없이 주시는 어머님이 있어 항상 행복합니다. 진영이랑 주은이랑 같이 오순도순 행복하게 잘 살겠습니다. 생신 축하드리고 사랑합니다!

-희동

결혼 39주년입니다. 앞으로 살 날이 지나온 39년의 시간들만큼 살 수 있을까요. 우리 좀 더 이해하며 존경하며 남은 세월 살아갔음 해요. 벌써 결혼 39년이라니 세월이 너무 빨리 간 것 같아 아쉽고 젊은 시절 최선을 못다함이 후회되고 서운함이 늘 있습니다. 남은 세월 서로 후회 없이 부부로의 정을 더 쌓으며 살아갑시다.

- 당신을 사랑하는 남편이

연서 어머님께

생신 축하드리고, 항상 건강하세요. 올해 좋은 소식 만들어 보겠습니다. 기대하셔도 좋습니다.

— 하복대 어느 곳에서 연서와 함께 예비사위 박정혁 드림

엄마

주은이가 자고 있는 평화로운 시간이다! 커갈수록 더 힘들구나. 더 울고, 뱃속에 있을 때가 가장 편하다는 말이 실감나 다시 뱃속에 넣어 볼까? ^^

이렇게 글씨 쓰는 것도 얼마만인지……. 주은이 낳고 엄마도 나만큼이나 아가 키우는 게 힘들었겠지 하면서도 엄마니까, 딸이 엄마 말고 그렇게 불평불만 얘기할 데가 어디 있겠어.

엄마니까, 엄마가 되어보니까 엄마가 이해되기도 하지만 나도 엄마니까 주은이가 재워달라고 맨날 울어도 어쩔 수 없이 안아주고, 업어주고, 엄마랑 딸은 그런 관계인가 봐. 낳아서 키워줘서 고맙고 제발 아프지 말고 건강하게 웃으며 삽시다! 엄마의 숙적 아빠와도.

-예쁜 딸 진영 올림

사랑하는 엄마

요즘 자꾸 아파서 걱정이에요. 좀 내려놓고 우리 걱정 너무하지 말아요. 나랑 정혁이랑 잘 만날게. 걱정 말아요. 생신 축하드리고 내게 엄마가 계셔서 항상 행복해요. 감사합니다. ♡

-연서

사랑하는 부모님께

하나뿐인 아들 장남 병규에요. 아버지 어머니의 막내이자 장남으로 태어나 사실 부담스럽고 힘이 들어요. 귀가 열리고 눈을 뜨는 순간부터 누굴 만나든 책임감을 가져야 하는 말들을 들어왔고 그렇게 자라왔기 때문에 방황도 해보았지만 그것도 잠시 지금은 제 스스로 책임감을 가져야 한다며 몸을 죄고 있으니까요.

그럼에도 불구하고 저는 너무나도 무겁고 힘이 드는 이 짐을 내려놓지 않을 거예요. 26살은 제게는 사진하는 사람으로 살 수 있는, 부모님 말씀대로 이 세상 하나뿐인 사람으로 살아갈 수 있는 최고의 무기니까요. 비록 언제 성공할지 그리고 성공 못할지도 모르는 사진을 하게 되어 사랑하는 나의 유일한 부모님을 뵈러오면서 양말한 켤레 하나 못 사오는 아들이어서 많이 부끄럽고, 더 나이가 들어서도 못할 수 있다는 두려움도 가지고 있지만 앞만 보며 달려갈게요. 제 어깨에는 어머니, 아버지가 계시니까요.

앞으로 저는 얼굴에 철판을 두르고 하고 싶은 것, 사고 싶은 것, 누리고 싶은 것 다 하면서 한 사람으로서 그릇을 키우려 합니다. 그리고 부모님의 장남이 어떤 사람인지 행동으로 보여드릴게요. 항상 감사하고 죄송합니다.

— 아들이어서, 장남이어서, 나의 부모님이 낳아주셔서 행복한 박병규 올림

사랑하는 어머님께

어머님, 안녕하세요. 서우 아빠입니다. 생신 축하드립니다. 어느 덧 결혼을 하고 3회째를 맞이하였네요. 그 사이 이쁜 딸도 태어났고요. 시간이 참 빠르게 가는 것 같습니다. 결혼한다고 인사드린 게 어제 같은데…….

서우가 처음 태어나면서 걱정 많이 하셨죠? 처음 걱정과 다르게 건강하고 씩씩하게 자라주어 많이 감사하고 있습니다. 저도 이제는 자리를 조금씩 잡고 있고 서우도 건강하게 자라고 있고요. 잘은 살고 있는지 아프지는 않는지. 서우는 건강한지.

어머님, 이제는 걱정 그만 하셔도 됩니다. 항상 걱정해주시고 궂은일 다하시고 어머님 건강 상하실까 걱정입니다. 건강하셔서 오래오래 서우 크는 것도 보셔야죠. 저희 가족 건강하고 행복하게 잘 살고 있으니 어머님도 걱정 그만하시고 건강 챙기셨으면 합니다.

요즘 어머님 편찮으신데 전화도 제대로 못 드려서 죄송합니다. 많이 서운하셨죠. 자주 연락드리고 찾아뵙겠습니다. 언제 어머님, 아버님 모시고 여행이라도 다녀와야겠습니다. 빨리 건강 되찾으셨으면 좋겠습니다. 어머님 꼭꼭 건강하셔야 합니다. 다시 한 번 고맙고 감사하다는 말씀 드리고 싶습니다. 어머님, 항상 행복하세요. 사랑합니다. 어머님! 주말에 뵙겠습니다.

– 큰사위 올림

이모에게

이모, 생신 축하드려요. 그때 보내준 옷 잘 입고 있어요. 앞으로 오래오래 사세요.

- 정수 올림

사랑하는 어머님께

벌써 한 식구가 된 지 5개월이 지났네요. 어머님과 모든 식구들이 분에 넘치는 사랑을 주셔서 항상 감사하게 생각하고 있습니다. 젊게 사시고, 동안 미모를 갖추고 계셔서 65번째 생일이란 게 믿기질 않지만 진심으로 생신을 축하드립니다.

어머님께 가장 큰 선물은 진영이와 저, 또 우리아이 모두 행복하게 사는 게 아닐까 생각이 드네요. 항상 모든 일에 감사하고 행복하게 살 테니 지켜봐주시고, 항상 건강 조심하시고, 아버님과 사이좋게 지내셨으면 좋겠습니다. 다시 한 번 생신 축하드리고 감사합니다.

- 셋째사위 정호동 올림

사랑하는 엄마

엄마, 막내딸 민주예요. 생신 축하드립니다. 이제 성인이 된 것이 정말로 실감이 나네요. 그동안 저 믿고 응원해 주셔서 감사해요. 이 것저것 하고 싶은 일 많은 막내딸, 큰마음으로 안아주시고 지지해 주셔서 후회 없는 20대 보낼 수 있었어요.

엄마처럼 마음 넓고 속 깊고 존경할 수 있는 부모님 아래 태어나 참으로 기뻐요. 서우도 태어나고, 진영언니도 새생명을 품고, 집에 경사가 많아 너무 행복해요. 엄마, 항상 감사하는 마음으로 행복하시길 바랄게요. 사랑합니다.

- 민주

사랑하는 엄마

따뜻한 햇살 가득한 봄입니다. 65번째 생신을 진심으로 축하드리려요. 언니는 예쁜 서우를 낳고 진영이는 예쁘게 결혼하고 아기도 가졌고 민주는 제 몫을 다하고, 병규는 하고 싶은 일 열심히 하고 있고, 저도 이제 결혼을 해서 엄마를 더욱 기쁘게 해 드릴게요.

우리 5남매 때문에 밤낮 주말 없이 늘 바쁘고 힘드셨을 엄마. 이제 좀 여유를 가지고 아빠와 함께 즐겁게 계속 쭉~ 재미있게 살아요. ^^ 이렇게 저를 예쁘게 낳아주시고 잘 돌보아주셔서 감사합니다. 엄마가 계셔서 행복해요.

— 둘째 연서 올림

생일을 축하합니다

우리가 부부 연을 맺은 지 벌써 38년 세월이 흘러가네요. 당신의 노력으로 난 세상을 편하게 살고 애들도 다 성장하여 외손녀도 보고 귀여움을 안고 평온한 날들을 사랑만 받으며 사랑을 줄줄 모르는 남편으로 외고집대로 살고 있습니다.

어리석은 남편 이해해가며 사는 동안 서로를 보듬으며 살아갑시다. 난 나이를 먹어도 철없는 가장이고 남편입니다만 마음은 늘 당신 곁에 있습니다. 축하합니다.

— 남편

사랑하는 엄마

엄마는 65살이 되었고, 난 31살이지만 그래도 아직은 어머니가 아닌 엄마가 좋아. 늘 걱정해주고 우리 생각해줘서 진짜 진짜 고마워. 이제는 엄마를 위해서 살아. 즐겁고 행복하게.

우리 걱정은 조금만 하고 올해 예쁜 서우도 태어나고 나의 아가도 생겼어. 엄마가 연초에 말한 것처럼 연서 언니만 시집가면 한 해 소원 다 이루어지는 거야~ 엄마는 운이 좋은 사람이니까 다 이루어질 거야. 벌써 두 개는 다 이루어졌어. ^^

이제 건강이 제일 중요해. 아프지 않고 병규 장가가서 아들 낳고 잘 사는 것까지 엄마니까 책임을 다 해야지~ 그러니까 스트레스 받지 말고 행복한 제2의 인생을 즐기기를 바랄게.

결혼하고 가정을 만들고 아기도 생기고 난 진짜 행복해. 엄마 딸도 태어나서 잘 살아서도 행복하고 늘 이렇게 행복하게 살게. 엄마 생신 진짜 진짜 축하하고 아빠랑 사이좋게 잘 지내보자, 좀! 사랑해. ♡

— 예쁜 셋째딸, 진영

엄마

또 글씨 작다고 화내고 있는 거 아니지? ㅎㅎ 막상 펜을 드니까 할 말이 별루 없네……. 엄마 생신 축하하고, 정식 할머니가 된 것도 축하해요. 나중에 배추 아니지, 서우 보고 외할머니한테 잘하라구 할게. 할머니가 엄마랑 서우랑 살렸다고. ^^

지금 옆에서 정 서방 한 걱정 중이야. '편지쓰기' 참 어려운 거라고. 이 사람이 생각보다 많이 무뚝뚝해. 그래서 말인데 편지가 좀 짧더라도 엄마가 이해해. 내가 많이 조련해서 편지쓰기 실력 늘려볼게요. 참 편지가 두서없네. 이말 저말 마구하고 있구만. 이 편지 앞에서 읽고 그럼 안 되는데.

아직 내가 엄마가 된 지 얼마 안 되어서 엄마가 그동안 우리에게 어떤 마음이었는지 다는 알지 못하지만 서우 보니까 엄마도 자주 마음 졸이며 우리를 봤을 거 같다는 생각이 문득 드네. 그리고 하나둘씩 시집, 장가가면서 엄마 걱정거리들이 배로 늘고 신경 써야 할 것도 많고……. 나 완벽하게 잘하겠다고 보장은 못하지만 최선을 다해 살게요. 그러니까 너무 걱정하지 말아요. (적당히만 걱정해줘요. ㅎㅎ)

서우도 최선을 다해 잘 키워볼게. 엄마가 좋아하는 '완벽'까지는 아직 능력이 쪼금 아주 쪼금 부족해서 최선으로 대체하겠음. 서우도 그렇고 정 서방도 그럴 거야. 엄마한테 많이 고마워하는 것 같아 둘 다. 서우는 그냥 나의 추측으로 그럴 거라 생각이 들어요.

앗! 서우 밥 먹이러 오란다. 엄마 다시 한 번 생일 축하하구요. 사람들은 어떤 환경이든 다 적응하게 되어있으니 서우랑 나랑 정 서방 걱정 조금만 하구……. 난 엄마한테 힘든 일 있을 때 마다 SOS 칠거니까 건강하게 적당히 걱정하면서 오래오래 사세요. ^^

- 맏딸 연희 올림

어머님께

어머님 생신 축하드립니다. 어느덧 가정을 꾸린지 1년이 넘어 새로운 가족도 맞이하게 되었습니다. 어머님은 할머니가 되셨네요. ^^ 이렇게 연희를 만나고 단란한 가정을 꾸릴 수 있게 해주신 어머님 감사합니다. 이렇게 서면 상으로 인사드리는 것이 조금은 어색하고 쑥스럽지만 감사의 말씀 드리고 싶었습니다.

떨리는 마음을 진정시키며 집에 들어서 말도 제대로 못하고 긴장한 저를 따뜻하게 맞아주셨던 아버님, 어머님께 얼마나 고맙고 감사하던지 지금도 기억에 선합니다. 소중하게 키워주신 연희를 부족한 저에게 보내주시고 늘 아들처럼 따뜻하게 맞이해 주셔서 늘 감사할 따름입니다.

어머님, 이번일로 마음고생 많으셨으리라 생각합니다. 사위가 애교가 없다보니 어머님께 말 한마디 따뜻하게 못해드린 것 같습니다. 노력 많이 하겠습니다. ^^ 지금까지 지켜온 사랑과 믿음으로 알콩달콩 서로 사랑하며 행복한 모습 보여드리며 살겠습니다. 처음 맘 그대로 변치 않고 열심히 살아가겠습니다.

부디 지금처럼 지켜봐주세요. 아직 부족한 점 많지만 저희들 언제나 서로 존중하며 부족한 부분은 채워가며 한결같이 사랑하며 살겠습니다. 든든한 아들이 될 것이며, 연희 그리고 서우 얼굴에 항상 행복이 가득하도록 노력하겠습니다.

어머님, 저희가 오래오래 효도할 수 있도록 아버님과 함께 늘 건강하게 서우 시집가는 것도 보시면서 오래오래 사시기 바랍니다. "어머님, 사랑합니다."

-맏사위 진욱 올림

할머니, 생신 축하드려요. 건강하게 무럭무럭 열심히 자라겠습니다.

- 정서우

♡ 어머님, 생신 축하드려요! 항상 건강하시기 바랍니다.

- 맏사위

엄마! 진정한 할머니 그리고 생신을 축하드려요. 진짜 할머니, 할아버지가 되셨군요. 아직 서우가 말 못하니까 할머니, 할아버지 아니라고 해도 난 이해하겠음. 그러니까 항상 젊고 건강하게!

- 연희

어머님. 오늘 너무 예쁘십니다. 65번째 생신 진심으로 축하드리고 항상 감사하고 고맙습니다. 건강하세요!

- 호용

사랑하는 엄마! 이렇게 좋은날! 가족들이 다 모여 행복을 나누니 행복해요. 생신 축하드려요. 아빠와 함께 우리 가족 계속 쭉~ 건강하고 행복하게 살아욤.

- 연서

당신이기에 저는 행복합니다.

- 박병규

어머니! 생신 축하드려요. 별도 편지도 쓰고 이것도 쓰고, 피곤하다…….

- 진영

사랑하는 엄마, 생신 축하드려요. 어느덧 사위도 두 명이나 생기고 손녀도 생기고 마음이 든든하네요. 올해처럼 앞으로도 희소식이 가득하시길 건강하시고 행복♡행복♡하세요. 사랑합니다.

- 민주

사랑하는 딸에게 (큰딸 결혼식에서의 편지)

오늘처럼 기쁜 날, 엄마는 기쁜 마음으로 마음을 전한다. 태어날 때부터 범상치 않게 태어나 큰엄마와 엄마를 놀라게 했지. 위로 태어나자마자 간 두 오빠 때문에 상심한 나날을 보낼 때 너는 햇살처럼 엄마 품에 찾아들었단다.

태어나서 첫 목욕으로 너의 몸에 태지를 씻길 때, 첫 마디가 엄마였단다. 출산하고 조마조마한 가슴으로 누워있는데 큰엄마가 오셔서 '동서, 애가 이상해.' 소리에 얼마나 놀랐는지. 무슨 일이냐고 했을 때 큰엄마의 잔잔한 미소와 더불어 신생아가 엄마라고 불러 특별한 아이로 자랄 것 같아 라고 했었는데, 벌써 결혼할 나이가 되어 오늘 짝을 찾아 행복의 문으로 들어가는구나.

연희야. 지금껏 엄마는 지, 덕, 체를 갖춘 딸이라고 고슴도치 사랑을 했지만 다른 사람들이 볼 때는 허물투성일 수도 있으니 매사에 겸손하고 최선을 다하며 너를 희생시켜 남에게 도움을 주고 행복을 준다면 희생 자체가 행복할거야.

연희야. 마음을 닫으면 인정이 드나드는 대문도 닫히며 나쁜 동기도 좋은 인연을 만나면 결과가 좋아지듯 항상 긍정적인 삶을 살며 시부님께도 친정 부모님 대하듯 효하며 형제간 우애가 있어 항상 칭찬받는 내 딸이길 바란다. 현명한 아내, 아이들에겐 지혜 있는 엄마가 되어 가정에 충실하며 나라에 기둥이 될 수 있도록 보살피며 태어난 것에 감사하며 한 획을 긋길 바란다.

연희야, 지금은 거친 작은 밭이랑 사이로 겨자씨 하나를 파종했지만 세월이 지나 발아하고 꽃이 피며 열매가 맺을 때쯤이면 거친 작은 밭은 옥토가 되어 있을 것이며, 겨자씨는 수미산이 되어 필요로 하는 모든 이들에 쉼터가 되리라.

둘이 하나가 되어 꽃밭을 가꿀 우리 사위 진욱이도 사랑한다. 너희들 앞날에 밝은 빛이 인도하길 기도하며 오늘 축복하러 오신 모든 분들에게 평안이 함께 하시길 기도합니다.

– 연희엄마

사랑하는 장모님께

어느덧 또다시 한 해가 가고 또다시 따사로운 봄날이 우리 곁을 스치고 지나갑니다. 빠르게 오고 가는 계절처럼 벌써 저희에게도 결혼 5년차라는 시간을 보내고 있습니다. 그 사이 어여쁜 딸도 생기면서 한 아이의 부모가 되었습니다. 보통 곰 같은 마누라와 토끼 같은 자식이라 하는데 저희는 다르게 말하곤 합니다. 토끼 같은 마누라와 여우 같은 자식이라고. 서우의 애교가 나날이 토끼를 넘어서고 있습니다. ^^

처음 장인어른과 장모님께 인사드리러 간 날이 아직도 생생합니다. 말씀은 많이 안 하시지만 정 많으시고 자상하신 장인어른. 뵐 때마다 하나라도 더 챙겨주시려고 하시는 고마우신 장모님. 장모님께서 해주신 많은 말씀들 아직도 가슴 속에 생생합니다. 지금처럼 행복할 수 있게 저희 가족 잘 살아갈 수 있게 돌봐주시고 격려해주신 덕분이 아닐까 생각합니다. 연희 예쁘게 키워주셔서 감사합니다. 장모님께서 그러셨듯이 저 또한 서우에게 많은 사랑 주며 바른 아이가 될 수 있도록 예쁘게 키우려 합니다.

어느 누구보다도 소중한 가족으로 여기고 항상 웃으며 살겠습니다. 시간이 날 때마다 장모님, 장인어른 찾아뵙고 인사드리려 합니다만, 현실은 쉽지가 않아 항상 송구스럽게 생각하고 있습니다.

언제나 우리들 걱정하고 계시는 거 잘 알고 있습니다. 우리 가족 서로 아끼며 사랑하며 살고 있습니다. 장모님께서 절 믿어주시는 것처럼 항상 가슴에 새기며 행복하게 살겠습니다. 그리고 언제나 배려해주셔서 정말 감사합니다.

봄이지만 아침저녁으로 많이 쌀쌀합니다. 아무쪼록 건강에 신경을 쓰셨으면 합니다. 이번 주 인사드리러 가는 날인데 벌써, 웃는 얼굴로 저희를 맞이해주실 장모님을 떠올리면 미소가 저절로 지어집니다. 지난주 가까운 곳으로 나들이를 갔었습니다. 연희가 어쩐 일인지 꽃단장을 하고 왔네요. ㅎㅎ 장모님 보시라고 사진 넣어봤습니다. 장모님, 생신 축하드립니다. 사랑합니다.

　　　　　　- 장모님과 즐거운 시간이 되길 바라며, 큰사위 진욱 올림

엄마

엄마, 생일 축하합니다. 지금 최선을 다해 글씨를 크게 쓰고 있는 겁니다. 맨날 글씨 작다고 한 엄마 말이 생각나서. ㅎㅎ 자주 이과생들한테 편지를 쓰라고 하는 엄마야, 뭐라고 쓸 말이 딱히 생각나지 않네. 그냥 전부터 하고 싶었던 말, 이미 했던 말 한 번 더 할게요.

엄마는 그만하고 싶었던 일 그만 두어서 홀가분해야 하고, 물론 쉽게 홀가분할 수는 없지. 너무 오랫동안 했던 일이니까. 그래도 진작 쉬셨어야 해요. 그러니까 이제 그만 신경 쓰면 좋겠습니다. 또 옆에 누군가가 없어서 성격 괴팍한 시어머니 노릇 안 해도 되게 아빠가 있지. 엄마가 어떻게 생각하는지는 모르겠지만 알콩달콩(?) 이혼 안 하고 잘들 살고 있는 시집간 딸들 있지. 가끔 엄마를 들었다 놨다 하는 막내딸과 겉멋은 들고 좀 삐딱선을 타긴 하지만 듬직하고 착한(?) 아들도 있고, 여우지만 속 여린 서우, 듬직하고 강인한 주은이, 깜찍한 세진이도 있지. 엄마도 누구들 못지않게 잘 살아왔고 남들이 봐도 좋은 가족들이 있다구요. 아 또 물론 엄마가 젊었을 때 힘들게 벌어서이겠지만. 내일 당장 어떻게 살아야 하나 걱정할 필요도 없고.

와, 나도 나중에 그랬음 좋겠다. ^^ 누누이 말하지만 서우 아빠도 나중에 엄마, 아빠처럼 살았음 좋겠다 하더라구요. 엄마는 누군가에게 나중에 나도 저렇게 살았음 좋겠다라는 소릴 듣는 것만으로도 잘 살아왔다는 거니까 이제 좀 편히 맘 잡수세요. 너무 이곳저곳 신경 안 써도 된다구. ㅎㅎ

하나는 더 욕심 부려도 되긴 하지만. 뭐냐 하면 나도 나중에 나이 먹고 할머니 되었을 때 엄마, 아빠처럼 남편이랑 살았음 좋겠다 싶을 정도로 사이좋게 지내기?(갑자기 엄마의 찰진 욕이 들리는 듯하네. ㅋㅋ) 너무 어려운 부탁인 줄은 알지만 그냥 괜히 한 번 말해 봐요. ㅎㅎ 내가 보기엔 서우 시집가는 것도 볼 거 같지만 엄마 건강하고, 너무 이곳저곳 신경 쓰지 말고, 얼굴만 보살이지 말아주세요. ^^ 시댁 같은 엄마야, 다시 한 번 생신 축하합니다. ㅎㅎ 사랑해요. 내가 돈 열심히 모아서 다이아반지 하나 해줄게. ㅋㅋ

- 큰딸

대통령이 되지 못해 한스러우신 어마마마 김춘자 여사님께

어마마마! 일단 생신을 경하 드리옵니다! 매년 돌아오는 생신이지만 어마마마가 계시어 우리 모두가 있을 수 있는 것이니 이 얼마나 경하드릴 날인지요! 돌아가신 외할머니께 감사드릴 날이옵니다. 생신 때가 되면 편지를 강요하시는 것이 주변 사람들에게 사랑받고 있음을. 특히 아바마마! 확인받고 싶어서 그런 것이 아닌지 조심스럽게 예측해봅니다. 우리 집 가풍이 워낙에 표현에 인색하지 않습니까? 이것은 모두 어마마마, 아바마마가 그렇게 만든 것이니 노여워하지 않기를 바라옵니다. 내 자식을 낳았어도 어마마마는 어마마마요, 내 자식은 내 자식이니 어마마마가 이해되는 면도 조금은 있지만 그래도 똑같으오. 나중에 늙어서 주은이한테 당해봐야 어마마마의 마음을 헤아릴 수 있을까요?

바쁠 때 주은이도 돌봐주시고 5명이나 되는 자식들 일일이 걱정하고 생각해주느라 늘 머리가 바삐 움직이는 어마마마. 자꾸 다른 사업 구상하지 마시고 여생을 즐기시길 바라옵니다. 조심스럽게 '백화점 문화센터'를 추천드리오니 하실 만한 수업은 내가 알아봐 드리리다. 사랑하는 박병규까지 결혼하고 예쁜 가정을 꾸리기까지 시간이 많이 필요하니 건강을 살뜰히 챙기시길 바라오며, 늘 아프다 하지 마시고 운동을 하셨으면 하옵니다. 앞으로도 주은이 종종 부탁드리옵고, 오래오래 건강하게 우리 오남매의 지붕이며 그늘이 되어주시기를 바라옵니다. 사랑하는 어마마마, 다시 한 번 생신을 경하드리옵니다.

– 셋째 박진영

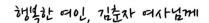

행복한 여인, 김춘자 여사님께

생신을 경축 드립니다. 저희만 나이가 들어가는 줄만 알고 살아온 것 같은데 부모님 연세가 벌써 이렇게 되신 줄 몰랐네요. 어느덧 결혼한 지 4년이란 시간이 흘러 주은이도 잘 크고, 어머님의 보살핌 속에 행복하게 살고 있습니다. 하늘에 수많은 별이 반짝이듯이 부모님은 항상 자식에 대한 걱정과 근심으로 마음 아파하시고, 새벽이 오도록 잠을 못 이룬다는 것을 알고 있습니다. 부모님들이 내리사랑을 자식 된 도리로 조금이나마 헤아리면 좋겠지만 생각만큼 잘 되질 않아 죄송한 마음뿐입니다. 요즘 자주 편찮으신 것 같아 주은엄마도, 저도 마음이 무겁습니다.

지금까지 앞만 보고 달려오셨으니, 이제 좀 내려놓으시고, 여행도 다니시고, 운동도 하시고, 건강 먼저 챙기셨으면 좋겠네요. 이제 인생의 절반 밖에 안 왔는데, 100세 시대잖아요! 주은이를 키우면서 어머님이 대단한 분이라는 걸 새삼 느끼네요. 일하시면서 자식 5명을 이렇게 훌륭하게 특히 '셋째'를 키우셨다는 게 존경스럽네요. 저희는 한 명도 힘들어서 쩔쩔 매는데.

요즘 자주 맡겨서 죄송! 어머님! 어머님 덕분에 행복한 가정을 꾸려가고 있습니다. 앞으로 근심걱정보다는 꽃보다 예쁜 네 딸, 듬직하고 멋있는 아들, 멋진 사위들, 눈에 넣어도 아프지 않을 손주들 생각하시면서 웃음 잃지 말고, 건강 챙기시고 행복한 여생 즐기시길 바랍니다. 자주 찾아뵙고 기쁨조가 되어 드리겠습니다. 사랑합니다. ♡

- 셋째 호동

하루코(はるこ[春子]) 누님

법대를 졸업하고 늦은 나이에 다시 한의대에 들어가 30대 초반에 졸업하고, 타지에서 부원장 생활을 한 후에, 고향인 청주에서 2004년 5월에 개원해 아직 1년도 채 되지 않은 2005년 3월 화창한 봄날, 단아한 중년의 여성분이 우리 한의원을 찾아오셨습니다.

본인이 아파서 온 것이 아니라 부탁드릴 것이 있다면서 어렵게 말문을 여셨습니다. 본인은 B사찰에 다니는 신도인데 주지스님께서 중풍으로 쓰러지셔서 종합병원에 입원해 계신데 거동을 하실 수 없으시니, 그 병원까지 왕진을 와 줄 수 있냐는 것이었습니다.

그때만 해도 개원한 지 얼마 안 되어 혈기가 넘쳤고, 별 볼일 없는 나를 찾아와 주셨다는 사실이 너무 고마워서 흔쾌히 왕진을 가겠다고 약속을 했습니다. 그것이 공덕장(법명) 님과의 첫 만남이었고, 종산스님과도 첫 만남이었습니다.

그때부터는 많게는 1주일에 3번, 적게는 1주일에 1번, 종산스님을 치료하러 10년 넘게 B사찰에 다니게 되었습니다. 스님을 치료하러 다니면서 제가 도움을 준다기보다는, 종산스님과 공덕장님께 배우는 것이 훨씬 많아서 귀찮은 마음보다는 즐거운 마음으로 다닐 수 있었습니다.

B사찰을 다닌 지 3년 정도 지난 어느 가을날, 공덕장님께서 병원에 입원해 있는데 잠시 들를 수 있냐고 전화가 왔습니다. 늘 그렇듯이 흔쾌히 한의원 진료가 끝나고 저녁에 들르겠다고 약속을 했습

니다. 그런데 갑자기 피치 못할 일이 생겨서 밤 11시가 넘어서야 병원에 도착할 수 있었습니다. 너무 늦은 시간이라 조용히 병실에 들어가니, 공덕장님께서는 이미 잠이 들어 있었습니다. 평소에 장난이 심한 저는 "누나 자?"라고 반말을 하면서 공덕장님을 깨운 후에 치료를 해 드렸습니다.

며칠 뒤 다시 만났을 때, 공덕장님께서 조심스럽게 "나는 남동생이 없어서 그런지 며칠 전 원장님이 누나라고 부른 것이 너무 좋았어요."라고 말씀을 하시는 것이었습니다. 그때 바로 저는 "누나가 있지만 이제부터 공덕장님도 누님으로 모시지요."라고 말했습니다. 이 일을 계기로 공덕장님과 저는 스무 살 넘게 차이 나는 오누이 관계가 되어 지금까지 이어지고 있습니다.

한범덕 전 청주시장님은 불심이 남다르십니다. 그래서 청주 시내 모든 사찰을 자주 방문하시는데, B사찰도 예외는 아니었습니다. 하루는 저에게 "이 원장, B사찰 보살님을 자주 뵙는데, 성함을 모르는데 혹시 이 원장은 아시는가?" 저는 "김춘자 님이십니다."라고 대답을 했습니다.

서울대에서 동양사학을 전공하셔서 한문과 일본어에 조예가 깊으신 전 시장님께서는 그 말을 들으시고 "춘자면, 일본어로 하루코

인데……"라고 말씀하셨습니다. 저는 일본말을 좋아하지 않지만, '하루코'라는 말은 처음부터 정감 어리게 다가왔습니다. 그때부터 저는 공덕장님을 우리 집에서나, 시장님 앞에서나 저와 관련된 분들에게 '하루코 누님'이라고 부르게 되었습니다.

하루코 누님은 매사에 작은 것 하나도 철저히 준비하시고, 정성을 다하십니다. 종산스님이 많이 편찮으실 때, 서울로 저와 함께 매주 일요일 스님을 치료하기 위해 1년 넘게 다니셨습니다. 그리고 만약의 사태에 대비해 누님 남편분의 퇴직금까지 털어 스님의 장례식 비용으로 준비해놓으셨다가 3년 전, 화엄사에 장례비로 예치해 드린 것도 알고 있습니다.

저희 집안에 크거나 작거나 일이 있을 때마다 신경써주시고 챙겨주시는 고마운 누님이십니다. 한 번은 우리 한의원에서 저희 어머님을 만나셨을 때, 손을 꼭 잡으시고 고생을 많이 하셨다고 말씀을 하시고는 며칠 후에 저희 어머니 손에 금가락지를 끼워 주셨습니다. 눈썰미도 정확해 어머님 손가락에 꼭 맞았습니다.

소박한 저희 어머님 모습에서 자식 뒷바라지에만 전념을 다하신 누님의 어머님이 떠오르신다며 눈물을 글썽이셨습니다. 이렇듯 누님은 세심함과 따뜻한 마음으로 남을 배려하십니다. 그런 누님에게 물심양면으로 많은 도움을 받았고, 삶을 살아가는 자세를 배웠습니다. 짧은 글이지만 그 고마운 마음을 대신하고자 합니다. 하루코 누님, 항상 건강하세요.

귀감이 되는 옛 성현의 말씀으로 글을 마치고자 합니다.

與一利不若除一害(여일이부약제일해)
生一事不若滅一事(생일사부약멸일사)

하나의 이익을 얻는 것이 하나의 해를 제거함만 못하고,
하나의 일을 만드는 것이 하나의 일을 없애는 것만 못하다.

耶律礎材(야율초재)

— 태양한의원장 이정구

보자기

책보자기 허리에 질끈 하고
달그락 달그락 툭툭 부럼 터진
도시락 고추장 장아찌 보리알
미끄럼타고 빨갛게 화장하는
노랫소리 사방치기 장단 따라
재잘재잘 단발머리 추억보자기

시간의 사치를 숨 가쁘게 싸고 도르는
산등성 바위에 걸터앉아
엄지부터 새끼손가락 다툼소리에
비켜버린 단발머리 자리
그 사치의 보자기를 열고 보니
아! 그것은 맘껏 호호 하나
지친 몸 마사지 하라 가득 담은
웃음보자기였어라

해거름 드리운 단발머리
자리 손가락 사이로 당당히 자라주고

괴롬도 외롬도 시림도 함께 보듬고
기쁨같이 환호성 부를 수 있는 마음
우정보자기 굽이굽이 흔적마다 쓸어 담아
너에게로 나에게로 가~
올 수 있는 단발머리
자! 어스름에 천천히
영글어가는 황혼보자기 한땀 한땀 엮어

새봄 싱그러움 이슬 머금고
벤치가 보이는 오솔길 사이로 걸어가자꾸나

- 오! 사랑하는 벗이여

묵은지초가 뒷결한 묵은지

초가 뒷결 한 서리
지열의 깊음을 끌어 댕겨 품고!
오묘한 향으로 그 깊음을
아가리 가득 보답한다

김치는 지열을 만나
맛의 축제를 열어가고
너와! 나
그렇게 한송이인 꽃이 되어
도란도란 토닥토닥
소꿉 도랑을 지나
거친 숨 쉴 틈 없는 동구 밖을
버둥거릴 때 눈 깜빡 어딜까

붉은 노을 그림자 안고 쉬엄쉬엄
괜찮겠지
아리랑 고갯길을 한 발짝
살포시 내릴 때 진향 인향을
송글송글 품으며 마주한 너와! 나

이보다 더 아름다운 노을빛이
어디 있으라

제3부. 파충류의 뇌

- 막내딸 민주의 소설

🐛 최초의 도마뱀

"아이리스 그 쌍년, 죽여 버리겠어."

"아이리스는 왜 갑자기?"

학교 가는 버스 안에서 말을 꺼낸 건 용호였다. 출근 시간대라 버스
는 사람들로 붐볐고, 우리는 차창에 간신히 기대어 몸을 지탱하고 있
었다. 하복 춘추복 겸용 기간이어서 용호는 말끔하게 다려진 여름용
와이셔츠를 입고 있었다.

"어제 음악프로그램을 보는데, 내가 싫어하는 가수가 나왔어."

"아이리스?"

"응."

"그게 뭐?"

"말 끊지 말고 잘 들어봐. 그러니까 어제 텔레비전을 보고 있었는데, 어제 날이 오죽 더웠냐? 나는 잔뜩 늘어져서 한쪽 발을 베개 위에 올려두고, 채널을 돌리고 있었단 말이야?"

"그래서 뭐~."

"이 자식, 성미 급한 거 하고는 너 그렇게 성미 급하게 살다가 익지도 않은 삼겹살 처먹고, 설사병 걸려 물똥이나 싸다 뒈지는 수가 있어."

참으로 난해한 경고이자 유치한 협박이 아닐 수 없었다.

"그러다가 나는 음악프로에 채널을 멈췄어. 참, 우리 집 거실 위에 시계 알지?"

"그 동그란 시계?"

나는 용호네 집 거실에 걸려 있는 하얗고 동그란 시계를 떠올렸다.

"시계란 참 대단하지 않냐? 밤낮이 없어요. 아, 해가 밝았구나. 일하자. 아, 오후 두시네? 티타임이라도 갖는다면 좋으련만 일하자. 아, 밤이구나. 오늘 하루도 무사히 잘 보냈군. 그럼 일하자."

"듣고 보니 그러네. 그런데 그게 아이리스와 무슨 상관인 거야?"

"이 가나다에 ㄱ 자도 모르는 놈 같으니라고……. 말은 말이야? 차와 같다고나 할까? 시동을 걸어주는 일이 꼭 필요한 법이거든. 거두절미하고 본론만 말하는 세상이라면, 이 월드가 얼마나 삭막하겠냐? 그러니 좀 참을성 있게 들어봐."

옆에서 우리만큼이나 힘겨운 자세로 서 있던 여자의 킥킥대는 웃음소리가 들려왔다.

"나는 시계를 보면서 그런 생각을 한 적이 있었어. '세상에 너 외롭

겠구나.' 가구들 옆에 좀 바싹이라도 붙어 있으면 그나마 위로가 되련
만 우리가 아는 벽걸이 형 시계 대부분이 그렇듯 우리 집 시계 역시
거실 가장 높은 곳에 댕그라니 걸려 있으니까 측은하게 생각된 거야."

"음. 그래 그럴 수도 있겠다고 치자."

"너 인마, 그런 식으로 나오면, 더 이상 얘기 안 해준다? 너 이 이야
기를 놓치면 평생 후회할 수 있어요."

"허이구~ 어련 하시겠어요."

"아직 시동 거는 중이니까 한번만 봐준다."

용호는 마치 큰 잘못이라도 용서해 준양 뿌듯한 표정으로 말을 이
었다.

"그런데 생각해 보니까 시계는 그 자체가 존재가 아니라는 생각이
드는 거야. 그래 시계 자체는, 뭐랄까, 인간세계로 따지자면 집 정도
인 셈이지."

"그건 또 무슨 셈이래?"

"으이구~ 이런 시계의 상황 같은 것에는 눈곱만큼도 관심이 없는
초 이기적인 인간 같으니라고! 네가 시계에 대해서 단 1분만 관심을 가
지고 생각해 보았다면 쉽게 알아 들을 수 있었을 텐데 말이야. 잘 생
각해봐. 시계는 집이야. 우리는 그 집의 창문을 통해서 그들을 대놓고
훔쳐보는 관음증 환자들이지."

얼토당토 않은 이야기다. 세상에 우리 모두가 내놓은 관음증 환자
라니. 시계는 인간이 만들어낸 물건일 뿐이다. 더욱이 우리는 그것을
정당한 값을 지불하고 구입하기 때문에 때때로 아니 하루 종일 이라
도 바라볼 권리가 있다. 용호는 그런 내 생각을 아는지 모르는지…….
휴~.

"시계에는 가족이 살고 있어. 시침, 분침, 초침. 그들이 어떤 구성원으로 가정을 꾸려나가는 지는 알 수 없지만. 예를 들어 트랜스젠더엄마와 게이아빠 그리고 입양한 아들로 구성된 가정일 수도 있겠고, 엄마만 둘인 집도 있을 수도 있겠고, 세 명의 숫처녀로 구성된 가족도 있겠지. 뭐, 3이라는 구성 숫자만 충족된다면 나로선 그들의 가정에 관해서 이러쿵저러쿵 관여할 바가 아니잖아."

버스 안, 주변사람들의 시선이 스모르찬도([이탈리아어] smorzando: 악보에서, 차차 꺼져 가는 듯이 연주하라는 말) -열두 살 때 다니던 피아노 학원의 선생님은 내가 피아노를 틀리게 칠 때마나 나의 손등을 플라스틱 자로 탁 탁 내리치며 '스모르~찬도, 스모르~찬도'를 부르짖었다. '러시아 군인 같은 음색으로 사라지듯 점점 여리게'라고 외치며- 의 뉘앙스처럼 은밀히 용호를 향해 옮겨졌다.

"그거 말 되네."

내가 용호의 말을 되받았다. 물론 내 말은 어디까지나 '시계 자체가 구성 이자 틀'이라는 그의 순순한 기본 전제에 한한 동의였다.

"음……. 그렇지? 그리고 나니까 인간 사회가 그렇듯, 시계사회에서도 분명히 역할이란 것은 있을 거다, 라는 생각이 들었어. 시계를 생각하고, 시계의 가정을 생각하다보니 무척 자연스럽게 그런 생각이 잦아든 거지."

"역할이라, 뭐 별 것 있나? 가장 뚱뚱한 놈이 가장, 길쭉한 것이 가정 관리 역할, 작고 야들야들한 것이 새끼 정도지 않겠냐?"

"그러니까 너는 글러 먹은 거야 새끼야. 세상을 어떻게 그렇게 간단히 평가 내린다는 말이냐? 이 시대의 가장들을 생각해봐. 이 천편일

률적인 매너리즘에 빠져있는 아메바와 같은 원시적 청춘아. 그들 중, 비록 복부를 중심으로 과다한 지방을 축적하고 있는 사람이 많다고 는 하다마는 얼굴은 누구보다도 야위어 있어. 마치 외계영화의 주인공 처럼 말이야. 시계의 시침, 분침, 초침의 역할만 봐도 그래. 항상 가장 바쁘게 일하고 있는 것은 초침이지 않냐. 네가 말했던 그 야들야들하 고 작은 초침? 그게 바로 가장이다 이거다."

"그렇다면 두 번째로 바쁜 분침은 당연히 가정 관리 역할 정도?"

"쯧쯧. 하나를 가르쳐 놓으면 도로 열 개를 되 까먹을 녀석이 바로 네 녀석 일 게다. 초침이랑 분침을 하나부터 열둘까지 뒤쫓아 다니며 뒤치다꺼리 하는 게 누구냐? 바로 시침이잖아. 요 말짱 도루묵 보다 도 못한 녀석아."

나는 점점 그의 궤변의 희생자가 되고 있는 것 같은 기분이 들었다.

"젠장! 그게 뭐 어쨌다는 거야? 아이리스가 시계에게 뭘 어쨌기에?"

"그 생각을 하게 된 후로는 시계를 바라보는 게 너무 힘들었어. 너무 가엾잖아."

용호의 매끄러운 콧잔등이 붉어졌다. 마치 금방이라도 울음을 터트 릴 것 같은 사람처럼.

"왜 가여워? 같이 잘 살아가고 있잖아?"

"왜냐하면, 그들이 완연히 마주하는 건 한 시간에 한 번씩, 그것도 딱 일 초 간 뿐이니까. 그 후에는 서로 엎치락뒤치락 하며 서로의 꽁 무니만 뒤쫓잖니. 그런데 어제 내가 바로 그 눈물의 가족 상봉의 현 장을 보게 된 거야. 그 하얀 원반 위에 가지런히 포개어진 다정한 그 모습을! 탁상 위의 전자시계는 그것을 확인시켜 주기라도 하는 듯이 정확하게 16시 20분 20초를 표시하고 있었어. 세상에 나는 너무나 기뻐서 할렐루야라도 외칠 뻔 했지 뭐냐. 심지어 난 기독교 신자도 아닌데 말이야."

"무심한 놈, 네가 그렇게 기뻐할 때 슬퍼할 걔네들 친척 벌쯤 되는 혈혈단신 전자시계는 생각 안 해봤냐?"

나는 용호네 집 거실에 놓인 탁상 위, 네모난 전자시계를 떠올렸다.

"뭐? 아무리 시대가 개념 상실의 시대라고는 하지만 한심하다. 이 자식아. 디지털세계에는 감정이란 없단다. 오로지 숫자 배열만이 있을 뿐이지. 오직 아날로그만이, 감성을 가질 수 있다구."

그 누가 이 궤변론자의 엉터리 주장에 논박할 수 있으리오. 용호는 호박을 아흔아홉 가지 이유를 들어 수박이라 말할 수 있을 놈이다.

"네 말대로라면 별로 할렐루야 할 일도 아닌 것 같은데? 셋이 함께 모이는 건 그렇다 쳐도 초침은 60초에 한 번씩 분침이랑 시침을 꼭 지나잖아?"

"야 인마, 그러니까 가장이 불쌍하다는 거야. 제 아무리 돌아다보면 뭐 하냐고. 간신히 한 발자국 떼게 하는데 분침은 60번 시침은 2,400번을 꼬박 돌아야 하는데!"

"완전 귀에다 걸면 귀고리, 코에다 걸면 코걸이 식이구만."

나의 비난에 용호는 눈도 껌뻑 안 한다. 저, 저, 뻔뻔스러운 얼굴을 보라지.

"근데 도대체 본론은 언제 나오는 거냐? 자동차가 불량인거냐? 시동을 너무 오래 걸지 않았냐?"

나는 제물에 꺾여 용호에게 물었다.

"이제 시동 걸렸다. 인마. 그러니까 내가 그 가족상봉현장을 목격한 그 순간! 마치 나와 시계 가족을 위해 준비라도 한 것처럼 텔레비전에서 아이리스의 노래가 흘러나오는 거야. 나는 아이리스의 노래를 되게 싫어하지만, 어쨌든 그 순간은 기쁜 마음에 거실 벽에 걸려있는 하얀 시계를 바라보며 신나게 춤을 췄어."

"그러면 아이리스를 더 좋아해야 하는 게 맞지 않나?"

"거기서 끝났으면 그랬을 수도 있겠지. 문제는 신나게 춤추고 있는 내 엉덩이를 누군가가 걷어찼단 말이지."

"누가?"

"젠장 누구긴 누구겠냐? 그 뚱보 년 말고 날 걷어 찰 인간이 누가 있겠냐고!"

"용화누나?"

용호의 말에 그의 누나가 빠르게 나의 머릿속을 스쳐 지나갔다. 우리보다 세 살 많고 덩치도 딱 세 배 더 큰, 웃을 때 벌어진 앞니가 보이는 용화누나.

"응, 나는 텔레비전 쪽으로 고꾸라졌고, 텔레비전에서는 아이리스의 노래 후렴구가 지겹도록 반복되고 있었어. 그리고 나는 영문도 모른 체 30분간이나 더 맞았어. 아니다 밟혔다고 하는 편이 더 낫겠다. 그거 보다 더 고역이 뭔지 아냐? 아이리스 노래를 텔레비전 스피커 가까이서 들어야 했다는 거야. 그 반복되는 멜로디가 내 뇌 속의 신경 회로를 디스코 머리로 다 땋아 놓는 것 같아서 죽는 줄 알았지 뭐냐."

"딱하다. 괜찮냐?"

"제길. 그게 하루 이틀이냐?"

"이번엔 왜 그러셨대?"

"아-씨, 몰라. 그 년은 정상이 아니야. 자기만 고등학생이냐? 엄마 아빠는 고등학생이 돼서 스트레스가 심하니까 나보고 이해하라고 하는데, 어제는 보충 수업 끝나고 집에 돌아왔는데 내가 노랫소리에 맞춰서 개다리 춤을 추고 있는 걸 보니까 짜증이 나더래나. 뭐라더라? 자기는 공부하고 돌아왔는데 내가 놀고 있는 모습을 보니까 화가 났다고 했던가? 그게 말이 되냐? 참 나, 기막혀서 더군다나 화려하게 흔들리는 내 다리 털을 보니까 화가 울컥 솟았다던가? 아니면, 뭐 징그러웠다고 했던가? 어쨌든 날 때린 이유는 간단해. 그 년은 미친년이기 때문이지. 그런데 더 짜증나는 게 뭔지 알아?"

나는 말 대신 고개를 가로 저었다. 그런데 용호야 네가 개다리 춤을 췄다면, 나 같아도 조금은 짜증이 났을 것 같기도 하구나.

"아침에 일어나자마자부터 지금까지 머릿속에서 아이리스 노래가 계속해서 생각난다는 거야. 나는 그 년 노래가 좋지도 않고, 어제의 안 좋은 기억도 있고, 멜로디를 떠올리고 싶지 않거든? 그런데 내가 말하고 있는 이 와중에도 내 머릿속 어느 부분에선가 아이리스 멜로디가 계속 연주되고 있어. 왜 아침에 생각난 노래는 하루 종일 흥얼거리게 되거나 떠올리게 되거나 그런 거 있잖아. 지금 내 심정이 어떤 줄 아냐? 아이리스를 잡아다가 목을 졸라 버리고 싶다. 노래하는 날 파리가 내 머릿속에 들어가서 온통 휘젓고 다니는 기분이야."

"음, 그래 그거 알지. 어쩔 땐 정말 내가 원치 않는데도, 마치 고장난 라디오처럼 그것도 딱 한 소절이나 두 소절만 반복해서 생각날 때가 있긴 있어. 그나저나 너 벌써 다리털이 다 자랐냐?"

나는 용호가 어제 맞은 것보다도, 용호의 머릿속을 헤집어 놓은 아이리스의 노래보다도, 실은 그의 다리털이 정말 어른처럼 무성해졌는지 궁금했다.

"한번 보여 주랴?"

용호는 뿌듯한 표정을 지으며 나에게 넌지시 말을 건네었다. 버스 안 사람들의 시선이 모두 용호의 다리 쪽으로 옮겨졌다. 버스 안으로는 후끕한 바람이 들어왔다.

"응."

나는 기대감으로 상기된 얼굴로 용호를 향해 대답했다.

"아씨, 그 전에 아이리스 그 년부터 죽이고. 아직까지도 그 노래가 내 머릿속에서 떠나지를 않아. 심지어 난 그 노래를 싫어한다고. 야! 너 전에 네가 신의 아들인 것 같다고 그랬지? 농담이 아니고 진담이라고."

버스 안 시선이 내 쪽으로 쏠렸다. 이 새끼야. 그걸 그렇게 크게 말하면 어떻게 하니…….

"야! 갑자기 그건 또 아이리스와 무슨 상관이래냐?"

나는 용호에게 눈짓을 주었다.

"네가 저번에 그랬잖아. 네가 아무래도 신의 아들인 것 같다구."

이맛살을 잔뜩 찌푸린 대머리 아저씨가 나를 바라봤다. 용호야. 공공장소에서 생각 없이 종교 이야기를 화제로 꺼냈다가는, 네 식대로 하자면, 맞아 뒈지는 수가 있단다.

그때 마침, 우리가 내려야 할 정류장에 버스가 멈추었다. 나는 한 마리 매처럼 용호를 낚아 채 버스에서 내렸다. 남색 치마를 입은 여자는 양 손바닥을 창문에 딱 붙이고 헤어지는 것을 안타까워하는 표정으로 멀어지는 우리를 바라보고 있었다. 순전히 나의 추측이지만.

"야. 이 새끼야. 이거 놔."

아직도 내 오른손에는 용호의 목덜미가 들려있었다. 용호는 간신히 내 쪽으로 고개를 돌리며 몸을 흔들고 있었다.

"미안! 하마터면 못 내릴 뻔 했잖냐. 내 덕에 내린 줄 알아, 인마."

"쳇, 뭐냐. 나도 내릴 타이밍정도는 알고 있다고. 그나저나 네가 정말 그때 그랬잖아. 너 뭔가 특별한 게 있는 것 같다고."

"또, 그 말이냐?"

"그래. 나한테 아주 좋은 생각이 났거든. 너의 주장을 증명해 보일 수 있는."

"야, 증명할 것도 없다니까. 난 벌써 두 번이나 겪었다고. 네가 믿든 안 믿든 말이야. 우연이라고 하기에는 너무 필연적이었달까?"

"그러니까 나한테 직접 증명해 보라니까? 그럼 내가 너의 첫 번째 신도가 되어주겠어."

"야! 누가 종교라도 창단한다든?"

"그 말이 그 말 아니었냐? 어쨌든 증명해 보일 거야 말 거야? 뭐 단짝친구에게 영원한 구라쟁이로 남고 싶다면 상관없지만."

"거짓말 아니래도?"

나는 세상에서 거짓말쟁이라는 말이 제일 듣기 싫다.

"그러니까 증명해 보이라고."

"어떻게 증명하면 되는데?"

"아이리스 좀 죽여라. 아니면 적어도 그 노래 좀 못하게 입이라도 틀어막을 순 없냐? 아침에 일어나서 정말 결심했어. 그 계집애를 죽이기로. 근지러운데 긁지 못하고 참아야 하는 기분이야. 아직도! 아직도! 내 머릿속에서 노래가 계속되고 있어."

"원한다면 지금 한번 기도는 해보지 뭐. 돈 드는 것도 아니니깐. 근데 너, 신의 아들이 나쁜 짓 하는 것 봤냐?"

"푸하하하하. 신이 착한 짓 한다고 누가 그래? 신이 착하고 정의롭다면 이 세상에 나쁜 사람들은 벌써 다 뒈졌게? 아니, 나부터 벌써 뒈졌겠다."

"그건 맞는 말이다."

"잘 생각해봐. 신이 정말 있다면 말이야. 신은 지구의, 아니면 우주의 관리자나 통치자 같은 존재는 아닌 것 같아."

"그렇겠지. 시계는 가정이며, 사람들은 까놓은 관음증 환자라는 지당하신 견지를 가지신 분의 사상에 신이 말짱한 입지를 갖추고 있다면 그것이 당신에게는 유일한 모순이 될 겁니다."

"비꼬지마. 짜샤!"

"어쭈, 비꼬는 거라는 걸 알고나 있으시니 다행이네요."

우리는 버스에서 내려 큼직한 은행나무가 즐비한 대로를 걷고 있는 중이었다.

"나는 어렸을 때부터 우주에 대해서 많은 생각을 해봤어."

"결론은?"

"과학자도 아직 못 내린 결론을 나라고 어떻게 내렸겠냐? 다만 나는, 지구가 어떤 방대한 공간 속의 물질이라는 것을 알고 있을 뿐이야. 근데 그 방대한 공간이, 그러니깐 우리가 알고 있는 그 검고 깊숙한 그리고 여러 가지 별이며 갖가지 것들을 품고 있는, 우리가 명명한 우주라는 것은 어쩌면 어떤 생물체의 ─신일 수도 있고 아니면 우리가 알지 못하여, 명명할 수 없는 강아지와 비슷하게 생긴 생물일 수도 있는─ 검정 비닐봉투 안일 수도 있다는 거야. 그래서 우주라고 하는 진짜 우주의 정체는 하루에도 몇 만장씩 찍어져 나오는 어느 공장의 제품일 수도 있겠다, 이거야. 무슨 말인지 알겠냐?"

"뭐, 대충은?"

사실 내가 들은 말은 우주와 강아지, 그리고 비닐공장이라는 말뿐이었다.

"음, 그래. 너라면 이해 할 수 있겠다 싶었지. 하하."

용호는 나의 대답에 흡족해 하며 다시 말을 이었다.

"그래. 그러니깐 어떤 우주는 노란색일 수도 있고, 또 어떤 우주는 파란색일 수도 있겠지.

운이 좋은 우주는 글씨 프린트 장식이 곁들어져 있을 수도 있고. 캬, 그거 낭만 적이지 않냐? 자, 그럼 다시, 우리가 아는 우주가 어떤 이의 비닐봉지 안이라고 가정한다면, 지구는 그 봉지 안에서 잘깍 거리는 봉지주인의 정체 모를 소유물일거야. 거기에는 아무런 법칙도 존재하지 않아. 오로지 봉지주인의 개성과 취향이 들어 있을 뿐이지.

그렇게 친다면 우리가 과학이라 부르는 것들은 대단한 오류이자 구라가 되는 셈이겠지? 우연성을 필연성과 결부시켜 만들어낸. 그렇지만 과학자들에게 책임이 있는 것은 아니야. 오히려 가여워 해야 할 사람들이지. 왜냐하면 그들은 지적 추구라는 고차원적 욕구에 본능적으로 접근했을 뿐이고 -그건 우리의 숙명이니까- 그것은 봉지라고 하기에는 너무나 크기 때문에 -순전히 우리 기준에서겠지만- 과학자들도 어떤 면으로는 희생양이라고 할 수 있어. 단, 이 시점에서 이 모든 것은 우주가 어떤 생물의 봉지 안이라는 가정 하에서 이루어진다는 것을 다시 한 번 언급하겠어."

"야, 대단하다. 숨차지도 않냐?"

"이깟 걸로 숨차 하기는. 밀봉되어진 봉지 안에서도 14년간 숨 막히지 않고 잘 살고 있구만 뭘."

"어쭈, 우주봉지설 신봉자 다 되셨어?"

"말하고 나니, 내 생각이지만 왠지 신빙성이 생기는 걸?"

용호가 그의 작은 콧망울에 맺힌 투명한 콧물을 훌쩍 들이마시며 말했다.

그런 게 있기는 하다.

어떤 것이냐면,

가짜도 진짜라고 믿으면 진짜가 되고, 진짜도 가짜가 되어 버리기도 하는 '**자신의 거짓 감정 생각 사상 따위에 속기**' 같은 것.

오늘보다도 더 더운 한 여름의 일이었다. 그 전 주에 본 산수 시험 때문에 나와 몇몇 친구들은 보충 수업을 했고 우리는 다른 애들보다 한참이나 느즈막이 학교를 빠져나왔다.

우리는 그때 즈음에 배우기 시작한 쌍욕을 주거니 받거니 하며 정문 앞 문구점을 지나고 있었다.

문구점 매대 위의 형형색색의 과자와 문구세트, 뽑기 등이 총알 장전들 마냥 반짝 거리며 우리를 유혹하고 있었다. 그때 나는 흰 반바지에 줄무늬 티셔츠를 입고서 주머니 속의 동전 몇 알을 왼손으로 달강이고 있었다.

우리가 문구점에 들어섰을 때, 아주머니는 가게와 연결되는 작은 방 문턱에 걸터앉아 꾸벅꾸벅 졸고 계셨다. 아주머니가 주무시는 모습을 발견한 지훈이, 나, 대갈장군 재성이는 모두 숨소리를 죽였다. 그것은 아주머니를 깨우지 않기 위함이요, 또한 최초이자 최후의 암묵의 작전개시 같은 것이었다.

먼저 행동한 것은 별명만큼이나 용기 있는 재성이었다. (재성이의 별

명이 장군이 된 것은 어디까지나 그의 머리 크기 때문이었지만) 재성이는 낄낄
하며 웃을 때의 표정으로 지훈이와 나를 한 번씩 번갈아 보고는 슬금
슬금 아주머니에게로 다가가 손을 뻗었다. 깊이 잠든 아주머니는 깰
기미가 보이지 않았다.

아주머니가 꼼짝 하지 않는 것을 확인한 재성이는 엄지에 검지손가
락을 동그랗게 말아 붙여 우리에게 OK 사인을 보냈다. 재성이를 지켜
보고 있던 우리 둘은 까치발을 들고 가게 안으로 몸을 들여 놓았다.

그 다음으로 행동한 것은 겁쟁이 지훈이었다. 지훈이는 아줌마를
한번 스윽 둘러보고는 무언가에 집착하고 있을 때만 오롯하게 표현되
는 어떤 눈빛으로 가게 오른쪽 선반 위에 있는 빵 봉지를 더럭 집어
들었다. 그때, 바스락 하는 빵 비닐 소리가 들려서 재성이는 왼손 검
지손가락을 입술에 올려붙이며 지훈이에게 경고의 메시지를 보냈다.

그것은 나에게 좀 충격적이었다. 다리 4개 이상인 벌레만 봐도 오
줌을 질질 흘리며 도망가는 천하의 겁쟁이 지훈이가 할 수 있는 행동
이라고 하기엔 너무나 대범한 행동이었기 때문이다. 그러나 그 직후,
지훈이는 곧바로 겁쟁이로 돌아오더니 손을 떨며 다다다다 하고 가게
를 뛰쳐나갔다.

나도 내심 두려워 그 길로 지훈이를 따라 도망치고 싶었다. 그러나
지훈이를 보며 '덜 떨어진 놈' 하는 표정을 짓는 재성이를 보니 괜한
오기가 생겼다. 재성이에게 잘 보이려는 요량으로 왼손을 바지 주머니
에 찔러 넣고 오른손만 이용하여 그 당시 최고 히트 상품인 먹으면 입
이 파래지는 페인트 사탕 하나를 집어 들었다. 재성이가 흐뭇한 표정
으로 나를 바라보았기에 나는 괜히 어깨를 으쓱해 보이며 껍질을 까
서 사탕을 입에 무는 여유까지 부려보았다.

가슴은 쿵쾅거렸지만 나는 팔짱까지 끼고 재성이도 무언가 하나를 훔칠 때까지 배짱 있게 기다려 주는 척 했다. 재성이가 엄지손가락을 곧게 펴더니 윙크를 했다. 짜식, 어디서 본 건 많아 가지고.

재성이는 통 크게도 만날 노래를 부르던 변신 로봇을 상자째 집어 들었다. 나는 놀라서 눈이 휘둥그레졌지만 애써 그를 바라보며 어색한 미소를 보냈다.

이제 남은 것은 돌아가는 일 뿐이었다. 우리는 아줌마 쪽을 바라보며 뒷걸음으로 가게 안을 살피며 나왔다.

탕!

그때였다. 몸을 돌리던 재성이의 신발주머니가 출입문과 부딪혀서 뚱땅! 하고 뚱딴지같은 소리를 낸 것은. 아주머니는 누구야 하며 일어나셨고 우리는 얼굴이 사색이 되어 내달리기 시작했다. 재성이는 정문 쪽으로, 나는 그 반대쪽으로. 뛰는 와중에도 나는 얼른 입에 물고 있던 사탕을 주머니에 넣어 증거인멸을 꾀했다. 사탕을 내던져버릴 수도 있었지만 아줌마의 달리기 실력이 혹여 출중하다면 증거 확보를 하고도 나를 잡을 수 있다는 계산에서 비롯되었다.

인생은 사소한 것에서부터 큰 것에 이르기까지 선택의 연속이다. 나의 선택과 타인의 선택이 교차되어, 만날 때 그것을 우리는 운명이라 부른다.

아주머니는 재성이 보다는 내 쪽과 인연이 깊은 모양이었는지, 갈라진 우리 둘 중에 달랑 사탕 한 개를 훔친 내 쪽을 선택해 뛰어오고 있었다. 뛰는 도중에 주머니 속의 동전들이 어찌나 짤랑거리며 명품소리를 내는지 애가 도둑놈이요, 하고 외치는 것 같아 심기가 더욱 불편해졌다.

"야! 이 새끼야! 거기 안 서!"

아주머니와 나와의 거리는 점차 좁혀졌다. 하긴 내가 한 걸음을 걸을 때 아주머니는 두 걸음을 성큼 걸으시니 우리의 간격이 좁아지는 것은 시간문제라고 할 수 있었다. 더군다나 나는 지금이나 그때나 키 작기라면 둘째 가면 서러울 정도여서 나무 막대기처럼 길죽한 아주머니와 대면했을 때, 비굴하게도 많이 올려다봐야 했다.

아주머니는 내 앞에 서서 양손을 허리에 척 걸치고 나를 내려 보았다. 너무 무서워서 오줌을 지릴 것 같은 기분이었지만, 사내의 호기로 아줌마에게 외쳤다. (증거는 이미 주머니 속에 인멸해 버렸으니 두려울 것도 없었다.)

"왜 따라오세요?"

"어머머, 얘 좀 보게? 그러는 너는 왜 뛰었니? 뭔 잘못이라도 한 모양이지?"

오후 햇살을 등진 아줌마는 어둠 한 덩어리가 되어 허연 눈만 빛나고 있었다.

"무슨 소리에요? 괜히 생사람 잡지 마세요. 전 그냥 아주머니가 뛰어 오셔서 놀라서 뛴 것뿐이라고요."

"기가 막혀, 네가 방금 우리 가게에서 뛰쳐나왔잖니?"

"증거라도 있어요?"

"솔직하게 말해. 안 그러면 정말 혼나는 수가 있어!"

"아, 정말 왜 그러세요?"

"그럼, 어디 한번 주머니에 있는 것 꺼내 봐."

주머니 속의 파란 사탕이 걸리는 날에는 아까 발뺌한 것까지 합쳐서 두 배로 혼날 것이 분명했다. 궁지에 몰린 쥐가 고양이를 물 듯, 나는 최후의 무기를 발사했다.

"아! 씨발! 진짜!"

"뭐라구? 어머머, 봐주려고 했더니 얘 안 되겠네? 너 따라와!"

무기는 제대로 아줌마 얼굴에 즉발했다. 얼굴이 울그락불그락 해진 아줌마는 내 귀를 잡아당겨 문구사 쪽으로 끌었다. 잘못한 것은 분명히 내 쪽이었지만 나만 걸렸다는 억울한 생각에 화가 난 나는, 더 들으라는 것처럼 큰 소리로,

씨발! 씨발! 씨발!

을 외쳤다. 그럴수록 아줌마는 내 귀를 더 세게 잡아당겼다. 그 후의 일은 뻔했다. 아줌마는 나를 고문하여 우리 집 전화번호를 알아냈고, 우리엄마를 문구사로 불러냈다.

"태백아, 얼른 죄송하다고 해."

엄마는 오자마자 다짜고짜 내 머리를 꽁 쥐어박았다.

"싫어. 난 아무 짓도 안했어."

엄마까지 불러낸 아줌마가 미워서, 그리고 머리를 쥐어박은 엄마가 미워서 더욱 오기가 발동했다.

"얼른!"

엄마가 도끼눈을 뜨고 나를 바라보았다.

"난 아무 짓도 안 했다고."

계속 똑같은 말을 되풀이하다 보니, 내가 정말 사탕을 훔치지 않은 것 같은 기분이 들었다. 더군다나 오자마자 한마디 변명할 틈도 주지 않고 다그치는 엄마가 야속했다. 그러자 나는 정말로 억울한 기분이 들어 눈물을 와락 쏟아내고야 말았다.

그래, 나는 사탕을 훔치지 않았어. 억울하다, 억울해.

어쩐지 나는 정말로 목 놓아 엉엉 울기 시작했다.

"에그그 그만 됐어요. 뭐 그깟 200원짜리 사탕 줘도 그만이지만 버릇이나 고쳐주려고 부른 건데, 그만 가보세요. 원, 요즘 애들이란. 쯧쯧."

내가 가게 바닥에 널브러져 울기 시작하자 아줌마는 혀를 끌끌 차며 방 쪽을 향해 몸을 돌렸다. 엄마는 얼굴이 벌개져서 연신 머리를 조아리며 나의 손을 이끌고 가게를 나왔다.

집에 가는 도중에도 북받쳐 오른 감정은 사그라들 줄 몰랐다. 나는 꺼이꺼이 울면서 집에까지 걸어갔다.

우는 도중에 아줌마가 어떻게 사탕 훔친 걸 알았지? 하고 생각하기도 했지만 콩알만 한 양심의 어느 부분 빼고는 이미 떳떳하게 안 훔친 사람이 되어 있었으므로 의문을 접고 우는 일에 더욱 몰두 했다. 마음 한 구석에서는 아줌마와 엄마를 감쪽같이 속인 게 자랑스럽게까지 여겨졌다.

엄마는 집까지 걸어가는 내내 아무런 말도 하지 않았다. 침묵 속에서 엄마는 현관문을 열고 신발을 벗었다. 나도 엄마를 따라 신발을 벗었다. 그러다가 유난히 번쩍거리는 신발장 붙박이 거울에 눈길이 갔다. 진상이 따로 없었다. 퉁퉁 부운 눈에 찔찔 흐른 코가 입까지 허옇게 물길을 이루고 있었다. 그리고 입가에 파란 사탕 얼룩! 더욱이 몹쓸 불량 사탕은 나의 흰 바지를 파랗게 물들여 놓기까지 했다!

세상에 완전 범죄라고 자신 있게 믿고 있었는데 사탕은 언제부터 녹아 있었던 것일까. 아줌마가 내 바지를 봤을까? 엄마가 가게에 도착하자마자 내 아랫도리를 바라보았던 것도 그 때문이었을까? 그래서 엄마는 문구점 아주머니한테 한마디도 따지지 않고 계속 죄송하다고만 했던 걸까? 나는 갑자기 무언가에 얻어맞은 것처럼 멍해졌다.

"그래, 사탕이 그리도 맛있디? 바지 빨아야 하니까 벗어놔."

엄마는 안방에 들어가는 뒷모습으로 나에게 말했다. 나는 패닉 상태에서 엄마의 말에 반사작용처럼 바지를 벗기 위해 허리 단추를 풀었다. 그러다가 엄마가 항상 하시는 말씀, '주머니 속 물건부터 확인하고'가 떠올라 자동으로 주머니에 손을 넣었다. 왼손에서는 따뜻해진 동전들이 찰캉거렸고, 오른손에서는 녹은 사탕의 질척한 촉감이 느껴졌다.

훔쳐온 사탕이 내 바지 속에 녹아 있구나.
못난 거짓말쟁이가 퉁퉁 부어 우리 집 거울 앞에 서있구나.

발뺌 하는 그 순간만큼은 억울해서 눈물이 쏟아질 만큼 내 마음속의 거짓은 철저히 진실이 되어 있었다.

"그러니깐, 신은 발랄한 어린 관찰자일지도 모르겠다, 이거야."

용호는 학교 정문을 지나 운동장을 거쳐 계단을 오르는 이 순간까지도 우주봉지설에 대한 이야기를 하는 중이다.

"어린이들은 궁금한 것 투성이잖아? 아빠를 졸라서 개미집을 사듯, 어떤 발랄하고 탐구심이 강한 어린 생물이 '인간 집'이라고 하면 좀 웃긴가? 하여튼 그런 것을 사서 봉지에 넣어서 집에 오는 중인거지."

"우리는 그럼 아직 그 생물의 집에 도착도 안했다는 거야?"

"알게 뭐냐? 뭐 어쨌든 지구는 계속 움직이는 중이니깐."

"그럼, 이 우주의 다른 별들은? 생성되고 소멸되고 폭발하는 그 모든 것들은 어떻게 설명할 건데? 태양은 어떻고? 그렇게 따진다면 봉지는 벌써 태양 열기 때문에 집에 가기도 전에 다 녹아 내렸겠다."

"파리가 손을 좆나 빨리 비볐다 치자. 파리는 제 손이 좆나 뜨겁다고 여기겠지만 우리한테 그게 뜨겁기나 하냐? 태양이 우리 인간적 관점에서야 뜨겁지. 생성되고 소멸되는 것도 우리 입장에서 본 것 아냐? 자연의 법칙이라는 것도 마찬가지고. 글쎄, 나도 우주봉지를 가지고 있어 보지를 않아서 잘 모르겠지만 이런 건 아닐까?"

"뭐? 허무맹랑?"

"야! 이 시니컬한 녀석아! 초치지 말아줄래? 우리가 신이라 생각하는 초 발랄한 생물이 인간 집을 구입해서 봉지에 담아 집에 가는 길에 잡화점에서 신기한 물건을 발견한 거야. 인간 세계로 치면 움직일 때마다 발광하는 플라스틱 공 같은 것? 맘에든 발랄한 생물체는 그것을 사서 인간 집이 담겨 있는 봉지에 함께 넣어 두는 거지.

아니면, 음, 뭐 이럴 수도 있겠다. 생물체가 아까 집에 돌아가는 길에 구매한 죽었다가 다시 태어날 수 있는 발광하는 도마뱀과 같은 생물체를 우리가 별이라고 착각하고 있는 거야. 누가 알겠냐? 지구 안 도마뱀은 고작 잘린 꼬리나 재생시킬 수 있지만 그곳 세계에서는 아무렇지 않게 죽었다가 다시 태어났다가 완전히 폭발되어 다시 죽는지.

또 한 번 말하지만, 규칙과 법칙은 순 우리 입장에서만 본 거잖아. 이름을 붙이는 것만 해도 그래. 자연에 우리 멋대로, 우리 편한 대로 이름 붙여 버리잖아. 해, 달, 별, 공기, 그건 다 우리 편한 대로 붙인 가짜 이름이야.

그게 왜 가짜 이름인 줄 알아? 각 언어마다 그 이름들이 다른 게 바로 그 증거라고. 이를 테면 별은 영어로 스타, 달은 중국어로 월, 꽃은 스페인어로 플로, 걔네들이 사기꾼이 아닌 이상, 자신의 이름을 각 나라마다 다르게 알려주지는 않았을 테니까 말이야. 내가 생각해 봤는데 별의 진짜 이름은 발광도마뱀이라는 뜻의 '지키효파 토치재츠' 일 거라고 생각해."

용호는 하여간 별난 친구다. 그 발랄한 생물체를 만날 준비를 해야 한다며 몇 달 전에는 외계어를 연구한답시고 며칠 밤을 새더니 쌍코피를 터뜨리며 기어이 쓰러진 적도 있었다.

그 결과로 그는 두꺼운 연습장 두 권 분량의 외계어 노트를 만들었다. 지키효파 토치재츠 역시 노트 어딘가에 적혀 있을 단어였다. 외계어를 만들었다고 하면 신기해 할 지도 모르겠지만, 외계어 탄생의 비밀을 알고 있는 나는 그가 외계어를 사용할 때마다 코웃음이 나왔다.

하지만 뭐, 우리끼리 비밀이름을 붙이기에는 용호의 외계어가 참으로 유용하긴 하다. 가령 우리 반 복학생 형복이 형이 반에서 난장판을 칠 때, 우리는 서로를 보며 이렇게 말한다.

'주아트 기푸티 히요크히즁.'

우리말로 하자면 이렇다. '병신 꼴값한다.' 외계어에 의하면, 별은 주키, 달은 티키, 하늘은 기퍄키, 안녕은 시프풋이다. 별로 쓸데는 없다. 이런 외계어를 만들어 내는 용호에게 나는 이런 말을 자주 한다.

'기푸티 바키키.'

'지랄 한다'라는 뜻이다.

"그래! 그거야 지키효파 토치재츠 정말 호소력 짙은 단어이지 않냐? 정말 별이랑 딱 어울리는 설득력 있는 단어라고 생각해."

교실에 도착한 우리는 실내화를 꺼내며 신발을 탁탁 털어 내고 있는 중이었다.

"너 정말 능력 있다. 끊임없이 지껄이는구나. 이제 아이리스 노래는 안 들리냐? 말하는 동안 다 잊었지?"

여전히 지껄이고 있는 용호를 지켜보다가 나는 문득 용호의 고장 난 라디오 뇌의 안부가 궁금해져서 그렇게 물었다. 그러자 용호는 짧게 응? 하고 되묻더니 곧 울상이 되어 귀를 틀어막으며 소리쳤다.

"젠장. 너 때문에 또 다시 시작됐어."

울상이 된 용호는 귀를 막은 체 비틀거리며 교실의 뒷문을 향해 걸어갔다.

"용호야, 사랑은 외계어로 뭐냐?"
"이키스."
"정말?"
"응. 내 외계어 조합표에 의하면."

"우연의 일치에 불과하겠지만 그래도 사랑이라는 단어에 키스가 들어가니 좀 신기한데?"

"뭘 신기할 것 없어. 외계인은 우리 보다 조금 더 정렬적인 것뿐이야."

🐌 두 번째 거북이의 탄력

점심시간은 언제나 즐겁다. 특히 오늘처럼 형복이 형님이 자유롭게 학교를 무단 하교하시는 날에는 더욱이. 덕분에 우리 반 아이들 모두는 평온한 마음으로 급식소에 내려와 있다. 그리고 내 옆, 동방의 사짜 조용호 박사님은 아까 하던 이야기를 마저 하실 준비를 하고 계셨다.

"내가 어디까지 했더라?"
용호의 말은 항상 이렇게 시작된다.

"그러니까, 내가 너의 말을 끝까지 안 들으면 설사를 싸며 뒈질 수 있는데 다행히 이야기에 시동이 걸려서 출발한 아이리스를 죽이려 했던 시계 가족이 우주봉지설의 신봉자가 된 이야기까지."

"에? 내가 그런 시시한 이야기를 했다고? 설마!"

"요약해보면 그래. 설마 너 지금까지 뭐 대단한 얘기쯤이라도 했다고 착각하고 있었던 건 아니겠지?"

"어. 착각을 하고 있긴 했던 것 같다."

어라? 용호야, 네가 웬일로 순순한 시인을 다 한단 말이니.

"지금 내 앞에 앉아 있는 좆만한 새끼가 내 이야기를 이해할 정도의 수준은 될 거다, 라고 생각했던 착각."

내 이럴 줄 알았다.

용호는 고개를 45도 정도로 기울인 뒤 눈을 치켜뜨고 있어서 이마에 주름이 세 줄 정도 생겨있었다. 나는 그런 용호를 빤히 쳐다봐 준 후에 계란말이를 젓가락으로 집어 삼켰다. 그리고 그의 앞에서 맛있게 씹어 주었다.

나는 김치를 한 조각 입에 넣고 윤기가 도는 흰 쌀밥을 수저로 와구 집어서 입안에 쏟아 넣었다.

"너 정말 맛있게 먹는다."

용호가 나를 찬찬히 살핀다.

"응? 그러냐?"

"이렇게 쳐 먹는데 왜 키는 안 크는 걸까?"

그래, 용호야. 네 칭찬은 언제나 시작은 창대하나, 끝은 미약하지 응?

"그러는 너는 요새 왜 이렇게 못 먹냐? 계절이라도 타냐?"

"휴 글쎄, 내가 요새 좀 그렇다. 요새 되는 일이 있기는 하냐? 누이한 테는 만날 쥐어 터지지 시계 가족은 너무 쓸쓸하게 살아가지."

"봉지에 산소 좀 채워야겠다. 뇌 속에 산소가 부족한 게 분명해. 뇌 속에 산소가 부족하면 죽을 수도 있다더라."

"음, 그래. 봉지. 말 한번 잘 꺼냈다. 그러니깐 우리의 봉지 주인은 어 쩔 도리가 없는 거야. 내 소원 따위, 들릴 리가 있냐? 들린다고 그 발 랄한 어린 생물체가 뭘 어쩔 수가 있겠냐고."

"내가 실수했다. 네 앞에서 봉지 얘기를 또 꺼내다니……."

"고맙네. 친구. 시동 제대로 걸렸어. 부릉부릉."

용호가 차 시동 거는 모션을 취했다. 창피하게. 기운도 없다는 자식 이 목소리는 왜 이렇게 큰 지, 다른 반 학우들이 떨떠름하게 용호를 쳐다보고 있었다.

"개미가 죽어. 그러면 어떻게 되지?"

"뭐, 별 것 있냐? 썩어서 다른 식물이 자랄 수 있도록 돕는 배양분 이 되겠지."

"어디 좋은 곳이나, 벌 받으러 지옥에 가는 건 아닐까?"

"푸하하하. 개미가 나쁜 짓을 해서 벌을 받으러 간다고?"

"그러니까 내 말이. 우리가 만약 누군가에게는 개미보다도 더 작은 존재라면 말이지. 우리도 누군가에게는 그런 존재가 아닐까? 죽으면, 썩어 없어지면 그만인 존재. 우리가 가끔 개미집을 탈출한 개미를 발 견할 때처럼, 우리가 인공위성을 쏘아 올리며 인간은 위대해! 라고 외 칠 때 우리보다도 훨씬 어린 어떤 거대하고 활기찬 존재들이 우릴 내 려다보며 어 인간이 인간 집에서 나왔네? 하고 대수롭지 않게 생각하 지는 않을까?"

"이 자식아. 너는 만화책을 끊어야 돼."

나는 '별 흰소리를 다 한다'라는 표정을 강력히 어필하며 용호에게 말했다.

"인간 집은 냉각장치나 고온장치 등의 잔인한 버튼이 있어서 마음에 안 드는 생물이 자라나면 어린생물들이 종료버튼을 사정없이 눌러버릴 수 있게 설치되어 있을 지도 몰라. 어린것들은 잔인한 구석이 있으니까. 그래서 공룡시대에 갑자기 모든 공룡이 사라져버린 건 아닐까? 우리가 억만년이라 부르는 그 안타깝게 긴 긴 긴 그 긴 시간들은 우리의 주인이 우리를 사가지고 가게를 빠져 나오는 단 한 발걸음 사이였을지도 모르는 거잖아. 아이슈타인 아저씨도 그러셨어. 시간은 상대적인 거라고. 분명히 그 어린 것이 사가지고 나오다가 장난감 안에서 공룡이 자라나자 징그럽고 꼴 뵈기가 싫어서 리셋 버튼을 눌러버린 걸 거야."

"허, 참. 이번에는 지구 미니 하우스 설이냐? 쯧쯧쯧"

"지구가 또 다시 파괴된다면, 그 이유는 분명히 인간들 때문일 거야. 우리가 너무 지구라는 장난감을 어지럽혀 놓으니깐, 주인으로서는 열이 받는 거지. 그 아이는 조만간 리셋버튼 눌러 버릴 지도 몰라. 흥, 지난 날 뚝딱뚝딱 밤낮으로 문명을 개척 하는 것을 바라보면서 꽤나 재밌었겠지. 응?"

용호는 갑자기 천장을 올려다보며 광분한 목소리로 소리쳤다. 그 어린생물에게 하는 말이니 용호야? 싸늘한 까까중들의 시선이 느껴지기 시작했다. 이럴 때 난 너에게 어떤 말을 해야 할까.

"지랄 작작하고 밥이나 처먹어."

그래. 떠오르는 말이란, 이것뿐이었다.

"처먹을 반찬이 어딨냐? 순 맛없는 것 투성이다. 이래서 자라나는 청소년들이 고추나 세울 수 있겠냐?"

"웬 고추?"

"넌 인마, 어려서 잘 모를 거다. 자고로 고추가 바로 서야 이 나라가 바로 서는 거야. 너 이런 건 본 적 있냐?"

용호는 몸을 비스듬히 해서 바지 주머니 속 지갑을 꺼내 보였다. 반투명한 신분증 함 사이로 보이는 무언가. 나는 그의 지갑을 받아들어 그것을 꺼내 보았다.

여대생 항시 대기

자극적인 노란색 문구 옆으로 유방이 젖소만한 아낙이 한껏 눈을 게슴츠레 뜨고 있는 사진이었다. 아, 가슴이 벌렁벌렁.

"가슴이 벌렁벌렁할 게다. 몇 개 갖고 싶은 것 있으면 꺼내가. 나는 우리 동네 몇 바퀴만 돌면 또 구할 수 있으니까. 그래도 그거 걸작 중의 걸작 컬렉션이라고."

나는 사진 중에서 미모의 커트머리 여자의 사진을 꺼내서 교복 바지 주머니에 넣었다. 바지 주머니가 다 뜨끈뜨끈해지는 것 같았다.

"이제 알겠냐? 학교 급식이 거북이 요리 정도 돼야지 밥 먹을 맛이 나지. 옆집 팔광아저씨도 그거 먹고 고추가 섰다고 얼마나 자랑을 했는데."

나는 용호네 옆집 (고스톱이 인생의 낙인) 복덕방 주인아저씨가 떠올랐다.

"거북이 요리가 다 있대? 내 생전에 거북이요리는 처음 들어본다."

"쳇! 제깟 게 살면 얼마나 살았다고 생전 타령이냐?"

두 번이나 자살충동을 느낀 나의 14년 생전을 모욕하는 말투 같았다.

"너는 뭐 여든 먹은 노인이라도 된 것 같은 말투다?"

"야! 내가 쥐똥만한 너에 비하면 키로 보나 다리털로 보나 성숙하긴 했지."

"그래서 너는 거북이고기라도 먹어 봤고?"

"그게 내 인생의 숙제가 아니겠니. 팔광아저씨가 그러는데 맛이 완전히 죽인대. 뭐라더라? 그래! 스테미나의 왕이라고 했어."

"그 아저씨는 언제 먹어봤대?"

"응. 요전에 베트남처녀랑 결혼 한다고 베트남 가신다구 한 적 있잖냐. 그 때 먹었다는데 버릴 게 없대요. 삶는 동안에는 거북이 목을 따서 나오는 피를 섞은 술을 마시고 육수를 내서 거북이탕을 먹는 모양인가봐. 그 것도 또 제철이 있어서. 거북이가 번식기가 되면 바다로 올라와 모래를 파고 알을 낳는데, 알을 낳고 돌아갈 때 뒤집어서 포획한다고 하더라고. 사실 뭐 뒤집어진 거북이가 가엾기는 하지만 고추도 안 서는 판에 이판사판 공사판 아니겠냐. 어쨌든 그 맛이 기가 막힌대요. 국물은 담백하고 고기는 쫀득쫀득 하다나? 우리나라로 치차면 돼지곱창 정도의 쫄깃함일까? 아, 궁금해. 나도 거북이탕 먹어보고 싶어."

"나로서는 거북이고기와 돼지곱창은 잘 매치가 안 되는 듯싶구나."

"언제 너한테 매치 되는 게 있긴 했냐? 회의적인 인간하고는. 삼겹살이랑 냉면을 떠올려봐. 너는 내가 항상 말하지만 그게 문제인거야.

겪어보지 않고는 절대 아무것도 알 수 없다고."

삼겹살과 냉면을 생각하니 지난 3월이 떠올랐다.

"야. 우리 집에 가자. 고기 줄게."
용호의 친해지는 방법은 특별했다.

우리는 학교가 파하자마자 키가 클 것을 대비해 넉넉히 맞춘 우스 꽝스러운 교복 상의를 휘둘러 입고 전체적으로 폼 안 서는 모양새를 하고 길을 나섰다.

대왕삼겹살집

용호는 엄마에게 '다녀왔습니다.'라고 씩씩하게 외치며 가게 문을 열었다. 나는 용호의 어머니께 예의바르게 인사를 했다. 키가 180 정도 되는 거구의 아주머니가 '어, 용호 친구구나. 귀엽기도 하지.' 하시면서 등을 토닥여 주셨다.
아주머니는 등을 토닥여 주신 게 분명했지만 그 솥뚜껑만한 손으로 내 등을 토닥거릴 때에 내 안의 장기들은 지진이라도 난 것처럼 출렁였다. 용호 친구니? 아이구, 반갑다. 그래. 그래. 너희 나이 때에는 그저 먹는 게 남는 거다. 얼른 상 내어 올 테니 많이 먹으렴.
성대한 첫 대면식을 끝내고 아주머니는 '상다리가 휘어질 정도로'라는 진부한 표현을 어쩔 수 없이 써야 할 정도로 푸짐하게 음식을 내어 오셨다. 새콤하게 무친 더덕무침, 김치전, 열무김치, 폭폭하게 잘 삶아져 나온 단호박까지. 용호와 그것들을 먹어 치우는 동안 옆에서는 삼겹살이 먹기 좋게 익어 가고 있었다.

"잘 먹으니 보기 좋다."

허겁지겁 삼겹살을 먹어치우는 내 모습을 바라보던 용호가 흐뭇하게 말했다.

"응. 너희 어머니 솜씨가 대단하시다."

"그렇지? 많이 와서 먹어. 언제든 환영이니까. 냉면도 먹을래? 아니면 밥?"

"아직 날도 쌀쌀한데 벌써 냉면을 개시했어?"

"우린 사철 내내 냉면도 같이 팔아. 이냉치냉 아니겠냐?"

"그럼, 죄송하지만 너희 어머니께 냉면도 좀 부탁해 볼까?"

유리문 너머로 작은 눈발이 날리기 시작했다. 사람들이 입김을 내며 바쁘게 걸어가는 모습이 보였다. 용호와 나는 그들을 바라보며 따뜻한 온돌바닥에 앉아 지글거리는 삼겹살을 입에 밀어 넣고 있었다. 아이구, 아가들 밥도 잘 먹고 씩씩도 하다. 용호 어머니가 직접 오셔서 냉면 그릇을 내 쪽에 하나 탕, 용호 쪽에 하나 탕, 하고 화끈하게 놓아 주셨다.

뽀얗고 투명한 육수에 살얼음 덩이가 시원하게 올려있는 냉면에 계란 반 개와 채 썰어 넣은 오이와 배가 우아하게 데커레이션 되어 있었다.

우리는 누가 먼저랄 것도 없이 냉면에 식초와 겨자를 쳤다. 간이 배도록 젓가락으로 잘 섞은 뒤, 국물 맛부터 본다.

와,

끝내준다.

"끝내주지? 냉면에 삼겹살 담가 먹어봐. 더 맛있다."

"삼겹살을 냉면에?"

삼겹살에 냉면이라니 따로 따로 먹는 것이라야 즐겨 먹는다고 말할수 있겠지만, 삼겹살을 냉면에 담가 먹는 것은 왠지 좀 꺼림직 했다. 삼겹살의 기름이 냉면국물에 두둥실 떠있는 모습이 상상되었으니까.

"싫으면 말든가."

용호는 발랄하게 말하더니 불판 위에서 삼겹살 하나를 집어 들었다. 그러더니 고기를 냉면그릇에 담가서 면에 휘휘 말아 다시 올려 들었다. 그러고는 와구구 한 입에 냉면과 고기를 입에 털어 넣었다. 왠지 좀 맛있어 보인다.

"맛있어?"

"응. 너도 한번 먹어 보라니까. 14년간 대왕고기 삼겹살집 아들로 살아온 사람의 말이니깐 한번 믿어봐."

볼이 터질 것 같은 얼굴로 부지런히 입안의 음식들을 씹어대며 용호가 그랬다. 호기심이 발동해서 나도 불판 위의 바짝 익은 삼겹살을 집어 들었다. 용호가 '그렇지, 잘한다.' 하고 추임새를 넣어서 나는 더 용기를 내어 그 뜨거운 삼겹살을 냉면에 입수시켰다. 그리고 용호가 했던 것처럼 젓가락으로 면과 함께 휘휘 저어서 다시 집어 들었다.

긴장의 침을 꼴깍 삼키고 고기를 입에 밀어 넣는다. 나의 혀는 곧 왕성한 아밀라아제 분비를 통해 음식물을 기절시키고 연구에 착수했다.

와.

머릿속에서 군중들의 함성이 쏟아지는 것 같은 기분이 들었다. 그 차갑고 새콤한 면속의 뜨겁고 쫄깃한 고기의 맛이란, 정말 환상적이었다! 그러니 나는 이번만큼은 용호의 거북이 고기와 돼지곱창의 매치에 대해서 인정할 수밖에 없었다.

"응. 그래. 그럴 수도 있겠어. 삼겹살과 냉면처럼 말이야."

"그렇지? 짜샤. 그래서 너는 인마, 아직 멀었다니까. 하하."

"그래도 거북이고기가 더 쫄깃쫄깃 할 거야. 초 인내적인 영물이니까. 그 지루한 몇 백 년을 살아 버티는 동물이 아니겠냐. 그러니 토끼와 거북이라는 동화도 만들어진 거겠지."

거북이, 나도 초 인내적인 거북이를 키워 본 적이 있었다.

우리 집 거북이였던 상어. 기구한 운명을 살았던 거북이 상어. 내가 9살 때 엄마는 나를 위해서 거북이 한 마리를 사오셨다. 당시 나는 태어나기를 너무 완벽하게 태어나서 더 이상 진화할 수 없었다는 상어에 나는 흠뻑 매료되어 있어서 허구헛날 상어를 사달라고 상어 타령을 했었다. 나를 달래기 위해 엄마는,

"상어가 자기는 몸집이 너무 커서 육지까지 못 온다고 전해달라면서 거북이를 보냈어."

하는 말도 안 되는 이야기로 감언이설 하는 바람에 나는 나의 아홉 살 인생을, 거북이를 상어의 전령이라고 철썩 같이 믿으며 보내게 되

234

었다. 또 그리하여 500원짜리 시장 출신의 꼬마 거북이는 자신을 상어라고 착각하며 3개월 남짓한 평생을 살아가게 되었다.

나는 그런 가여운 상어에게 몹쓸 짓을 많이도 했었다. 나에겐 주인으로서의 책임감 따위는 전혀 없었다. 그 겨울 내내 나의 취미란 거북이 집 앞에 앉아서 거북이를 뒤집는 일이었다. 투명한 플라스틱 안에서 뒤집어져 아등바등하는 상어를 바라보고 있노라면 나는 왠지 모를 희열감을 느낄 수 있었다. 뒤집어진 몸을 다시 뒤집으려 안달복달하는 작은 생물을 바라보며 까먹는 귤이 어찌나 맛이 있던지…….

나의 악행은 그 뿐만이 아니었다. 낯선 침입자가 제 집으로 들어오기만 하면 등껍질 안으로 몸을 숨기는 겁 많은 상어에게 '이 비겁한 새끼'라는 욕설을 연발하며 상어를 들어 올려 배와 등껍질을 손가락 사이에 넣고 있는 힘껏 눌러 주었다. 압력을 못 견디고 팔, 다리가 깨조롬 나올 때까지 나는 눈을 부릅뜨고 거북이에게 무슨 한없는 원한이라도 품은 사람처럼 그렇게 괴롭혔다.

상어의 전령사 주제에 상어 얘기는커녕 손만 뻗었다 하면 등껍질로 숨어 버리는 거북이가 미웠던 것이리라, 라며 과거를 합리화 시켜 보기도 했지만 나는 알고 있었다. 분명 상어를 괴롭히는 것을 즐기고 있었다는 것을. 상어에게 죽어, 죽어 하고 저주를 퍼부으며 나는 웃고 있었던 것이었다.

3개월 후, 나의 첫 번째 저주이자 소망은 멋지게 이루어졌다. 겨울 방학이 끝나 가던 즈음의 어느 날 아침, 여느 날처럼 쇠 젓가락을 가지고 위풍당당하게 상어의 집을 함락하러 온 나는 초록색 동그랑땡이 되어 단단하게 굳어져 버린, 비련의 생물을 발견했다. 그러나 나는 시체를 보고 으아악, 하고 소리를 지르지 않았다. 대신 이게 뭐지? 딱딱하다, 죽었구나, 라는 생각을 순차로 한 후에 딱딱하니 굴리면서 놀면 더 없이 재밌겠구나 하고 생각되어져 가져온 젓가락으로 후루루 굴리며 몇 시간을 가지고 놀았다.

그것도 재미가 시들해졌을 즈음에는 엄마가 점심을 먹으라고 소리쳤기 때문에 나는 상어를 내 방 쓰레기통에 휙 하고 던져버리고 밥을 먹으러 뛰어나갔다. 텅그르르 하고 빈 플라스틱 쓰레기통에 딱딱해진 거북이 몸뚱이가 버려지는 소리가 들렸을 때, 어린이의 천진한 얼굴을 하며 이런 생각을 했었던 것 같다.

엄마한테 또 사달라고 해야지.

그렇게 300년도 너끈히 산다는 거북이는 나의 방 쓰레기통 안에서 3개월의 짧은 생을 마감했다.

"야, 너는 말이야. 만약에 네가 나중에 거북이로 태어난다면 어떤 삶이 좀 덜 비극적이겠냐?"

"어떤?"

"막 산란하고 몸을 추스르지도 못했는데 발랑 뒤집어져 거북이탕이 되는 삶과 태어나자마자 시장 바닥에서 500원에 팔려 주인으로부터 온갖 수모를 당하다가 어느 날 죽어서 쓰레기통에 버려지는 삶이랑."

"그걸 꼭 골라야 하냐?"

"응."

용호는 음- 음- 하는 소리를 내며 고개를 갸우뚱거리더니,

"나는 식인거북이로 태어날 거야. 내가 거북이로 태어난다면, 그 세

계는 분명히 거북이를 중심으로 돌아가고 있을 테니까."

용호가 눈을 반짝이며 진심을 담은 표정으로 말을 했기에 나는 그저 으응- 그래 하고 놓았던 수저를 다시 집어 들 수밖에 없었다.

🐚 세 번째 바다의 탄생

 집에 돌아와 간단히 요기를 하고, 책상에 앉았다. 두 달 전, 엄마와 진지한 상의 끝에 모든 학원을 그만 두었다. 대신, 오후 6시가 되면 책상에 앉았다. 어떨 때에는 그냥 책상 앞에 우두커니 앉아서 엄마가 돌아올 때까지 기다리기만 할 때도 있었고, 어떨 때에 무협지를 쌓아놓고 읽기도 했지만, 어쨌든 나는 육십 하고도 하루를 꼬박 하루도 안 빼놓고 여섯 시부터 아홉 시까지 책상에 앉아있었다. 이러한 나의 근면한 면이 새롭기도 했고, 조금은 어른이 된 것 같은 기분이 들어 흐뭇하기도 했다. 여느 때처럼 자리에 앉아서 기말고사 계획표를 확인하려던 찰나, 집에 한 통의 전화가 걸려왔다.

 "여보세요?"

"너, 어떻게 한 거야?"

용호였다. 그런데 다짜고짜 어떻게 한 거냐니. 너 어떻게 된 것 아니냐?

"뭘 말이야. 짜샤!"

"아이리스가 죽었대……."

"뭐?"

"아이리스가 죽었다고."

"농담 하지 마. 새끼야. 어제까지만 해도 음악방송에 나와서 라이브로 노래를 부르던 사람이 갑자기 왜 죽어?"

"그러니까 내 말이! 네 자식이 아까 기도해준다고 했으니까!"

"그건 당연히 빈말이었지! 그런데 정말 죽었대?"

"응."

"어쩌다가?"

"오늘 오락 프로그램을 촬영하다가 어디 높은 데서 떨어졌대나 봐. 나 왠지 좀 무섭다. 하루종일 내 귓전에 맴돌던 그 노래, 어쩐지 심상치 않았어. 오늘 아침에 너랑 그런 얘기 했던 것도 그렇고."

"야. 그런 거 아니야. 우리가 얘기해서 죽었으면, 이 세상 거북이들은 뭐 다 거북이탕 되었겠다? 그리고 난 맹세코 아이리스 죽으라고 기도한 적 없어."

"아까 해본다는 말은 했었잖아. 더군다나 오늘도 몇몇의 거북이는 거북이탕이 될 거고."

"그냥 해본 말이었대두. 그건 그저 우연의 일치에 불과할 뿐이야."

"그런 우연이 어딨냐?"

"있다니깐, 그럼 내가 이 말 해주면 믿을래?"

"무슨 말?"

"우리 엄마 앞으로 소포가 하나 왔어. 우리 엄마 이름 알지?"

"응. 금님 아주머니."

"그래, 임금님. 우리 엄마가 홈쇼핑으로 팩을 하나 주문했다고 나에게 미리 말해 두었기 때문에 나는 스스럼없이 소포를 받아 두었지."

"근데?"

"몇 시간 후, 엄마가 돌아와서 소포를 확인하는데 주문한 팩이 아닌 거야. 팩이긴 했는데 아마도 다른 종류의 팩이었나봐. 엄마는 이상하다 싶어서 상자 겉면의 주소를 확인했어. 엄마가 1543번지 맞는데? 하면서 갸우뚱, 이름을 확인하면서 임금님 맞는데? 갸우뚱 하시는 거야."

"그게 무슨 우연의 일치냐? 잘못 배달 된 소포일 뿐이잖아."

"겉면을 자세히 살펴보니까, 1534번지 이금님이라는 사람에게로 온 소포였던 거야."

"정말? 금님이라는 이름이 흔하지는 않은데 말이야. 그래서?"

"그래서 전화를 걸었지 주소 아래 적혀져 있는 핸드폰 번호로."

"그래서 소포는 돌려줬어?"

"응, 근데 그게 우리 바로 앞집 3층에 사는 아주머니시더라고. 덕분에 그날 처음 앞집 이웃을 뵙게 된 거지. 두 분은 어색하게 마주 서서 멋쩍은 표정으로 소포를 교환하고 헤어졌어. 신기하지 않냐? 1543번지 3층에는 임금님 씨가 살고 있고, 1534번지 3층에는 이금님 씨가 살고 있었던 거야. 지금도, 그리고 앞으로 몇 년간은 같은 동네에서 살게 되겠지. 내 말이 무슨 말인지 알겠냐? 우연은 사실 찾아보면 아주 빈번한 거거든. 그러니까 너도 너무 마음 쓰지 말고, 돌아가신 고인의 명복이나 잘 빌어라."

걱정하는 용호를 달래며 전화를 끊기는 했지만 나도 마음이 조금 이상했다. 우리 집 거북이 상어, 작년에 길렀던 고양이 뭉치, 이번에 아이리스까지. 장난 같은 마음으로 말했을 뿐이었는데 왜 모두 현실로 이루어지고 만 것일까? 내 말대로 우연은 사실 너무도 흔한 것이기 때문이었을까? 그렇다면 나는 왜 하필 상어가 죽기 전날 죽으라고 저주를 퍼부었고, 먼지가 죽기 전날 사라져버렸으면 좋겠다고 바랐고, 아이리스가 죽기 몇 시간 전, 저주의 기도를 하겠다고 말하게 된 걸까?

작년, 고모가 우리 집에 고양이 한 마리를 맡겼다. 고모는 대단히 손이 큰 도박꾼이었다. 고모의 돈이란 신축성이 대단히 대단하여 어떤 때에는 손에, 금가락지에 반짝거리는 보석들이 줄줄이 사탕처럼 매달려 있을 때가 있는 가하면, 어떤 때에는 전 재산 탈탈 털어 옷가지 몇 개만 달랑 들어있는 낡은 가방만 가지고 어딘가에 숨어 있기도 해야 했다. 작년에는 상황이 심각했던지 엄마에게 돈까지 빌려 내 이번 만큼은 다 쓸어 와서 고, 돼지 같은 년들 주둥이에다가 재떨이를 물려놓고 돌아올 거야, 라고 외치며 자신의 고양이 헬레나를 우리 집에 맡기고 갔다.

고양이 헬레나, 우리 가족 누구도 헬레나를 헬레나라 부르지 않았다. 생김새를 보면 절대로 헬레나를 헬레나라 부를 수 없었기 때문이었다. 그래서 엄마는 될 수 있는 대로, 이름대신 고양아, 고양아, 라고 외쳤는데 헬레나는 아무리 불러도 꿈쩍을 하지 않았다. 또 고양이의 습성처럼 어디 구석진 곳에 숨어 들어가서는 눈만 노랗게 밝히고 있기 일쑤였다. 뭐 그렇다고 헬레나라고 부르면 재깍 나타나는 것은 더 더욱 아니었다. 더군다나 가뜩이나 낡은 소파며, 가구를 긁어대고 할퀴어 대는 헬레나를 보며 엄마가 저 저 먼지뭉치 같은 녀석이 또 사고를 쳤네, 하며 헬레나를 뭉치로 부르기를 좋아했다.

먼지뭉치, 그 이름이야 말로 헬레나와 정말 잘 어울렸다. 회색의 짧은 털, 뒤룩뒤룩 살찐 헬레나가 웅크리고 있으면 아닌 게 아니라 정말로 먼지 뭉치처럼 보였다. 그래서 우리는 그 후로 자연스레 헬레나를 뭉치라고 부르게 되었다. 헬레나도 뭉치란 이름이 썩 마음에 드는 눈치였다.

나는 뭉치가 싫었다. 3개월 만에 죽은 상어처럼, 나에게 있어서 애완동물이란 나의 악마성 테스트용, 살아있는 시험지에 불과한 것이었다. 하지만 뭉치 녀석 성격이 만만치 않은 거라서 내가 몽둥이를 가지고 때릴라 치면, 그 녀석은 내 방 침대에 복수라도 하듯이 뾰족한 물건들을 올려두기 일쑤였다.

나는 얼른 고모가 와서 그 고양이 녀석을 가져가 주기를 바랐다. 진짜 주인은 아니지만, 제 밥 챙겨주는 사람에 대한 은혜도 모르는 녀석이 우아한 척 꼬리를 바짝 올리고 걸을 때 풍기는 구린내는 견딜 수가 없는 것이었다.

그러던 어느 날, 어느 늦은 저녁, 일은 터지고 말았다. 고모가 떠난 지 두 달이 흘렀을까- 우리 집에 완전히 적응이 된 먼지 녀석이 어딘가를 쏘다니기 시작한 것이다. 처음 나갔을 땐, 아, 드디어 녀석이 출가를 했구나. 그래 너도 다 큰 성인인데. 맘껏! 떠나 버리렴, 하고 바랐는데, 이 녀석이 얼마나 영악한지 밥 때만 되면 열린 현관문을 비집고 다시 집안으로 기어들어왔다.

일차적으로 엄마가 뭉치가 들어올 수 있게 문을 열어둔 게 문제였다. 그래서 엄마 몰래 몇 번 현관문을 꼭꼭 잠가두기도 했었지만, 녀석은 아빠가 들어올 때, 엄마가 들어올 때, 우리 형이 들어올 때 문이 열리는 모든 때를 포착해 집에 잘도 기어들어왔다.

씨발-

그게 나는 그렇게 얄미울 수가 없었다. 일이 터진 그날도 그랬다. 뭉치는 늦은 밤까지 함흥차사셨고, 뭉치가 돌아오면 어떻게 괴롭힐까 궁리하던 나에게 아빠는 맥주 한잔 할까? 하시며 오징어 좀 사오너라, 하고 심부름을 시키셨다. 나는 슬리퍼를 신고 열심히 동네에 슈퍼를 향해 뛰었다.

요새 들어 밤만 되면 고양이들이 아기 울음소리들을 싸가지고 사실 나는 좀 겁이 났다. 그날에도 어디서 또 아기 울음소리 같은 고양이 울음소리가 들려왔다.

나는 울음소리의 근원지로 추정되는 쪽으로 몸을 돌렸다. 골목길 특유의 붉은 빛 조명 아래 고양이 한 쌍이 보였다. 아래의 검은 얼룩 고양이, 그리고…… 그 위에 올라탄 우리 집 문제아 먼지뭉치!

야, 이 녀석아, 너 뭣 하는 짓이야! 하기도 전에 나는 너무 놀라 그만 몸이 굳어 버리고 말았다. 두 녀석은 내가 그들 앞에 서 있는지도 모르고 황홀경에 빠져 교태롭고 야릇한 소리(그 전까지만 해도 아기 울음소리라고만 생각했던)를 적나라한 몸짓과 함께 만들어내고 있었다.

그렇게 부르르 떠는 뭉치 녀석을 보자 나는 온몸에 소름이 돋아 악- 하고 소리를 지르고 말았다. 상어가 죽었을 때에도 콧방귀를 안 뀌던 내가 소리를 지르다니! 오징어를 사가지고 돌아오는 길에는 괜히 자존심이 상했다. 그깟 고양이 두 마리를 보고 소리를 지르다니……. 결론은 그러했다.

개새끼들, 재수 없어.

그들의 행위가 정확히 무엇이었는지도 알지 못했던 그 때에 나는 그 행위가 재수 없게 느껴졌던 것이다. 고양이들을 개새끼들이라고 부를 만큼 재수 없어 보였다. 이유는 모르겠다. 그냥 아주 재수가 없었다. 그런 행위를 하면서 아기 목소리를 흉내 내는 뭉치 녀석에게 혹은 이 도시의 고양이들의 위선에 나는 분노 했던 것 같기도 하다.

집에 돌아가자마자 나는 서랍장에서 플라스틱 끈을 꺼냈다. 걸어오는 길에 나의 머릿속에서는 내내 전봇대와 주황불빛, 두 마리 고양이, 교태, 오징어 냄새, 교태, 두 마리, 그 짓, 교태, 오징어 냄새 생각이 꼬리에 꼬리를 물었고 집에 도착했을 때쯤에는 그래, 그 지저분한 녀석을 다신 나돌아 다니지 못하게 묶어두자, 하고 결심하게 된 것이다.

죽일 생각은 없었다. 살생은 나쁜 짓이다, 란 개념은 주입식 교육을 통해서 이미 완벽하게 숙지하고 있었기 때문에.

오기만 해봐라! 내가 이를 갈며 이유 모를 증오에 휩싸여 뭉치를 기다리는 동안 오징어와 함께 얼근하게 취하신 아버지 가방에 들어가셨고, 뭉치 들어오면 문단속하고 자렴, 하며 텔레비전을 보시던 엄마 가방에 들어가셨고, 고등학생인 형의 방에 불 꺼지는 소리가 차례로 들렸다. 이제 정말 뭉치만 오면 되었다. 뭉치만 오면 된다.

그러나 집 밖에서는 한 차례 더 낯 붉어지는 소리가 들려왔다. 나는 귀를 막고 그만, 그만, 그만, 하고 외치며 얼른 녀석이 집에 돌아오기만을 바랐다. 밤이 더 깊었다. 내 안의 뭔지 모를 분노도 더 크게 일었다. 그리고 드디어 현관 문 틈 사이로 회색 털 뭉치가 보였다. 오냐, 이 녀석아! 잘 걸렸다. 더 이상 그 짓을 못하게 꽁꽁 싸매어 주마! 하는 결심을 하며 나는 뭉치를 데리고 얼른 방 안으로 들어갔다.

나는 목이 메지 않을 정도로, 그렇다고 너무 헐거워서 머리가 빠져나가지 않을 적당한 크기로 뭉치의 목에 목줄을 걸어 매었다. 그리고 목줄이 걸린 뭉치를 들고 다시 방을 나와 식탁 다리 기둥에 목줄을 묶었다. 뭉치가 저항을 하기도 하고 볼멘소리 같은 고양이 울음소리를 내기도 했지만 나는 천하의 무법자가 된 것처럼 끈을 단단히 묶어나갔다. 그리고 묶는 내내 뭉치에게 그랬다.

사라져 버렸으면 좋겠어.

뭉치는 그때 나를 어떻게 쳐다보고 있었더라……. 다 묶고 나서는 나는 뭉치를 죽지 않을 만큼 팼다. 뭉치가 사나운 비명소리를 내며 털을 바짝 세웠지만 밤 깊은 시각이어서 다행히 가족 누구에게도 걸리지 않았다.

그날 아침,
뭉치는 차가운 먼지뭉치가 되어 엄마로부터 발견되었다. 목줄을 제목에 둘둘 감은 채.

엄마는 누가 뭉치 목에 목줄을 매어놓은 거야! 또 태백이지? 여보 태백이 좀 혼내야겠어요. 생명은 무엇이든 소중한 거야. 왜 목줄을 묶어났어. 죽으라고 한 건 아니었는데. 그저 벌을 조금 주려 했던 건데 아침부터 엄마에게 매 세례를 당하고 나서도 내가 뭘 그리 잘못했는지 잘 알지 못한 체, 억지로 뉘우쳐야 했다.

잘못했어? 잘했어? 잘못했어요. 다음부터 그럴 거야? 안 그럴 거야? 안 그럴게요. 고양이가 얼마나 답답했으면 그랬겠어. 목 줄 풀려고 깨나 안간힘을 썼나보군. 아빠도 한 말씀 거들며 딱딱하게 굳은 뭉치를 비닐봉투에 담았다.

그렇게 나의 첫 번째 애완동물은 괴롭힘에 지쳐 휴지통에 잠들었고 내 두 번째 애완동물은 자살되어 비닐봉투에 담겨 버려진 것이다. 하지만, 아이리스만큼은 나와 전혀, 단 1퍼센트의 연관성도 없다고 자신했다. 나는 아이리스를 알지 못하고, 아이리스를 괴롭히거나 죽도록 공모하지 않았으며, 아이리스를 죽게 해 달라고 기도하지 않았기 때문이다. 그런데 주입식 교육의 효과가 나타나기 시작한 걸까? 애완동물들의 죽음에는 눈 껌뻑도 안하던 내가 아이리스의 죽음에는 마음이 조금 아렸다.

"휴, 나 어제 한숨도 못 잤어."
다음날 아침, 용호와 나는 또 다시 같은 버스 안이다.
"왜?"
"다크써클 보이냐? 나 어젯밤 하루 종일 기도했다."
"누구한테? 넌 종교 안 믿는다며? 우주의 주인은 어리고 발랄한 생물체라 생각한다며?"
"얌마, 너 인생 그렇게 고지식하게 굴어서 어떻게 살래? 유도리가 있어야지. 유도리. '필요할 땐 형님, 아닐 땐 개새끼'란 속담도 못 들어 봤냐?"

"그래서 너의 종교관을 급 변경하셨다 이거냐?"

"뭐 그렇게 거창할 것까지야! 그냥 좀 미안 하더라고 아이리스한테. 어쨌든 그 사람 죽는데 나도 말로 한 몫 거둔 거니까. 솔직히 그 여자가 나한테 뭘 그렇게 잘 못했냐? 이상한 노래를 불렀다는 것 빼고는……. 그나저나 넌 어째 얼굴이 쾌청해 보인다? 넌 아무렇지도 않디?"

"응. 나야 마음이 바다 같아서 무슨 일이든 포용이 가능하지 않겠냐? 애도의 마음은 어제부로 나의 깊고 검은 바다와 같은 마음이 삼켰다."

"바다 좋아하신다. 염병할 바다, 바다가 넓은 마음이라고? 검고 깊다고? 그 지랄 염병할 바다가 우리를 토해내지만 않았더라도 우리가 이렇게 복잡 미묘한 생물로 진화하지 않았을 텐데도 그런 말이 나오냐?"

"바다가 우리를 왜 토해내냐? 우리가 바다에 빠져 죽으면 빠져죽었지."

"무식이 하늘을 찌르는 자식하고는! 어제 나는 또 한 번 분노했다! 이 감정들을 주체 못하고, 알 수 없는 누군가에게 기도를 올려야만 하는 나의 나약함을 돌아보며 바다를 원망했어. 왜 그런 줄 알아? 이 일자무식한 놈아?"

용호가 비장한 표정으로 나에게 말했다.

"왜 그랬는데?"

내 입을 빌려서 말했으나, 실은 버스안 사람들 모두 같은 마음이었으리라.

"발랄한 생물은 주인아저씨로부터 인간 집을 건네받아. 태고의 인간 집은 아주 형편없는 죽에 불과하지. 걸죽걸죽한 죽. 아주 화려하고 아름다운 인간 집을 상상했던 생물은, 곧 자신의 주먹만 한, 먹다 만 만두 같이 생긴 인간 집에 실망하고 말아. 에게게? 이게 바로 그 말로만 듣던 인간 집이야? 그 표정을 읽은 상술이 좋은 가게 주인아저씨는 웃으면서 말하는 거야. 실망하지 말거라. 조금만 지나면 아주 재미있는 일이 벌어 질 거란다. 아저씨는 발랄한 생물의 머리를 쓰다듬어 주며 인간 집을 봉지에 담아주지. 아저씨는 길을 떠나는 아이에게 손을 흔드시며 당부의 말씀도 잊지 않고 해 주시는 거야.

얘 꼬마야, 마음에 안 들 땐 그저 리셋 버튼을 누르기만 하면 된단다.

발랄하고 영특한 생물은, 즐거운 마음으로 집으로 뛰어가고 있어. 뭐 새로 산 장난감이 별로 마음에 안 들긴 하지만, 주인아저씨의 말을 한번 믿어 보기로 한 거지. 그런데 그 인간 집이라는 것, 아저씨의 말대로 꼬마의 손에 들려지는 즉시, 시작 버튼을 누르기가 무섭게 무시무시한 속도로 변화를 일으키기 시작했어. 동그란 물질이 부글부글 끓기 시작한 거지."

용호의 눈도 인간 집 만큼이나 강렬히 부글부글 거리고 있었다.

"으 응……."

나는 왠지 그 눈이 거북하여 제대로 쳐다보지 못하고 그저 알겠다는 듯 대답했다.

"그리고 펑!"

용호의 동공에서 무언가 화산 활동 같은 것이 아른거리는 것 같다.

"펑?"

"응, 인간 집이 펑 하고 터지는 거야. 제 압력을 스스로 견디지 못하고. 이제, 그 내부에 가득 차 있던 물이 우리가 화산활동이라고 명명한 활동과 함께 역동적으로 분출되기 시작하지. 그리고 화산활동과 함께 그 내부에 가득 들어 차 있던 물도 거침없이 쏟아져 나오기 시작해. 그렇게 되면 봉지 우주의 내부가 물로 가득 차지 않겠냐구? 그렇게 큰 결점이 있어서야 완구로서 어린이들의 사랑을 받을 수 있겠냐? 요샌 완구도 경쟁시대라고. 사실, 완구회사도 그것 때문에 고민이 크긴 컸어. 완구회사는 결국 그 결점을 보완하기 위해 비밀리에 각 연구소의 연구원들을 불러들이지. 완구회사 사장은 각 지역에서 선발된 연구원들을 모아두고 이런 말을 해. 우리는 아주 획기적인 신제품 개발을 추진하고 있는 중이다. 막바지 개발에 도달해 가는 도중에 우리는 제품의 한 가지 결함을 발견했다. 지원은 얼마든지 하겠다. 이 나라의 어린이들을 위하여 총력을 기울여 주기를 바란다.

세상의 모든 어린이들을 위하여!

비밀리에 모인 소수 정예 연구원 멤버들은 밤낮을 비커와 스포이트를 붙잡고 연구에 착수하지. 계절이 몇 번 바뀌고 어느 계절엔가(어린 생물의 세계는 어떤 계절이 있는지 모를 일이지만) 연구원들은 마침내 흰 가운을 펄럭이며 완구회사 사장실 문을 두드리는 거야. 사장님 저희가!

저희가! 드디어 해냈습니다! 완구회사 사장님은 지난 날 씁쓸하게 건네었던 막대한 액수의 투자금을 회상하며 환희의 만세를 외쳐.

만세! 완구는 이제 무한한 가능성을 얻었다.

완구회사 사장은 이 명언만 딸랑 남기고 인간 집이 날개 돋친 듯이 팔려 나가는 모습은 지켜보지도 못한 체, 흥분에 의한 혈압 상승으로 뒷목을 부여잡고 죽게 돼.

세상의 어린이들에게 나의 죽음을 알리지 말라.

왜 죽냐구? 글쎄 오늘을 그냥 그렇게 죽는 걸로 하는 게 좋을 것 같아. 어쨌든 그는 어린이를 사랑하는 사람임은 확실했던 거지. 일설에 의하면 발랄한 꼬마 생명체의 나라에는 완구회사 사장을 기리는 날이 있다던데. 글쎄, 그건 나중에 고 발랄한 생물을 직접 만나게 될 때에 물어 보기로 하자.

어쨌든 연구원들의 결과는 실로 대단했어. 완구 보완의 핵심은 바로 액체를 어떻게 일정한 틀에 가두어 놓느냐 하는 것이었는데, 일정한 양의 물을 지표 내부에 채우되 폭발로 인해 지구 표면으로 흘러나오는 물을 고려하여 일부는 폭발로 울퉁불퉁해진 표면의 낮은 곳으로 흐르게끔, 또 다른 일부는 뜨거운 수증기 상태로 하늘에 올라가게끔 해서 우리가 소위 말하는 대기권을 형성하게 만들었지.

뭐, 사실 주먹만 한 것에서 물이 넘쳐 봤자 얼마나 넘치겠냐마는, 연구원들은 혹시 어린 생명체들이 완구를 들고가다 쏟지는 않을까 염려하여 대기권에 깔 투명하고 섬세하게 짜인 그물망을 개발해 수분을 흡수하게 한 거야.

듣기로는 예전엔 수증기만이 출세(出世)적 성격을 가지고 있었는데, 인간 집에서 길러지는 다양한 인간 종류 중에서 팔, 다리가 각각 두 개요, 눈과 귀가 각각 두 개인 인간 종류들이 특히 욕심이 많고, 출세적 성격이 도드라져서 대기권에 그 종류의 인간만 따로 흡수하는 신 그물망을 개발 중이라는 말도 있어.

더군다나 인간 집의 특징이 사서 길러보기 전까지는 어떤 종류의 인간이 발생하는지 전혀 예상할 수가 없는 거라서 몇 가지 종류의 인간은 아이들에게 인기가 없다는 이유로 퇴출 위기에 놓여 있다는 거야.

이미 공룡 인간은 프로그램에서 제외된 게 기정사실이고, 항간에는 입 두 개 인간은 아이들의 교육상 좋지 않아서 곧 프로그램에서 삭제된다는 얘기가 있어. 날개 돋친 듯 팔리는 인간 집은 다른 세계까지 수출되기 시작하고 연구원들은 큰 기쁨을 만끽하지. 그런데 그것도 잠깐이었어. 잠시라도 지루하다면 참을 수 없는 어린 생물들이 완구회사에 항의를 하기 시작하는 거야.

빅뱅은 너무 지루해요, 아저씨들.

긴 폭발 시간이 지루하다는 항의가 들어오자, 연구원들은 폭발시간을 대폭 축소하는 거지. 그래서 발랄한 꼬마의 손에 들린 검정봉지 안의 인간 집도 짧은 폭발을 멈추고 물 샐 시름없이 냉각에 접어들게 돼. 그리하여 태초의 죽은 서서히 폭발한 상태로 굳어가기 시작하고, 그물망에서 채 흡수 되지 못한 수증기들은 비가 되어 저지대에 고이게 되었어. 저주의 깊디깊은 바다가 되어……."

용호의 눈은 한층 더 열렬히 부글거리고 있었다. 나는 그런 용호가 한심하여,

"에라이 자식아! 넌 인마, 끊어야 할 게 너무 많다. 앞으로 영화, 텔레비전, 소설, 만화 다 끊어. 그게 뭐냐? 네 말을 이 시대의 과학자 아저씨들이 들었다면 이런 오라질 새끼! 라고 하면서 비커로 네 대갈통을 부수려 들 거다. 그 수많은 천재들이 밝혀낸 위대한 지구의 탄생을 뭐? 완구회사? 에라이 이 오라질 놈아."

하고 용호의 뒤통수를 힘껏 내리쳤다. 이 자식아, 그럴 시간 있으면 숙제를 좀 해 와봐라.

"야, 아직 나의 인간적 모순에 대한 고뇌와 바다의 관계에 대해서는 한마디도 못 했거든? 끝까지 좀 들어줄래?"

"그러기 전에 얼른 내려야겠다. 어디 버스 타고 종점까지 갈 참이야?"

버스가 열리고, 우리는 버스에 탔던 다른 까까중들과 함께 버스에서 지상으로 발을 딛고 있는 중이었다.

"저기……."

그때, 목소리가 종잇장 같이 얇은 누군가가 내 와이셔츠 자락을 잡았다.

"에?"

뒤를 돌아보니 하얗고 커트머리를 한 여자가 고개를 아래로 한 체 내 교복 자락을 잡고 있었다.

"저기, 친구 이야기……."

"친구 이야기?"

"그러니까, 친구 이야기 더 듣고 싶어."

여자가 고개를 들며 말했다. 여자는 용호를 한번 쳐다보고 다시 나를 쳐다봤다. 용호는 눈을 크게 뜨고 나? 하는 표정으로 제 손가락으로 자신을 짚어 보였다. 여자는 응, 하고 대답하는 얼굴로 고개를 흔들었다. 그리고 내 쪽을 다시 바라보고 씨익, 웃었다.

웃는다.
웃는다.

이상하게 가슴이 쿵쾅였다.

"학생들 안 내려?"

이미 버스 문이 열려있는지가 오래라, 버스 기사 아저씨는 잔뜩 심통이 난 얼굴로 우리에게 말했다. 나는 요동치는 심장을 부여잡고 도망치듯 버스에서 내렸다. 용호는 버스에서 뛰어내리다 시피 하면서도 뭐가 좋은지 헤헤거리며 여기에서 만나요. 지금 여기요. 다섯 시까지요! 하고 여자에게 소리쳤다. 버스 창문 안으로 보이는 여자는 입을 꼭 다물고 고개를 크게 한번 끄덕였다. 그렇게 여자를 실은 버스는 어디론가 출발했고, 용호는 한바탕 크게 웃어 제쳤다.

"하하하하하하하하하, 내 이런 날이 올 줄 알았어. 그럼. 그럼. 아무렴, 언젠가는 이 미모가 큰일을 해낼 줄 알았어."

용호야? 착각은 언제나 자유란다.

🐚 네 번째 블랙리스트

"그러니까, 내가 어디까지 얘기했더라?"

용호의 말은 항상 이렇게 시작된다.

학교에서 두 블록 떨어진 패스트푸드 점. 모서리가 둥근 테이블 위에는 깨가 뿌려진 점보 버거, 프렌치프라이 치킨, 누들, 수프, 그리고 과일샐러드가 놓여있었다. 그리고 차가운 물방울이 맺힌 콜라 세 잔.

"음, 그러니까 저주의 깊은 바다가 만들어진 데까지였어."

먹음직스런 테이블을 마주 하여 앉은 이 여인은, 아까 버스 안의 피부가 투명한 커트머리의 여인이다. 아까 용호와 나는 학교가 파하자마자 부리나케 정류장으로 달려갔다. 사실 정류장까지 가는 데에는 대로를 거쳐 가느냐, 숲으로 나있는 학교 샛길을 통해 가느냐 하는 문제로 내부 분란이 있었으나 우리는 절충과 타협으로 서로의 갈등을 아름답게 풀어내고 신문 일면의 정치인의 하는 모양새로 서로의 손을 맞잡고 좆나 달렸다. 좆나 달린 이유는 단 하나.

그 여자, 예뻤다.

우리가 거친 숨을 내쉬며 정류장에 도착했을 때, 여자는 이미 버스 정류장 의자에 몸을 웅크리고 앉아 우리를 기다리고 있었다.
"어. 왔어?"
이것이 여자로부터 들은 두 번째 말이었다.
"안녕하세요."
하고 우리가 인사를 하자,
"아, 배고파. 밥 먹으러 가자."
라고 여자가 대답했다. 그것이 여자로부터 들은 세 번째 말이었다.

"그러니까, 왜 인간은 이렇게 복잡하게 태어나게 된 건데?"
여자가 도톰한 입술로 콜라를 쪽 하며 생기 있게 빨아들였다.
"그건요, 다 바다 때문이에요."
겉보기에도 여자가 서너 살은 족히 많아 보였기 때문에 우리는 누구랄 것도 없이 여자에게 자연스레 존댓말을 쓰고 있었다.
"그래, 바다. 완구회사가 만든 그 바다 말이니?"
여자는 우리 쪽으로 얼굴을 바싹 들이밀었다.
어깨를 훤히 드러낸 옷 사이로 여자의 두툼한 유방이 불룩 솟았다.
"네. 우리의 바다이기도 하구요."

용호가 콜라를 스읍 하고 빨아들였다. 그러더니 빨대로 마시는 것이 영 시원치 않던지, 콜라 뚜껑을 열고 콜라를 통째로 입에 부어 넣었다. 용호의 입에서 얼음 부딪히는 소리가 들렸다.

"어린 생물은 이제부터 인간 집을 가지고 집으로 돌아가는 중이에요. 발랄한 영혼은 집에 가서 엄마에게 자랑해야지, 하면서 신나게 달리고 있어요. 글쎄, 그 생물체가 어떻게 생겼는지는 설명할 수가 없겠네요. 제 생애 그런 형체는 본 일이 없었으니까요. 그러나 꼭 짚고 넘어 가고 싶은 점이 있다면 절대, 절, 절대! 외계인과 비슷하게 생겼을 거라는 상상을 해서는 안 된다는 거예요. 외계인은 머리카락이 없고, 눈만 클 뿐, 사실 사람과 비슷하게 생겼잖아요. 그건요. 너무 인간 중심적인 상상이야."

용호는 또 다시 콜라를 입에 들이부었다. 나는 용호의 똥딴지같은 이야기에 딴지 걸고 싶은 욕구가 마음속 깊이 가만 차오르는 것을 느꼈지만, 우리 앞에 앉은 이 여인이 너무 눈을 반들거리며 듣고 있었기에 나는 한숨을 내쉬며 딴지를 걸고 싶은 고약한 입 안에 햄버거를 잔뜩 쑤셔 넣었다.

"응, 응. 좀 더 얘기해 볼래?"

"네, 그러니까 이제 그 생물체는 집으로 달려가는데 전력을 다하고 있어요. 엄마한테 얼른 보여 주고 싶었거든요. 어린 생물체는 이제부터 달리는 데에 더 열중하기 시작하죠. 뭐 가끔씩 봉지 안을 들여다보기는 하겠지만요. 그러니 우리가 제 아무리 소리 높여 구원을 외쳐도 들릴 리가 있나요? 혹시나 또 모르죠. 중국인들에게 자, 오늘 아침 일곱 시 정각에 집 앞으로 나와 '살려 주세요'를 외치시오 하고 명령을 내린다면야 십억 명이 내는 소리란 대단할 테니 어린 생물이 한

번 봉지 안을 들여다 볼 지도 모르죠. 그런데 그건 좀 위험한 발상이에요. 어린 생물은 중국어를 모를뿐더러 봉지 안에서 들리는 기이한 소리에 놀라 인간 집을 막 흔들어 볼 지도 모르잖아요. 그럼 뭐, 천둥, 번개에 대 지진, 화산폭발에 해일에 대 화재, 산사태 등, 그냥 막 불어 닥치겠죠."

"아휴~ 끔찍해."

여자는 자신의 어깨를 손으로 감싸 안고는 내 쪽을 한번 바라보았다.

"그래요. 그건 끔찍한 일이죠. 그렇지만 그럴 일은 없으니 안심해요. 중국인들은 시간을 지키는 데엔 너그러운 편이니까요. 자, 그럼 이제부터 어린 생물체는 뛰고 있는 중입니다. 그리고 어린 생물체의 오른손에 들린 봉지 안 인간 집에서는 그 사이 서서히 변화가 일어나기 시작해요. 바로 깊숙이 채워진 물이 생명을 잉태하기 시작하는 거지요. 그것은 우리가 자궁 안, 깊은 양수 속에서 잉태 되는 것과 같은 물의 본능이었지요. 그 빌어먹을 본능의 결과는 참으로 위대했어요. 사실 물속의 최초 생명체들은 불행하지 않았지요. 그들은 단순하고 행복했어요. 바깥이 오존층이라 불리는 보호막이 아직 형성되지 않은 때여서 자외선이 무제한으로 쏟아지는 위험천만한 곳이었다면, 그에 반해 깊고 푸른 물의 장막은 자외선 염려를 하지 않아도 되고 또, 중력으로부터도 해방될 수 있는 천국과도 같은 곳이었죠. 그에 관해 몇 년 전, 미국의 신망 받는 한 사이언스 지에서 바다의 최초 생물과의 인터뷰를 어렵게 성사시켜 전 세계의 이목을 집중시킨 적이 있었는데요. 내용은 이러했어요.

(인터뷰 전문)

– 당신은 몇 억 년 전부터 지구상에 존재했다는데, 사실인가요?

– 몰라요.

– 당신이 지구상의 최초의 생물로 밝혀졌는데, 기분이 어떠신지요?

– 모릅니다.

– 당신은 이 우주가 어떻게 창조되었다고 생각하십니까?

– 글쎄요.

– 지구상의 최고 연장자로서 우주의 평화와 질서를 하실 말씀이 있으시다면?

– 관심 없습니다.

인터뷰를 했던 제임스 헤럴드 씨에 따르면 너무나 무성의한 최초의 생물체의 대답에 장시간 자외선 노출에 찜부럭 난 것이 아닐까 염려한 헤럴드 씨는 미리 준비해 둔 분무기로 미네랄워터를 최고령 생물체의 몸에 정성스럽게 뿌려주었대요. 그랬더니 아니나 다를까 최고령 생물체는 이윽고 꼬리를 가분가분하게 움직이더랍니다. 그리고 이 한마디를 남겼다더군요.

– 나는 아무것도 몰라요. 내가 아는 것은 그저 나의 고향은 조용하고 파랗다는 것뿐이에요. 그런데 이곳은 숨쉬기부터 자외선 차단제를 바르는 일까지……. 해야 할 일이 너무 많군요.

기사에 의하면 제임스 헤럴드 씨는 그 이야기를 듣고 무언가 꽝하고 자신의 뒤통수를 내리치는 것 같은 기분을 느꼈다더군요. 이후로 그는 사이언스 잡지계를 홀연히 떠났대요. 풍문으로는 제임스 헤럴드 씨가 동방의 어느 이름 모를 숲에서 자연과 더불어 홀홀히 살아가고 있다고 하더라고요. 제임스 헤럴드 씨는 사이언스 잡지사 편집자 마이클 씨에게 이 한마디를 남겼다고 해요.

'마이클 씨, 저도 이제 인간 헤럴드가 아닌 한 마리 노쇠한 최고령 생물이 되고 싶네요.'

아직까지도 노쇠하고 단순한 생물군은 바다의 심연 속에서 평화롭고 행복하게 잘 살아가고 있다고는 하지만요, 눈, 바람, 비, 태풍, 홍수, 혹한이 없는(경미한) 그 친절한 바다 속에서도 어쩔 수 없는 생존 경쟁이 생겨나고 말죠. 그것은 마치 아직 자신의 정체도 모르고 그곳이 부드러운 크리넥스 휴지 속인지, 거리 여자의 기복한 몸속인지도 모르고 무작정 달려들어야 하는, 어쨌든 일등을 하고 봐야만 하는 가여운 수컷 생물 정자들의 숙명과도 같은 것이었죠. 그 일로 하여금 자비로운 바다는 드디어 제 본 모습을 드러나게 돼요. 그 야비하고, 거칠고, 모진! 어둡고, 사나운 바다는 마음에 안 드는 녀석들을 골라 육지로, 육지로 뱉어내기 시작합니다. 그건 순전히 바다의 젠체하는 성격 때문이었어요. 바다 제 말로는,
'그것은 그저 적자생존의 법칙일 뿐이었습니다. 믿어주세요. 저도 제 자식 같은 생물들을 육지로 뱉어내는 것이 얼마나 마음이 아팠다고요. 그네들의 천적 때문에 물 밖으로 걸어 나간 것은 다름 아닌 그네들 자신이었습니다. 처음에는 물 밖으로 나와 있다가 다시 물로 돌아오는 생활을 반복하더니 이내 육지로 제 살 곳을 옮기더군요. 어떻

게 보면 제가 피해자일지도 몰라요. 잘 키워놨더니 다른 소속사로 옮기는 인기 가수와 그네들의 행동이 다를 게 뭐가 있겠습니까? 전, 인정하고 싶지는 않지만 배신을 당한 것과 다름없습니다. 그래요. 이렇게 드넓은 바다 같은 마음이 아니었다면 저의 마음은 눈물로 바다를 이루게 되었을지도 몰라요.'

라고 하지만 육지 생물들의 증언은 조금 다르더군요.

'뭐라구요? 바다가 그런 말을 했다구요? 내, 참! 어이가 없어서. 바다는 악덕 업주와도 같았지요. 자신이 예뻐하는 상어만 진화할 필요가 없을 만큼 완벽하게 빚어놨죠.'

'상어 그 자식이 더 나빠. 기둥서방 같으니라고! 젠장, 그 날카로운 이빨을 바다로부터 어떻게 얻은 건데!'

아, 죄송합니다. 지금 말한 생물은 양서류 군인데 바다의 횡포에 흥분하여 육지생물의 말에 잠시 끼어든 거예요. 양서류 군, 그건 매너 있는 행동이 아니에요. 발언권을 얻은 후에 말씀해 주시기 바랍니다. 그럼 육지생물님 계속 말씀해 주세요.

'네. 그럼 다시 말을 해보겠습니다. 바다는 편애가 너무 심했어요. 우리같은 약골들, 혹은 못생겼거나 너무나 똑똑하여 폭동을 일으킬 소지가 있는 인자들을 싫어하는 것도 모자라 블랙리스트에 올려버렸지요.'

'블랙리스트란 정확히 무엇을 뜻하는 건가요?'

"이번에는 제가 물은 거예요, 누나."

용호는 여자에게 아주 자연스럽게 누나라는 호칭을 붙였다. 대단한 녀석.

"네. 육지에 올릴 바다 생물 리스트를 말하는 것이었죠. 바다는 자신의 품위에 걸맞지 않는 생물부터 하나씩 육지로 올리기 시작해요. 그런 이유로, 첫 번째로 육지에 오르게 된 생물군이 바로 못생긴 양서류 군이 된 겁니다.'

'아니, 그럼 내가 못생겼다는 거야 뭐야?'

'말이 그렇다는 거지. 사실 잘 생기지는 않았잖아?'

아쉽지만 육지생물의 증언은 여기까지만 해 둘게요. 육지 생물의 못생긴 양서류 발언으로 양서류들이 거센 항의를 하기 시작해서 발표회는 엉망이 되어 버렸거든요. 그 후의 일들은 옮길 만한 이야기들이 못 되겠네요. 그저 그날 개구리 여러 마리가 목이 쉬어서 집으로 돌아갔다는 정도만 알고 계시면 되겠어요."

🐌 다섯 번째 내부의 파충류

"하하, 개구리들이 다들 목이 쉬어서 집으로 돌아갔다고?"

여자는 목젖이 보일 정도로 입을 크게 벌려 웃었다. 내 앞에서 들썩들썩 거리는 여자의 쇄골이 참 예뻤다. 그리고 그 아래에 하얗게 출렁이는. 그러니까…… 음…… 출렁이는, 출…… 출렁이는, 유, 유방도(최대한 예의 있게 표현 하고 싶은 마음을 이해하길 바란다.) 너무나 탐스러웠다.

그런 나를 되 바라보는 여자의 시선에 놀라 고개를 홱 돌렸다. 여자가 반달 같은 눈썹을 스윽 올렸다가 내렸다. 그리고는 장난스러운 표정을 지으며 양손으로 자신의 가슴을 감싸 쥐었다. 또 놀란 나는, 침을 꼴까닥 삼켰다. 그런 와중에도 여자의 가슴에서 이상하게 눈을 뗄수가 없었다. 그런 나의 마음을 읽기라도 했는지 여자는 개구쟁이 같은 미소를 지으며 그 거대한 것을 덜렁 놓아버렸다.

덜~ 렁

여자의 가슴이 출렁이며 긴 곡선을 그렸다. 여자의 가슴과 함께 내 마음이 철렁 내려앉는 것만 같았다. 갑자기 숨이 차오르고 얼굴이 빨개진다.

"킥킥."

여자는 당황한 나를 바라보며 숨죽여 웃었다.

"응. 그래요. 그 날 음흉한 바다의 음모로 못생겼다는 이유로 쫓겨난 개구리들의 꼴이 정말 가관도 아니었어요. 그런데 한편으로는 바다의 마음이 조금 이해가 되기도 했죠. 개구리가 사실 잘생기진 않았잖아요?"

아무것도 모르는 용호는 신나서 떠들어댔다.

"바다는 자기가 싫어하는 생물들을 뱉어내기 시작해요. 뿐만 아니에요. 바다 이 년이 얼마나 약았는지, 언젠가는 자신이 뱉어낸 종자들 중 반듯하게 자란 잘생긴 육지 총각을 꼬셔서 다시 삼키기도 했죠. 그 얘긴 이따 다시 해 드리기로 할게요. 그 전에 육지로 쫓겨난 야비하거나, 못생기거나, 둔하거나, 똑똑하거나, 바다의 심기를 건드려 추방된 생물의 이야기를 좀 들려 드려야 할 것 같거든요. 이야기는 차와 같은 거니까요."

"차?"

여자는 수도꼭지에서 똑 하고 떨어지는 물방울 같은 목소리로 간결하게 단어를 읊조렸다.

"시동을 걸어 주는 일이 꼭 필요하거든요."

나는 용호의 말을 가로채 여자에게 대신 읊어 주었다. 용호가 눈을 찢어 싸늘하게 날 바라본다. 나는 아랑곳 않고 용호를 되 보며,

"얌마, 네 차는 어떻게 생겨 먹은 게 밤낮 시동만 걸고 앉았냐?"

하고 쏘아붙여 주었다.

"친구, 어디 먼 길을 가야 할 땐 말이야. 조여 주고 기름칠 하고 광택도 내어주고 발판도 털어주고, 신나는 음악도 준비하고, 시동 걸어 주기 전에 해야 할 일이 많단 말이야. 이 덜 떨어진 놈아! 쯧쯧."

"깔깔깔. 너네 무슨 장다리와 거꾸리 콤비 같구나. 얘, 그래서 어떻게 되는 건데? 그 못생긴 분자들이 어떻게 되는 건데? 그 미남 총각 얘기는 또 뭐니?"

여자는 경쾌하게 웃으며 물었다.

"이제부터는 육지생물의 증언을 바탕으로 이야기를 이끌어 나가 볼게요. 못 생기고 어리석은 양서류 군이 육지로 쫓겨난 후에 전국의 바다가 술렁이기 시작했대요. 더군다나 그때 즈음에 바다의 편애가 날로 심해져서 전국적인 바다 생물 봉기가 일어나게 되었죠. 바다는 안되겠다 싶었는지 바다 생물 봉기의 주동자들을 색출하여 '온 바다의 평화와 국민들의 안녕과 번영을 위한 지상훈련'이라는 미명하에 여드렛날에 한 번씩 봉기 주동자들을 지상으로 올려 보냅니다. 알 만한 생물들은 이미 다 알고 있는 풍설로는 바다는 자신의 애첩 상어에게 팔일(八日)에 한 번씩 새 이를 심어 주었는데(그래서 오늘날까지도 상어는 여드렛날에 한 번씩 새 이가 돋는 다고 하더군요.) 그 지상훈련이 주동자들 몰래 상어를 치과에 데려다 주기 위한 바다의 계책이었다는 말이 있어요. 그도 그럴 것이 바다는 상어의 치과 비용 때문에 막대한 바다 공

공 운영 자금을 횡령하기에까지 이르렀었거든요. 돌아오는 여덟 번째 날이 되면 반 강제적으로 지상훈련을 나가야 했던 추방 대상 2호 생물들은 육지가 딱히 나쁘지만은 않다는 사실을 알게 돼요. 왜냐하면 육지는 바다보다도 숨쉬기가 편하고 먹잇감도 충분했으니까요. 나중에는 바다 말대로, 자신들이 알아서 육지로 나가는 생물들이 생기기까지 해요. 그것이 바로 일주일의 유래이기도 하구요. 그래서 우리는 돌아오는 여드렛날에는 어김없이 쏟아지는 졸음을 참아내며 전쟁의 훈련장으로 쫓겨나는 신세가 된 거예요."

"세상에, 사랑이라는 것은 예나 지금이나 어쩜 그럴 수 있니?"

여자는 양손을 턱에 괴고 부루퉁한 얼굴로 불편한 감정을 내비쳤다.

"그래요. 어디서고 사랑이 문제죠. 그 바다 년의 질펀한 사랑 덕택에 쫓겨난 양서류 군은 산소가 부족한 육지에 적응하기 위해 진화하기 시작해요. 다윈 아저씨의 진화론이 누나에게 설득력이 있다면 믿기 아주 쉬운 일이죠.

진화. 진화. 바다의 저주 속에서 쫓겨난 단순한 생물들은 환경에 적응키 위해 복잡한 생물로, 복잡한 생물에서 더욱 복잡한 생물로, 그 복잡한 생물에서 엉킨 머리카락만큼 복잡하고 치졸한 생물로!

진화! 진화! 진화!

를 거듭했던 거예요. 그것은 명명백백한 저주였죠. 복잡한 것은 하나도 행복하지가 않으니까요. 그래서 종국에는 우리네 종류의 인간처럼 좋으면서도 싫으면서도 물러서야 하면서도 다가가야 하는, 파괴하면서도 보존해야 하는, 미안하면서도 죽여야 하는 초 복잡한 생물로 진화하게 되는 거죠.

그리하여 마침내 세상은 분명한 것이 하나도 없게 된 것이에요. 고대 생물처럼 몰라요, 알아요, 가 아닌 알면서도 몰라요, 행복하면서도 슬프면서도 미안하면서도 긴장돼요, 보다도 훨씬 더 많은 감정을 한번에 가져야 하는 생물로 태어나게 된 거죠.

그래서 어제의 나처럼 아이리스의 노래를 싫어했으면서도, 진담은 아니었지만 어쨌든 이 친구에게 그 여자를 죽여 달라는 말을 서슴없이 내뱉어놓고도, 무신론자에, 지구의 주인은 죄의식 없이 리셋 버튼을 누를 수 있는 어리고 발랄한 생물체라고 믿는 주제에, 그 어린 발랄한 생물이 아닌 다른 누군가에 대고 미안하다고, 용서해 달라고 기도하는 모순에까지 이르게 된 거예요.

그러니 지상 초번의 허파 달린 생물, 파충류로의 진화는 우리에게 아주 중요한 사실이라고 할 수 있죠. 또 그만큼 어린 생물에게도 중요한 의의를 갖게 된답니다. 벌써 뛰어가고 있는 어린 생물을 잊으신 것은 아니시겠죠?

어린 생물은 엄마에게 얼른 인간 집을 보여 주고 싶어서 달려가고 있었지만 이미 말하는 사이 어린 생물의 결심은 흔들려 버려서 발광도 마뱀 지키효파 토치재츠도 사고 슈퍼마켓 앞 뽑기 기계에서 우리가 소행성 413호 별이라고 믿고 있는 귀고리도 뽑아서 봉지에 넣어두었죠.

그러다가 인간 집이 얼마나 발전했는지 문득 궁금해져서 고 작은 고사리 같은 손으로 인간 집을 들어 올려요. 지구에서는 큰 지진이 일어나고 말았지만 어린 생물이 그런 것에 관심이나 있을 리가 있나요.

그러다가 어린생물은 꺅 하고 소리를 질러 버리고 맙니다. 수분 억제 망 사이로 엄청나게 번식해 있는 파랗고 등에 뾰족한 닭살이 돋아

있는 공룡 인간을 발견 해 버렸으니까요. 어린 생물은 손을 떨며 인간 집의 리셋 버튼을 찾으려고 더듬더듬 거렸어요. 엄마에게 이런 흉측한 생물을 보이고 싶지는 않았던 거죠.

마침내 고 잔인한 손은 리셋 버튼을 눌러 버렸습니다. 그러곤 다시 인간 집을 봉지 안에 던져 넣습니다. 원래 인간 집은 리셋 버튼을 눌러 버리면 다시 태고의 죽으로부터 빅뱅에 이르기까지 다시 시작하는 것이 원칙인데, 우리의 인간 집은 실은 상술이 뛰어난 문구점 아저씨가 싼 맛에 몰래 들여온 'Made in China' 불량품이었던 거였죠.

문구점 아저씨가 코 묻은 돈으로 궁색한 사업을 벌이고 있을 때, 그리하여 모두 얼어 죽거나 불타 죽었어야 하는 육지 종자들은 궁색히 난황을 헤쳐 나가며 살아남게 되었죠. 그 중에서도 눈과 귀가 각각 둘이요 입이 하나인 유인원 종류의 인간이 거세게 번식하기 시작합니다.

그들은 대 재앙에 축배를 올렸어요. 그동안 미미한 존재였던 자신들을 박해하고 심지어 잡아먹기까지 했던 공룡 인간들이 절멸을 자축하는 의미로 소가죽으로 만든 큰 북을 울리며 밤늦도록 축제를 했다더군요. 그만큼 파충류의 기억은 우리에게 아주 충격적인 일이었죠.

조상들의 모든 기억을 DNA의 무의식란에 저장하여 살아가는 우리 종류의 인간은 그래서 여전히 파충류를 두렵고 혐오스럽게 생각하는 경향을 보이게 된 거에요. 뿐만 아니라 그 혐오와 두려움의 생물이 어찌나 충격적이었던지 우리는 우리의 뇌 속 깊은 곳에 파충류의 모양을 각인시켜버렸습니다. 그 징그러운 것들은 결국 우리 뇌 속에 남아 본능을 통제하기 시작한 거지요.

그러기에 우리들은 무의식과, 의식, 본능과 의지 사이에서 싸워야 하는 비극적 운명이 되어버렸습니다. 휴, 그것도 모르는 우리의 주인은 여전히 집으로 향해 달려가는 중이구요. 이제 이해가 되시나요?"

"우리의 본능을 통제하는 파충류 부분의 뇌라, 그거 정말이니?"

"글쎄요. 세상 어느 곳에도 진실은 없어요. 추측만 난무할 뿐이죠. 그러니 믿는 건 누나 자유에요. 진실이 있다면 인간은 본능과 싸워야 하는 비극적 운명이라는 사실 뿐이죠."

"그나저나 그 미남 육지 총각 얘기는 뭐야?"

이번에는 내가 용호에게 물었다. 용호의 발언이 황당무계 하다고 여기는 바였지만, 바다와 육지총각 이야기가 조금 궁금하기는 했다. 그것은 용호의 이야기를 빌자면 어쩔 수 없는 진화의 결과 때문이라고나 할까.

"응. 나도 궁금해."

여자는 나에게 눈웃음을 흘리며 말했다.

오, 세상에 그 사이에 나는 또 나도 모르게 여자의 가슴을 훑어보고 말았다. 오, 저주받은 인간이여, 오, 저주받은 나의 내부의 파충류여! 여자는 그런 나를 보며 깨소금 같은 미소를 머금고는 샐러드 위에 올려진 붉은 체리를 집어 입 안에서 굴렸다.

세상에! 세상에! 세상에!

심장이 터질 것 같은, 오줌을 지릴 것만 같은, 이 기분은 뭐란 말이지?

"그렇게 궁금하다면, 하하하."

용호는 여전히 아무것도 눈치 못 챈 체, 천진하게 웃었다. 녀석은 이미 자신 이야기에 푹 빠져서 어떤 것도 눈에 들어오지 않는 모양이었다.

"인간 집은 크게 주류종과 부류종으로 구별될 수 있어요. 대표적인 주류종으로는 공룡 인간이나 사람 인간이 있을 수 있겠고 부류종이라면 그 외의 다양한 생물군이 포함될 수 있을 거예요. 완구회사 연구원들이 인간 집의 재미를 더 하기 위하여 만들어낸 품종들이었죠. 같은 종류더라도 프로그램의 환경에 따라 다른 종류로 진화할 수 있기 때문에 저쪽 세계의 어린이들은 서로의 인간 집을 비교도 하고 맞바꾸기도 하고 해요.

바다가 사랑한 육지총각 역시 부류종의 한 종류였어요. 바다의 나라에서 추방된 국민의 후예이자 자신의 예손, 곧, 자기 자식이기도 하구요. 바다는 그러한 고래 총각을 보고 한눈에 반하게 되지요.

그것은 어느 날 밤의 일이었어요. 바다는 상어를 사랑했지만요, 상어를 사랑하는 마음은 티끌만큼도 변하지 않았지만요, 무언가 재미가 시들해졌다는 것을 느꼈어요. 권태로운 나날이었다고나 할까요?

바다 안은 퇴물과 흉물 퇴출로 한없이 잔잔하고 아름다웠고, 자신이 아끼는 상어는 건강한 자식을 낳아 잘 키우고 있었지요. 그렇지만 어쩐지 바다는 그 갓난이의 재롱을 바라보는 것도, 잘생긴 바다 생물들을 희롱하는 것도 영 재미가 없었어요.

그렇게 더는 바랄 것이 없는 나날이 계속 되었는데도 바다는 권태로워졌어요. 종국에는 죽음을 결심할 만큼 바다의 권태는 심각한 상황이 되어 버렸습니다. 바다는 점점 흉포하게 변하기 시작했어요. 아무데서나 똥오줌을 지려 대서 바다의 오염이 심각해졌고, 성내고, 바위를 갉아 부수고, 바다 농작물에게 끼치는 피해도 상당했어요. 민심은 흉흉해졌고, 배를 곯아 죽는 바다 생물들도 생겨나기 시작했죠.

상어는 바다를 어루만지며 도대체 요새 당신 왜 그러는 거야? 이리와요. 내 등에 기대서 마음 좀 가라앉혀 봐요. 하며 바다를 어르고 달래 보았지만 바다는 모르겠어요. 모든 것이 그저 허무할 뿐이에요.

날 달래려는 일랑은 그만 둬요, 하며 찜부럭을 부렸지요. 화가 난 상어가 그럼 어디 좋을 대로 해 봐 하며 윽박을 질러버리고 말자 바다도 질세라 좋아요, 하면서 집을 나섰죠. 하지만 갈 데가 마땅치 않았던 바다는 지상에서 가장 가까운 해변의 파도가 되어 쓸쓸하게 철썩거리고 있었습니다.

그때였어요. 저쪽 지상에서 영롱한 무지개가 오똑 서더니 무지개의 아치 사이로 거대한 육지 생물의 그림자가 드리워지는 거였어요. 바다는 그것이 궁금하여 제 몸을 부딪쳐 더 높다란 파도가 되어 철썩거렸습니다. 쿵 쿵 쿵, 이름 모를 생물이 자신의 쪽으로 가까이 다가올 때마다 바닥은 우지끈 우지끈 갈라졌어요.

어머, 저 커다란 생물체는 다 뭐람. 바다는 그 생물의 크기에 제압되어버렸죠. 자신의 크기는 생각지도 못한 체 말이죠. 자신의 앞에 코끼리 300마리를 합친 것보다 더 큰 컴컴한 생물에 바다는 마음을 뺏겨요. 바다는 잔파도가 되어, 르네상스 여인의 치맛자락에 달린 레이스처럼 잔물결로 산산이 흩어져 컴컴한 생물체의 발등을 수줍게 적시죠.

그러자 그 컴컴한 생물이 아니, 이 기라홍군(綺羅紅裙)은 누구란 말인가? 하고 바다를 바라보며 물었습니다. 그러자 그러는 당신은 뉘시오? 하고 치맛자락을 얼굴 쪽으로 휙 집어 올리며 바다가 되묻는 거였어요. 그랬더니 되돌아오는 말이, 나는 기량이 우량이요, 기골이 댕골 같은 육지의 신사 고래라고 하오, 였습니다. 그야말로 코끼리 300마리를 합친 고래도 육지를 걸어 다니던 시절의 이야기인거죠.

바다는 그의 우렁찬 목소리에 또 다시 반하고 말아요. 그러더니 하는 말이 허이구 그러시오? 마권찰장으로 계집년 치마폭에 들어갈 궁리나 하는 떡부엉이는 아니고요? 바다는 남자를 다루는 법을 잘 알고 있던 거지요.

남자의 승부욕을 자극하라!

어디 내가 계집질이나 하고 다닐 사내로 보이오? 만무시리하기 짝이 없는 말이오. 흥! 그 말을 어찌 믿소? 바다가 치마폭을 그득 끌어안자, 산등성이 같은 그녀의 몸매가 퍼렇게 드러났어요. 그러자 거대한 고래는 자신도 모르게 헛, 헛, 기침을 내뱉었습니다. 때를 틈타 바다는 슬쩍 고운 물거품으로 고래의 앞발을 간지럼 태웠지요.

어딜 그렇게 보시우? 그러고도 떡부엉이가 아니다 이 말씀이시우? 바다는 더 흥이 나서 고래를 놀리기 시작했죠. 고래 발걸음 소리에 뇌공(雷公)도 놀라 자빠진다, 라는 말도 못 들어 보았소? 어디 감히 이 고래를 떡부엉이와 잣대질이란 말이오? 하고 고래도 지지 않고 응수했어요. 아, 그때 실팍지게 돋는 고래목의 핏줄이란, 바다는 당장이라도 고래의 허리를 끌어안고 싶어졌지요.

욕정의 바다는 더욱 더 거대하게 일렁이는 파도가 되어서 고래에게 말하길, 허이구 참망하기가 그지 없수다. 어찌 감히 냄새나는 그 수족을 하늘 님과 비교한단 말이오? 그 가량가량한 아랫도리로도 잘 걸어 다닐 수나 있는지가 의문 이오. 기량이 우량에, 기골이 댕골이라? 호호호 거들먹거리는 행투리가 참으로 뇌꼴스럽기 그지없소.

허어, 가량가량한 아랫도리라니, 내 그런 모욕은 살아생전 처음이

오. 계추 장맛비가 고래 오줌발 같다, 라는 말도 못 들어 봤소? 고래
는 불끈하여 바다에게 쏘아 붙였습니다. 고래는 육지 스타, 미남 고
래 총각을 몰라주는 바다의 마음이 좀 상하기는 했지만요, 실은, 바
다의 까칠한 맛에 고래는 아쭈 요것 제법인데, 하며 마음깨나 설레 했
었더랬죠."

"어머, 고래가 육지 스타였다니. 얘, 나는 고래가 조금도 멋지다고 생
각해 본 일이 없는데. 하기야 미남의 조건은 조금씩 바뀌긴 한다고는
한다지만. 그건 너무 했다. 응?"

여자는 기다랗고 하얀 손가락을 마주 잡고 먼 옛날 고래가 걸어 다
니던 시절을 그려 보는 듯한 얼굴로 말했다.

"글쎄요. 바다의 취향이 독특했던 것인지도 모르죠. 바다 고년이
하여튼 요망한 것은 분명했어요. 고래와 말 대거리를 두는 사이에도
그 속치마 같은 하얀 물거품으로 고래 발등을 적시는 것을 잊지 않았
으니까요. 바다가 촉촉하게 자신의 앞발을 적실 때마다 고래는 아랫
도리가 후끈해져서 견디느라 고생도 생짜 고생이 아니었어요. 그때부
터 태초의 지구에서는 사랑의 밀고 당기기가 시작되었다고나 할까요?

영리한 바다도 그걸 모를 리가 없었죠. 그래서 고래에게 던진 말이,
퍽이나 그러시겠수다. 당신 같은 생물이라면 우리 바다에도 넘치게 많
지요. 바다는 대거리와 함께 하얀 물보라를 깃털 장식이 달린 삼각꼴
로 펼쳐 요염하게 부채질을 켜는 것도 잊지 않았죠.

그러자 고래가 하는 말이, 세상 천지에 나 같은 장수가 또 어디 있
단 말이오? 하지 않겠어요? 그것도 그럴 것이 아니 천하제일 고래 같은
생물이 바다에 많다니, 그것도 넘치게 많다니 얼마나 자존심이 상했
겠어요. 그러니 당신이 우물 안 밖에 모르는 떡부엉이일 수밖에요. 이

음분의 세계에서 과연 당신이 명함이나 들이밀 수 있으려나, 으~ 응?

바다는 벌써 그런 고래를 알아차리고 제 퍼런 치마를 슬며시 들어 올리며 물었지요. 허어, 어찌 나 같은 덩치가 이 세상에 또 있을 수가 있겠소? 고래는 얼굴이 울그락불그락 해져서는 고래고래 고함을 쳤대요."

"오라, 그래서 고래 이름이 고래인 거구나?"

곧 터질 것 같은 비눗방울처럼 생생하고 또릿한 말투로 여자는 또 용호의 말을 갈랐다. 나는 그저 용호에게서 어떤 대답이 나올지 그를 지켜보며 둘을 번갈아 보고 있는 중이었다.

"으응, 그 반대예요."

용호는 살며시 머리를 가로 저으며 말했다.

"고래가 하도 고래고래 고함을 치다보니 고함치는 모습이 고래 같구나 하고 견주어 말하기 시작하면서 고래고래 고함을 지른다는 비유가 생겨나기 시작했던 거죠. 뭐 고래가 고래고래 소리를 질러서 고래인지 고래고래 고래처럼 고함을 지른다 해서 고래고래 고함을 친다, 이든지 뭐 어쨌든, 고래는 이미 바다 생물이 되어 버렸으니까요."

"고래가 결국 바다에 빠져 버렸구만! 쳇!"

이번엔 내가 빨대를 구기며 말했다.

"응. 그렇게 되어 버린 거야. 고래로선 할 수 없었어. 바다가 허이구, 정 못 믿으시겠다면 할 수 없지요. 뭐, 어디 떡부엉이가 여기로 뛰어들 담용이나 있으려구요. 하고 고래의 심기를 뒤집어 놓았으니까. 누구 보고 아까부터 떡부엉이~ 떡부엉이~ 하는 게요? 호호호, 우물 안밖에 모르는 당신 보고 그러지요? 누구 보고 그러겠어요? 뛰어들 재간도 없는 냥반이 목소리로는 아주 만리장천을 가시겠수?

바다 이 년은 농간을 부리는 일에 아주 능수능란했던지라 결국 고래는 에이 그깟 여자 치마폭, 하며 거드모리로 바다에 뛰어들어버리고 말았어. 바다는 간지러워서 까르르르 숨넘어가게 웃었지. 뭐 고래로선 폐와 척추가 달린 생물로서 바다에 살 수 있는 영광을 누리게 되었고 바다 생물들은 바다가 우울증을 극복하게 되어서 그 간의 평화가 다시 찾아 왔으니, 고래가 바다에 흠뻑 빠지게 된 건 여러모로 좋은 일이라고 할 수 있겠지만 말이야."

용호는 왠지 처처한 얼굴로 고개를 깊숙이 묻더니, 께름칙한 표정을 지으며 이야기를 마쳤다.

"너 갑자기 왜 그러냐?"

"어? 어? 그…… 그냥. 저, 파충류가 싫어서. 징그럽잖아. 그런 것이 우리 내부에 새겨있다니. 끔…… 끔찍해서 그래, 하하."

"어머, 애 그럴 필요가 뭐가 있니? 도마뱀이나, 카멜레온 얼마나 멋지니? 기온에 따라서 색깔도 변하고 말이야. 난 말이야, 얼굴에 아찔하게 매달려 있는 그 그렁그렁한 눈동자가 좋기만 하더라. 더군다나 얼마나 환상적이니? 우리 뇌 속에 파충류 모양의 문신이 있다는 게."

"저, 말이에요. 이런 말하기는 뭐하지만 말이죠. 이 친구 말은 그저 마이동풍 하시는 게 좋으실 거예요."

용호가 나를 휘둥그레진 눈으로 쳐다봤다. 뭐 하지만 상관없다. 사실이니까.

"무슨 말이니?"

"신빙성이 없다는 말이죠."

여자는 눈빛으로 나를 훑듯이 바라보다가,

"상관없어. 그래도 내 쪽에선 뭔가 위로가 많이 되었으니까."

하고 웃었다. 눈썹이 아래로 처져서 강아지 같은 얼굴로.

🐌 여섯 번째 밤

여자와 나는 길을 나섰다. 용호는 삼십 분 전쯤 이미 사라졌다. 이야기를 마친 용호는 그저 나 먼저 가볼게. 나 먼저 그냥 갈게, 하고 급하게 인사도 없이 가게를 나가버렸다.

여자는 그런 용호를 아랑곳 않고 치킨샐러드를 꼭꼭 씹어 삼키고 있었다. 나는 그런 여자를 한번 바라보고 용호를 뒤쫓아 나가서 야, 갑자기 왜 그래? 하고 물었는데 용호는 아주 힘없는 얼굴로 손바닥을 까닥이며 아니야 그냥 들어가, 하며 떠나버렸다.

나는 가게 안에 홀로 남겨둔 여자가 또 신경이 쓰여서 다시 가게 안으로 들어왔는데 여자는 그때까지도 남은 샐러드를 싹싹 비워내고 있었다.

"저기, 친구가 가버렸네요?"

"응, 그렇네?"

여자는 아무렇지 않다는 듯이 남은 샐러드를 포크로 모아 입에 가져가며 말했다. 나는 어찌 할 바를 몰라서 우선 여자가, 음식을 다 먹을 때까지 기다렸다가 집으로 돌아가기로 했다. 이미 6시를 훌쩍 넘긴 시간이었고, 기말 고사도 얼마 남지 않았기 때문에 이왕이면 여자가 빨리 음식을 해치워 주길 바라며, 여자를 바라보고 있었다.

"바빠?"

"아니요. 바쁜 건 아니지만······."

"안 바쁘다는 뜻이니 그거?"

"아니, 뭐, 꼭 그런 건 아니구요."

"뭐, 꼭 그런 건 아니니까 뭐 꼭 안 그럴 것도 없단 말이로구나?"

"에?"

"뭐, 꼭 안 바쁘다면 말이야. 오늘은 나랑 같이 있어줄래?"

여자는 고개를 숙여 분주하게 빈 음식물 용기를 플라스틱 쟁반에 담았다.

"그럼, 가자."

그러더니 다시 고개를 들어 내 쪽을 쳐다본다.

"뭐해? 이것 들지 않구?"

"에?"

"이것, 버려야지."

여자가 동그란 눈을 하고, 플라스틱 쟁반을 나에게 건넸다.

여자가 쥐어준 플라스틱 쟁반을 엉겁결에 받아들어 출입문 옆 쓰레기통에 빈 용기들을 쏟아 부었다.

"몇 살이니?"

우리는 가게를 나와 도로 위에 서 있었다. 나는 여자를 따라 걸으며, 용호는 왜 도대체 갑자기 사라져 버렸지? 집에 돌아가면 우선 시험 공부 계획부터 짜자, 라고 생각하는 중이었다.

"중학교 1학년이요."

"있지, 중학교 1학년은 말이지, 네 나이가 될 수 없어. 난 말이지 열여섯 살이지만 고등학교 1학년이 내 나이는 아니거든. 더욱이 난 고등학생도 아니고."

"정확히 표현하자면, 저번 달에 열네 살이 되었다고 해야겠네요."

"에게게, 겨우?"

여자는 내 쪽으로 얼굴을 가까이 하면서 그 하얗고 풍선 같은 얼굴을 찡그렸다. 가까이에 있는 여자의 얼굴을 들여다보니, 하나의 잔상이 불현듯 떠올랐다. 그러고 보니 이 여자 어디선가 많이 본 것만 같다.

"그쪽, 어디선가 많이 본 것 같아요."

"호호호. 간지럽다 얘, 그쪽이라니, 그렇게 귀여운 얼굴을 하고선 말야. 너 좀 기름진 구석이 있구나?"

여자를 향해 별 달리 떠오르는 호칭이 없었다. 그렇다고 해서 나는 이 여자를 누나라고 부르고 싶지 않았다. 그것은 왜인지 나로선 자존심이 상하는 것처럼 느껴졌다.

"토라졌니?"

말없이 뚱해진 나를 보며 여자는 무릎을 굽혀 내 얼굴을 굽어본다. 여자의 짧은 머리칼이 왼쪽으로 쏠린다. 여자의 말캉해 보이는 볼 살도 왼쪽으로 쏠린다. 뼈가 도드라진 어깨도 비스듬히 쏠린다. 그리고 고개 숙인 내 시야로 여자의 흰 미니스커트 속 깎아놓은 오이 같은 다리가 들어왔다. 나는 괜히 얼굴이 달아올라 고개를 왼쪽으로 돌렸다.

"얘, 그러지 말고 얼른 가자. 내가 좋은 것 보여줄게."

여자는 나의 손목을 휙 잡아 자신의 팔로 감쌌다. 여자의 살갗이 아직 실내의 에어컨 공기로 식혀져 있어서 인지 차갑다. 아, 집에 가면 밀린 숙제에 기말고사 계획표까지 할 일이 많지만……. 말랑 말랑한 이 감촉, 도저히, 뿌리칠 수가 없다.

"어디를 가는 건데요?"

"따라와 보면 알아."

여자는 다시 천천히 걸음을 옮기기 시작했다. 여자의 납작하고 간편해 보이는 샌들 사이로 빨간색 패티큐어가 발려있는 기다란 발가락이 드러났다. 발가락에서 뻗어 나오는 하얀 발등은 다른 곳보다 유난히 하얘서 마치 의료용 장갑을 발에다 끼고 있는 것처럼 보인다.

"발이 하얗지?"

여자의 발을 바라보며 걷던 나를 발견한 여자가 나에게 물었다.

"네. 그냥 하얗기 보다는…… 뭐랄까, 좀 처연한 구석이 있는 발이네요."

"어머, 그것 참 괴상한 평이구나. 하지만, 눈썰미가 꽤 있는 걸? 내 발 말이야. 내 발은 참 불쌍한 발이 맞거든."

불쌍한 발이라니, 도대체 어떤 발이 불쌍할 수가 있는 거지? 여하튼 여자의 발이 왠지 모를 사연이 있어 보이기는 했다. 엄지발가락 부분의 기형적으로 불거 나온 뼈마디라든가, 유난히도 하얗고 마른 발등은 실로 심상치 않은 분위기를 자아내고 있었다.

"불쌍한 발이라뇨?"

지금 우리는 건널목에서 신호등을 기다리고 있는 중이었다.

"말하자면 사연이 좀 길어."

"어차피 둘이 따로 나눌 얘기도 없는걸요."

"궁금하니?"

"조금은요."

"있지, 누군가로부터의 냉정한 눈빛과, 누군가로부터의 갈망하는 눈빛 중에 더욱 참을 수 없는 건 무엇일까, 하는 생각해본 적 있니?"

"글쎄요, 어쨌든 그 둘 다 썩 내키지는 않는 눈빛들이죠. 예를 들어 갈망이라는 단어는 왠지 좀 음침한 뉘앙스를 풍기잖아요."

신호등이 켜지고, 여자는 작은 돌부리에 통통 튕기던 발을 떼어 횡단보도를 내딛었다. 나도 여자를 따라 신호등을 건넌다.

"저 말이야. 오늘 아침은 나에게 조금 특별했어. 어떤 꿈을 꾸다가 깨어났는데, 분명 꿈을 꿨다는 사실은 알겠는데 말이야, 도저히 무슨 꿈인지가 기억이 나지를 않더라? 어떤 꿈인지는 정말 기억이 안 나는데도 깨어서 몇 분이 지나도록 나는 계속 울었어. 그 꿈이 어떤 것이었는지는 잘 모르겠지만, 그게 꽤 슬펐어. 그런데 신기하건 말이야. 눈물이 어느 순간 뚝하고 멈추더니 내 안의 어떤 것도 깔끔하게 잘려나간 기분이 드는 거야. 날이 잘 선 세라믹 칼로 무를 반 동강이 낼 때에 같은 그런 기분이었달까?"

"어째서 그런 기분이 들어버린 거예요?"

"모르겠어. 그러고나서 나는 정말 오랜만에 양말을 벗어 던졌어."

"양말이요?"

"응, 양말. 가엾은 내 발을 포박시켜 버린 양말."

여자는 가던 길을 멈추고 자신의 발을 내려다보았다. 여자의 발이 생명이 깃든 이물체처럼, 여자의 몸 아래에서 움직거리고 있었다.

"내가 어릴 때 말이야. 참, 이렇게 내 얘기만 해도 되겠니? 누군가에게 다 쏟아내어 버리자 하고 결심하고 나왔기 때문에 싫다고 해도 말할 참이지만 말이야."

"좋을 대로요. 솔직히 말하자면 포박 당한 발이라니, 더 들어보고 싶네요."

여자는 내 손을 움켜쥐고는,

"고마워."

라고 한 글자 한 글자에 힘을 주어 말했다.

"어릴 때, 나의 아버지는 참 냉정한 사람이었어. 내가 아주 어렸는데도 말이지. 단 한 번도 나를 안아준 적이 없었을 정도였어. 어느 날은 말이야, 내가 우리 집의 가파른 계단에서 굴러서 머리, 여기 머릿속에 상처가 보이니?"

여자는 말을 하다 말고 양손으로 자신의 앞머리를 흩트려 하얗게 번개 모양으로 갈라져있는 상흔을 보여주었다.

"으, 꽤 아팠겠는걸요?"

"응, 맞아. 아주 어렸을 때인데도 여태 실감이 날 정도로 무척 아팠어. 그래서인지 기억하지 않았으면 좋았을 걸, 하는 것까지도 아주 실감나게 기억이 나는 거야. 그때 아버지의 얼굴, 다친 나를 바라보던 아버지의 얼굴, 울던 나를 차갑게 바라보던 아버지의 얼굴. 아버지는 고꾸라져서 피를 뒤집어쓴 채 울고 있던 나를 내버려 둔 채 집으로 들어가 버렸어.

다행히 다친 나를 이모가 발견해서 응급실로 데려다 주긴 했지만, 아버지는 도대체 나에게 왜 그렇게 냉정했던 걸까? 나는 어렸을 때 무척 귀엽게 생긴 아이 편에 속했는데도 말이야. 이모의 말에 의하면 내가 엄마와 너무 닮았기 때문이라고 했지만, 단지 엄마와 닮았다는 이유로 어린이가 감당할 외로움이라는 건 너무 무겁고 무서운 것 아니니?"

"부모님께서 사이가 별로 안 좋으셨나 봐요?"

"그럴 수밖에. 엄마 쪽에서 빚이란 빚은 아버지 쪽으로 다 져놓고, 남자와 도망쳐 버렸으니까. 그러니 아버지는 엄마를 쏙 빼닮은 나를, 엄마대신 증오하기 시작한 걸지도 몰라. 나는 어떻게 사랑을 받아야 할지를 몰랐어. 나는 결국 내가 대단한 못난이인 것은 아닐까, 착각까지 하고 말았지 뭐야. 나 꽤나 미인형인데……."

"저, 뭐라고 위로를 해야 할 지……."

"위로랄 것까지야. 뭐, 이런 인생도 있는 거지."

여자는 입술 끝을 길게 해서 웃었다.

"아, 이제 다 와 간다. 저쪽으로 돌면 돼. 보면 너도 좋아할 거야."

언덕길 중턱, 아래로는 도시가 넓게 펼쳐져 있고, 길옆으로는 작은 숲이 우거져 있다.

"저기 공원 안 쪽으로 깊숙이 들어가면 말이야. 사람들이 잘 모르는 숲길이 하나 더 있거든? 거기에 누가 갖다놨는지, 탁자랑 의자까지 있어. 오늘은 날씨도 좋으니까, 정말 영화 같을 거야. 우거진 나무 사이로 들어오는 햇살이 얼마나 낭만적인지 아니?"

어쩜 이 여자는 이렇게 해맑게 웃을 수 있는지. 나도 여자의 하얀 이를 바라보며 따라 웃었다.

"어머. 얘, 너도 웃을 줄 아니?"

여자는 여전히 차가운 자신의 손으로 내 팔을 잡아당기며 물었다. 괜히 머쓱해진 나는,

"아직 멀었어요?"

하고 물었다.

"다 와 가. 저 언덕 끝."

여자가 손끝으로 가리킨 곳에는 커다란 나무들이 무성한 이파리를 흔들고 있었다. 우리는 더욱 속도를 내어 걷기 시작했다. 넓게 펼쳐진 공원을 지나니 과연, 여자의 말처럼 나무가 밀집된 곳에 탁자와 의자 네 개가 놓여 있었다.

"어때 마음에 드니? 불법 투기한 것인지 어쩐지는 잘 모르지만, 어쨌거나 나는 여기가 좋아."

"정말 이런 곳이 있네요?"

"어때? 나 따라온 것 후회하지 않지?"

"그럴리가요. 저는 아까부터 무척 흥미로웠는걸요. 도대체 이런 곳은 어떻게 알게 된 거에요? 도시 중심부의 숲이라……. 사실대로 말하자면, 그쪽이랑 숲은 별로 어울리는 것 같지 않은데……."

"응, 엄마를 여기에서 만났어. 그땐, 여기에 탁자가 있기 전이었지만. 나. 아버지한테 엄청 두들겨 맞았었거든. 두들겨 맞고, 두들겨 맞고, 또 두들겨 맞고. 점점 자라면서 나는 엄마와 더욱 닮아갔으니, 아빠는 그렇게라도 엄마에 대한 분노를 삭였던 것 같아. 그런 나를 불쌍하게 여긴 이모가 나를 엄마한테 데려다 줬어. 여기서, 나는 이모의 손에서 엄마의 손으로 건네어진 거야."

"이제 와서 하는 말이라야 뭐가 달라지겠냐마는, 그렇다면 이모님은 어머니의 행방을 다 알고 계셨으면서도 왜 그 쪽을 엄마에게 좀 더 일찍 데려다 주지 않았을까요?"

"그래봐야 소용이 없다는 걸 알고 있었는지도 모르지……."

여자는 의자에 아무렇게나 걸터앉더니 작은 애나멜 가방 속 에서 담배를 꺼내 들었다.

"잠깐 퍼도 되겠지?"

"싫다고 해도 필 작정 아니었나요?"

내가 가볍게 대꾸하자 여자는 후후 하고 웃었다.

"무엇이 차라리 나았던 걸까? 냉정의 눈빛과 갈망의 눈빛. 그 둘 사이에……. 있지. 나는 엄마의 손을 잡는 순간, 아, 나에게도 드디어 행운이 찾아왔구나 하고 생각했어. 그래서 나는 엄마의 손을 될 수 있는 대로 꼭 붙잡았어. 떨어지지 않으려고 말이야. 엄마는 어머, 다 큰 애가 왜 이래? 하고 퉁명스레 말했지만 그런 말 따위 아무래도 좋았어. 처음에는 정말 좋았어. 더 이상 아버지를 안 봐도 됐으니까. 더군다나 새아버지는 아버지와는 달리 꽤 상냥했거든. 그런데 그 상냥함이라는 것이 나로서는 좀 두려운 것이었어. 예를 들면 말이야, 새아버지는 내 발을 주물러 주시는 걸 좋아했는데, 애리는 발도 예쁘네? 하면서 양말을 벗기고 내 발을 혀로 핥아 주었어. 그건, 너무 과도한 친절 아니니? 나는 말이야, 새아버지가 내 발을 혀로 핥는 동안 고개를 들어 나를 바라봤던 그 끔찍했던 시선을 잊을 수가 없어. 마치 배고픈 짐승 같던, 나를 바라보던 그 갈망의 시선을."

여자는 얇은 담배를 흙바닥에 비벼 껐다. 그리고 턱을 괸 채로,

"자, 이번에는 어떤 말을 해줄래?"

하고 물었다.

"그래서 그 후로 양말을 계속 신고 있었던 거예요?"

나는, 어떤 말을 해야 할지, 도무지 떠오르지 않아서, 그저 생각나는 대로 여자에게 물었다.

"응, 될 수 있는 대로. 씻을 때 빼고는 항상 내 발에는 양말이 신겨져 있었어. 그 경험, 정말 소스라치도록, 내겐 충격적이었으니까. 더욱이 그 새아버지의 친절이라는 것이 점점 과해져만 가는 거야. 어느 날, 나는 뱀을 보고야 말았어."

"뱀…… 이요?"

"응."

"새아버지의 사타구니 아래에서 꿈틀대던 뱀."

여자는 턱을 괴었던 손을 탁자 아래로 내리며 말했다.

"버스에서 너희들을 봤을 때 왠지 운명처럼 느껴졌던 건 그 때문인지도 몰라. 뱀은 말이야, 파충류 중에서도 눈꺼풀도, 다리도, 귓구멍도 없이 가장 특수하게 진화된 생물이잖아. 어쩌면 말이야, 남자들의 그 부분은 네 친구의 말처럼 우리 뇌 내부의 파충류가 특수하게 진화되어 만들어진 부분일 지도 몰라. 맹혹한 독을 품은, 오로지 가지고 있는 거라곤 간사히 갈라진 두 갈래의 혀밖에 없는 뱀으로 말이야. 그 후론, 새아버지는 정말 뱀이라도 된 것같이 변하기 시작했어. 나는 밤이 무서웠어. 엄마가 집에 안 들어오는 날이면 더욱이. 그것보다도 더 무서웠던 게 뭔지 아니?"

여자의 얼굴은 처연한 발 같은 납빛이었다.

"뭐였죠?"

"새아버지의 친절함이 사라지는 거였어. 새아버지는 자신의 요구를 들어주지 않는 날이면, 마치 전 아버지처럼, 아니면 그 보다도 더욱 잔혹하게 대했어. 그런 때면 꼭, 어릴 때처럼 나는 또, 어떻게 사랑을 받아야 할지를 몰라 안절부절못하게 되는 거야. 나는 새아버지에게 억지로 안겨 있으며 이 남자를 죽여 버리겠다고 생각 했으면서도,

새아버지가 내 귀에 대고, 그래, 역시 애리는 예뻐, 하고 속삭여주면 나는 사랑을 받고 있구나, 하고 마음 한편으론, 안심이 되었어. 참 이상한 일이지?"

"이상할 것 없어요. 그건요. 제 친구 말처럼, 바다 년의 저주일 뿐이니까요."

나는 어울리지도 않게 용호 흉내를 내며 말했다. 이렇게라도 여자를 웃게 하고 싶었던 것이다.

"후후후, 네 친구 말을 빌자면, 그 년 참 고약하지. 내 뇌의 내부에는 파충류보다도 더 고약한 히드라 정도는 새겨 있을 거야."

"히드라요?"

"그래. 히드라 말이야. 머리 아홉 달린, 머리를 자르면 새로 두 개의 머리가 생긴다는 전설의 뱀. 나는 남자를 증오했으면서도, 새아버지가 나를 팔아 넘겼을 때, 그렇게 치를 떨어 놓고도, 간사한 두 갈래 혀로 내뱉는 입 발린 소리들에, 아, 나는 사랑 받고 있구나, 하고 생각해 버렸어. 하나의 머리를 자르면 새로 두 개의 머리가 생기는 뱀처럼, 잘라내고, 지워내도 그 마음들은 끝없이 자라나고 자라났어. 마치 히드라처럼."

여자는 손에 쥔 담배 갑을 열었다, 닫았다, 를 반복하고 있었다.

"그런데 이제 다 끝났어."

일순, 여자는 모든 동작을 멈추고 고개를 들어 나를 바라봤다. 무언가 확신에 가득 찬 표정을 하고서.

"네?"

나는 여자의 얼굴에서 빛 같은 걸 본 것 같았다.

"다 끝났다고."

"뭐가?"

"내가 말했잖아. 오늘 아침, 내 감정이 두 동강 나버렸다고."

여자가 웃는다. 그 여자의 웃는 얼굴 뒤로 섬광 같은 것이 환하게 비쳤다. 그 빛 사이로, 비가 후두둑 떨어진다.

여우비다.

여자는 여전히 웃고 있었다. 여자의 머리칼이 젖었다. 여자의 쇄골도 젖었다. 여자의 어깨를 드러낸 옷도 젖어 여자의 속살이 비쳤다.

우리는 도시의 숲 사이 오래된 탁자 위에 앉아있었다. 햇빛이 비쳤고 또 비가 내렸다. 젖은 여자가 나의 교복 넥타이를 끌어당겼다. 여자의 입술이 내 입술에 닿았다. 미끄덩한 살갗이 입술에 닿았다. 그리고……

뱀

　뱀

**　뱀**

"으아악!"

여우비는 그쳤고, 나는 내 입속의 달려든 이물감에 화들짝 놀라, 여자를 팽개치고 도시의 숲을 뛰쳐나왔다. 그리고 무작정 달렸다. 젖은 머리에서 물방울이 펼쳐졌다. 나는 아까의 일을 떨쳐 내려고 머리를 세차게 흔들었다. 어쩐지 나는 골목길의 헬레나의 영상까지 겹쳐 떠올랐다. 그리고 그날 밤은 예고라도 한 것처럼 많은 양의 비가 내렸다. 나는 침대에 누워 여자의 뺨을 다시 한 번 떠올렸다. 차갑고, 미끌미끌 하고 담배 냄새가 나던 뺨.

🐌 일곱 번째 헤라클레스의 칼

"얌마, 너 뭐냐 도대체 어떻게 된 거야?"

나는 학교에 오자마자 용호의 자리에 내 가방을 세 개 던지며 말했다.

어젯밤, 전화 안 받은 것도 괘씸해 죽겠는데 오늘은 학교까지 먼저 가버렸다.

"뭐가 어떻게 되긴?"

"어제, 전화 왜 안 받았는데?

"그, 그냥."

"그럼, 오늘 학교는? 왜 학교는 먼저 갔는데?"

"어? 미안하다."

평소의 용호라면 사내자식이 쪼잔 하긴! 새끼야 먼저 갈수도 있는 거지, 하고 호들갑을 떨며 내 머리를 부스스 해질 정도로 비벼놓을 텐데. 오늘따라, 용호자식이 좀 이상하다.

"너, 정말 왜 그래? 어제도 그 여자한테 인사 한 마디 없이 가버리고."

"그…… 그 여잔, 잘 들어갔고?"

"그 여자? 으…… 응."

나는 어제 저녁의 일이 떠올라서 말 꼬리를 흐렸다. 가만, 저녁? 저녁이라. 분명히 여자와 내가 가게를 나선 시간이 여섯 시가 넘은 시간이었는데, 어제 도시 숲은 왜 그리도 낮처럼 밝았던 거지? 내가 무언가 착각을 하고 있는 걸까?

"용호야, 어제 네가 집에 간 시간이 몇 시더라?"

"응? 그건 왜?"

"아니, 뭔가 좀 이상해서."

"그치! 뭔가 좀 이상하지!"

용호가 자신의 책상을 내리치며 말했다.

"역시! 뭔가, 뭔가가 이상했어."

용호는 자신의 검지와 엄지를 이용해 턱을 받치며 말했다.

"그러지 말고, 너 어제 집에 간 시간이 몇 시정도 되냐고."

"한 다섯 시 반쯤? 아이, 잘 몰라. 실은 어제 나."

"응. 너, 뭐?"

"막 떠들었잖냐."

"그래. 그게 네 특기잖냐."

"아니, 그게 아니라. 막 떠들다가 문득 그 여자 발을 봤는데……."

"하얬지?"

"아니, 그게 아니라……."

"하얀 정도가 아니라, 이상하다 싶을 정도로 창백하다고 말하려는 거지?"

"아니, 그게 아니라……."

"그럼 뭐?"

"발이……."

"아, 뭐? 뜸들이지 말고 시원히 좀 말해봐라."

"없었어."

"뭐? 발이? 푸하하하하하하하하."

용호가 여자에 대해 단단히 오해해 버린 모양이었다. 그래. 그런 거였군. 어제, 용호 녀석, 그 여자 발이 없다고 생각되니 무서워서 그렇게 급히 도망쳐 버렸던 거였다.

"야, 이 의리 없는 자식아. 그렇다고 겁먹어서 친구한테 한마디 말없이 저 혼자만 살겠다고 내뺐냐? 발이 없긴 이 자식아. 내가 어제 이 두 눈으로 똑똑히 봤는데. 겁 많은 자식 하고는!"

"그 여자, 어디서 많이 본 것 같지 않던?"

"응. 그런 감이 조금 있긴 있었지만, 뭐 요새 여자 얼굴이 다 그렇고 그렇지 뭐."

"있잖냐. 내가 어제……."

"야, 수학 선생님 오신다."

용호가 무슨 말을 꺼내려던 찰라, 수학 선생님이 들어오셨다. 나는 입 모양으로,

"야, 쪽지에 써서 보내."

라고 말했다. 용호는 주섬주섬 책상 서랍에서 연습장을 꺼내어, 무언가를 적어 내려가기 시작했다.

너 그거 아냐? 용산 소녀 실종사건.

어제 뉴스에 그 소녀 사진이 떴는데, 사진에 그 여자가 있었어.

그 커트 머리! 어제 그 여자 말이야.

뉴스에서 하는 말이, 여 소녀의 행방불명이 성매매와 관련 지하 조직과 연루 될 가능성이 높대.

어쩐지, 그 여자 얼굴이 익숙하다 싶었는데.

너 그거 가지고 있냐? 내가 엊그제 점심때 준 것 말이야. 한번 꺼내봐!

나는 용호의 쪽지를 받자마자 교복 오른쪽 주머니를 뒤적거려 보았다. 오른손에 들려 나온 전단지에는 여대생 항시 대기라는 자극적인 문구와 함께, 유방이 젖소만한 아낙이 보였다. 사진 속 여자는 커트머리를 하고 있었다. 그러니까…… 내 말은, 익숙한 커트머리였다. 그러니까, 이 여자가, 어제 그 여자?

"아니, 요 녀석이!"

그때, 내 눈앞에 별안간 별이 꽁 하고 떨어졌다. 교실을 돌아보던 수학 선생님께 쪽지와 전단지를 걸리고 만 것이다.

"이 자식 들이 하라는 공부는 안하고, 이 쪽지 보낸 녀석은 누구야?"

수학 선생님은 쪽지를 대강 읽어 보시더니 왼손으로 바짝 구겨 버렸다.

"누구냐니까?"

수학 선생님은 오른손으로 몽둥이를 드높이며 소리쳤다.

"죄, 죄송합니다."

용호가 어깨를 바짝 움츠려 트리며 말했다.

"둘 다 교실 밖에 나가서, 무릎 꿇고 손들고 있어!"

"죄송합니다."

우리는 합창하듯이 소리치며 후다닥 교실 밖으로 나갔다.

수학 선생님은 창문 밖으로 우리를 내려 보며 입 모양으로 똑바로 해, 하고 겁을 주셨다.

"야, 정말이야?"

나는 번쩍 든 팔에 고개를 기대어 용호에게 물었다.

"응, 그렇다니까."

"그 여자 이름이 뭔데?"

나는 여자의 이야기 대부분을 기억하고 있었다.

"차, 뭐였더라? 차……."

"애리?"

"응! 차애리! 너 인마 그걸 어떻게 알아?"

차애리, 어제 그 여자는 새아버지가 자신을 애리라고 불렀다고 말했었다.

"그 여자랑 어디서 헤어졌어?"

"몰라. 인마."

"왜 몰라? 지금 뉴스며, 경찰이며 그 여자 찾고 난리가 났는데."

"그게 있지, 나도 어제 좀 이상하긴 했어. 여자를 따라서 공원에 갔었는데……."

"어디 공원?"

"왜, 저쪽에 우리 학교에서 좀 떨어진 곳에 있는 공원 있잖아. 새벽 공원인가? 거기."

"아, 언덕 더 올라서 있는?"

"응. 거기를 여자 따라서 갔었는데……."

"인마, 거기까지는 왜 갔는데?"

"이 자식아, 네가 말없이 가는 바람에! 몰라. 하여튼 그렇게 됐어."

"그런데?"

"그러니까, 모르겠어. 아, 몰라. 몰라. 그냥 우리 둘이 그 숲에 있다 가 내가 뛰쳐나와 버렸어."

나는 그 여자와 입맞춤을 했다는 얘기를 하려다가 쑥스러워서 말을 흘려버렸다. 더욱이, 키스를 하려던 여자에게 놀라서 도망쳐 버렸다는 걸 용호가 알게 되는 날이면, 음. 상상만으로도 끔찍하다.

"우리 거기 한번 가보자."

"왜?"

"인마, 사람이 실종되었다잖냐."

"얼씨구, 어제 무서워서 도망친 사람은 어디로 갔을까?"

"여하튼 꼭 가봐야 할 것 같아. 이건 아이리스의 저주야. 바다의 저 주이자."

사실 나도 그 여자를 그 숲에 혼자 두고 내려온 것이 못내 찜찜했 다. 더군다나 실종이라니.

어제 해맑게 웃던 그 여자의 얼굴이 떠오른다. 그 여자…… 되게 예 뻤는데.

"야, 이 근처 맞아?"

"응. 여기 언덕 더 오르면 돼. 저기 나무 보이지?"

용호와 학교가 끝나자마자 부리나케 학교를 빠져 나왔다. 어제 그 여자와 함께 걸었던 길을 되짚어 가면서 용호와 함께 도시 숲을 향했다. 이곳에서 여자는 내게 저 나무를 손가락으로 짚으며, '다 와 가. 저 언덕 끝.' 하고 말했었는데.

"거기에 정말 탁자가 있었어?"

"그렇다니까."

마침내 새벽공원 안으로 들어섰다. 햇볕이 뜨거운 공기를 뿜어내며 넓은 공원 광장을 달구고 있었다. 공원에서는 사람들이 책을 읽고, 강아지와 뛰어 놀고 있다. 우리는 넓은 공원의 광장을 거쳐 나무가 우거진 본격적인 숲을 향해 걸어 나갔다.

"바로 여기야."

가까이 가지 않으면 잘 보이지도 않는 구석진 곳에 거대한 문처럼 뿌리 내린 두 그루의 장송이 서 있었다, 어제 그 여자와 내가 함께 비를 맞았던 그곳.

"에게게. 이게 뭐야?"

용호는 그곳을 둘러보며, 실망한 얼굴로 말했다. 그도 그럴 것이 어찌 된 일인지 어제의 탁자는 온 데 간 데 없이 사라져 버렸고, 파랗게 우거져 있던 나무들은 어제의 위용과 달리 아흔 살 먹은 노인의 주름처럼 볼품없이 쪼그라들어 있었다.

"뭐냐. 엄청 근사하다며?"

"그, 그러게. 이상하다?"

"쳇. 너나 나나 꿈꾼 게 아닐까?"

용호는 교복 바지 주머니에 손을 넣고 흙바닥에 발을 탕탕 굴렀다. 용호의 발 아래로, 물기 어린 흙이 분수처럼 흩어졌다.

'어제 일, 용호 말처럼 정말 꿈이었을까?'

나는 하릴없이 발을 퉁퉁 거리는 용호를 물끄러미 바라보고 있었다. 그때, 용호의 발밑으로 무언가 하얀 물체가 솟아오르는 것이 보였다.

"어. 용호야, 잠깐만."

"응? 왜?"

"네 발 밑에, 뭔가, 뭔가가 있는 것 같은데?"

"내 발 밑?"

용호가 인상을 찌그러트리며 자신의 발아래를 내려다보았다.

"으아악, 발! 사람 발이 있어!"

우리는 소스라치게 놀라, 도시의 숲을 뛰쳐나왔다. 하도 정신이 없이 뛰는 바람에 우리가 어디로 달리고 있는지도 몰랐다. 한 걸음을 내딛을 때마다 심장도 덜컹 덜컹 내려앉는 것 같았다. 우리의 등이며 이마는 식은땀으로 흥건히 젖어 있었다. 마침내, 달리기를 멈추었을 때. 우리가 서있는 곳은 다시 학교였다.

"헉…… 헉…… 야, 괜찮냐?"

"응. 너는?"

"응. 난 아직도 다리가 후들거려. 우리, 사람 발 본 거 맞지?"

"응. 그런 것 같아."

"어떻게 해야 하지?"

"선생님한테 말하자. 경찰에 직접 신고하는 것보다는 그 편이 나을 것 같아."

우리는 손을 잡고 학교로 들어갔다. 담임선생님은 다행히 아직 학교에 계셨다. 교무실에 들어선 우리가 담임선생님께 자초지종을 설명하자, 선생님은 우리에게 배짱이 두둑하다며 칭찬을 해 주었다. 그리고 경찰에 신고하는 건 선생님께 맡기라고 말씀하셨다.

며칠 뒤 뉴스

지난 15일 실종되었던 차양이 숨진 채 발견되었습니다. 검찰의 조사에 따라 범인은 차양의 의붓 부친인 양씨로 드러났습니다. 검찰은 차양의 발 부분을 절단 하는 등, 양씨의 살해수법이 독특한 관계로 양씨의 정신질환 여부를 확인키로 결정하였습니다. 자세한 소식, 이 기자가 전합니다.

뉴스를 보는 동안, 나는 울었다. 이제 다 끝났어, 하며 웃던 그 예쁜 모습이 생각나서 울었다. 그냥, 전부다 미안해서 울었다. 생각해 보니 발을 빤히 쳐다보았던 것도 미안했다. 그렇게 도망쳐 버린 것도 미안했다. '그쪽'이라고 불렀던 것도 미안했다. 가슴이 불룩했던, 잘 웃던, 그 여자가 죽었다. 그리고 그 여자의 히드라도 죽었다.

🐦 마지막 새

"야, 뭐하냐? 나와라."

시간은 곧게 달려 지상에서 가장 뜨거웠던 8월이 천천히 식어가고 있었다.

"왜, 뭐하러?"

"인마, 한 달 내내 이 형님께 얼굴도 한 번 안 비쳐 놓고 이러기냐 정말?"

"쳇, 한 달 내내 안본 것 좋아한다. 네가 매일 우리 집으로 전화를 걸어서 안 본 것 같지도 않다."

"걱정되니까 그렇지. 어떻게 된 애가 한 달 내내 방 안에만 처박혀 있을 수가 있냐?"

"너네 집에 시계가족이나 좀 걱정해줘라. 약은 꼬박꼬박 챙겨 넣어 주고 있는 거냐?"

"그러지 말고 나와. 너 정말 그러다가 병난다."

그 일이 있은 후로, 나는 방학 내내 상어를 키울 때처럼 방 안에만 처박혀서 파충류에 관련된 책만 읽고 있었다. 어떤 날은 한 장도 못 읽고 그저 멍하게 누워 잡념의 사해를 떠다니기도 했고, 어떤 날은 백과사전의 모퉁이의 도마뱀 그림을 연습장에 따라 그리기도 했다.

그러다가 그것도 지루해지면, 몰래 사다놓은 (그 여자가 피웠던 것과 같은) 담배를 꺼내 피워 보기도 했다. 그러면 꼭, 그 비, 여자의 차가웠던 입술, 씁쓸했던 담배 맛이 하나의 이미지가 되어, 그때의 낡고 아름다운 탁자가 되어, 나와 그 여자를 그곳에 다시 있게 해주는 것 같았다.

그러다가는 엄마의 성화에 못 이겨 바깥에 나가기도 했는데, 그럴 때는 새벽 공원을 걸어, 그 광장을 거쳐, 커다란 나무 관문을 지나 여자에게로 갔다. 여자도, 여자의 시체도, 낡은 탁자도, 아무것도 그곳에는 없었지만 나는 그녀의 발이 묻혀 있던 곳에 담배 하나를 꽂아 주고 불을 붙여 주었다. 그리고 앉아서,

"안아주지 않아도, 애리는 예뻐요."

하고 말해 주었다. 그 여잔 정말 예뻤다. 안아주지 않아도, 키스해 주지 않아도 말이다.

"얌마, 이제 그만 하면 됐다. 내가 재밌는 것 보여줄게 나와라. 너랑 안노니까 심심해 죽겠다."

오늘따라 용호는 나를 더욱 보챈다.

"모르겠어."

"너 인마, 이거 안보면 후회한다. 이런 거 나니까 너, 보여 주고 그러는 거야."

"뭔데?"

"왕가슴 11호. 미국판 직수입. 낄낄."

"왕가슴 11호?"

"그렇다니까. 나올 거야 말 거야, 응?"

왕가슴 11호라, 문득 지난 10호의 입술이 관능적이었던 노란 머리 표지 아낙이 떠오른다.

나는, 조금 고민을 하다가 대답을 한다.

"너…… 어딘데?"

"얌마, 너 못 보는 사이에 되게 컸다? 나보다 한 뼘이나 더 크잖아?"

"그러냐? 집에만 있어서 잘 몰랐는데."

"다리털은? 설마, 다리털까지 자라나기 시작한 건 아니겠지? 아. 다리털은 나만의 자랑이었는데."

오랜만에 만난 용호가 만나자 마자 내 장다리를 들어 바지부터 걷어 부친다.

"히익! 다…… 다리털!"

용호는 자라난 내 다리털을 확인하고는 입에 거품을 물고 쓰러졌다. 어쩌냐, 용호야? 이제 내가 너보다 한 뼘이나 더 커서 말이다.

육지생활에 완벽하게 적응한 최초의 동물 새는 엄연히 파충류 과에 속한다.

파충류강의 공룡목.

열네 살, 나의 미숙한 파충류의 뇌는 뜨거운 여름과 함께 그렇게 날개가 돋아나고 있었다.

🐾 최후의 에피소드

내 이름은 이소백. 부모님이 연애시절 속리산에 단풍놀이를 갔다가 나를 가졌다. 엄마는 그것을 기념하여 내 이름을 소백으로 지었다. 나는 지금 내 인생의 매우 중요한 터닝 포인트를 맞이했다. 그래. 이 한 발자국, 이 한 발자국이 나를 또 다른 세계로 이끌어 줄 것이 분명했다. 나는 자꾸 망설여졌다. 아까부터 친구는 자꾸 내 소매를 잡아끌었다. 잠깐만 성찬아. 나는 아직 준비가 안 된 것 같아. 나는 눈을 감고 나의 인생을 되짚어 본다.

나는, 누구인가.

엄마는 내 태몽으로 말 꿈을 꾸었다고 했다. 새 하얀 드레스를 입고 너른 벌판 위에 한가로이 누워있는데 근육이 단단한, 잘생긴 말 한 마리가 엄마를 향해 달려와서 엄마는 엉겁결에 그 말을 집어 삼켰더랬다. 꿈 해몽 같은 걸 많이 믿는 편은 아니었지만, 말 꿈을 가진 아이는 인생이 평탄하고 인성이 순하다는 해몽을 좋아하기는 했다. 엄마의 꿈 덕분인지 나는 그럭저럭 윤택한 삶을 살아왔다.

엄마 말에 의하면, 어릴 때부터 나는 단 한 번도 반항을 하지 않는 착한 아이였단다. 더구나 정의롭기까지 해서 여자아이들을 괴롭히는 짓궂은 녀석들은 나서서 응징을 해줬더랬다. 덕분에 십 몇 년 간 나를 쫓아다니는 여자아이도 있었다.

그 이름 용화.

유치원 때의 일이었다. 유치원에 나보다 한 살 어린 용화라는 여자아이가 있었다. 그 아이는 괴팍한 구석이 있어서 아이들과 잘 어울리지 못했다. 용화는 어린이임에도 불구하고 같은 어린이인 내가 봐도 귀엽지 않다는 생각이 들었다. 독불장군 같던 그 아이는 유치원 놀이터의 미끄럼틀 위를 점령하고는 조금이라도 자신의 영역을 침범하려는 아이가 있으면 서슴없이 주머니에 담아둔 모래를 뿌려댔다. 양 볼은 사탕 두 개를 문 것만큼 두둑해서 아이들이 다가올라 치면,

"까불지 마!"

를 연발했다. 그 아이의 행패는 비단 또래 아이들에게로만 향하는 것은 아니었다. 어느 날엔가 용화는 자신과 싸움이 붙은 아이를 떼어놓으려는 선생님을 물어뜯어 버린 적도 있었다. 그 바람에 용화는 결

국 선생님으로부터의 신망까지 져버렸다. 용화가 친구들 사이에서 소위 왕따가 되어 버린 이유는 따로 있었는데, 용화가 아이들을 괴롭히려고 작정하고 화장실 중앙에 똥을 싸버린 사건 때문이었다. 그러나 나는 그것이 사실이 아니라는 것을 알고 있었다. 사건의 진실은 다음과 같다.

용화가 실수를 해 버린 날, 나는 다른 칸 화장실에서 문을 닫고 팬티를 빨고 있었다. 일을 보다가 그만 팬티에 실례를 해 버린 것이었다. 어려서부터 자존심이 강했던 나는 수치스러운 일을 누구에게도 들키고 싶지 않았다. 그래서 생각해 낸 것이 바로 빨래였다. 내가 그 고사리 손으로 빨래를 하고 있을 때, 문 바깥으로 누군가가 급히 들어오는 소리가 들렸다.

"똑똑. 누구있쬬?"

용화였다. 용화는 내 쪽 칸막이를 먼저 두드렸다. 나는 창피해서 모른 척 시치미를 똑 떼고 있었다. 용화는 많이 급했던지 바로 다음 칸 칸막이의 문을 두드렸다.

"똑똑. 누구있쬬?"

"용화니?"

저편에서 장미의 목소리가 들려왔다. 또래유치원의 퀸카 장미.

"응. 문 좀 열어봐."

용화는 문을 두드리며 장미에게 말했다.

"호호, 너 급한 모양이로구나? 안 돼. 너 저번에 나한테 두 번이나 모래 뿌렸잖니."

나는 어둠속에서 몰래 둘의 대화를 엿듣고 있었다.

"열어. 나 쌀 것 같아. 안 열면 너한테 모래 또 뿌릴꼬야!"

"뿌려봐! 뿌려봐!"

장미는 화장실 안에 있었으니 두려울 것이 없었다.

"열…… 어, 끙!"

용화는 더 이상 참을 수 없었는지 힘겨운 목소리로 말했다. 이윽고 무언가 폭발하는 굉음과 함께 고약한 냄새가 퍼져왔다.

뿌지지직.

나는 문 틈새로 정세를 살폈다. 용화가 울상을 해서 화장실 바닥에 앉아있었다. 노랗게 얼룩진 엉덩이를 하고.

"어머머, 얘 너 똥 쌌니?"

장미는 칸막이 문을 열고는 얼굴만 빠꼼 내밀어 상황을 살폈다. 화가 난 용화는 씩씩거리며 장미에게로 달려갔다. 겁이 난 장미는 얼른 칸막이 문을 닫았다. 용화는 분하다는 듯이 장미가 있는 화장실 칸막이를 쾅쾅 치고는 그 자리에 서서 곰곰이 무언가를 생각했다.

입술을 앙 다문 그녀는 바지를 내리고 팬티를 벗었다. 아래로 노란 덩어리들이 적나라하게 제 몸뚱이를 드러냈다. 용화는 바지만 다시 입고 분주하게 화장실 구석의 청소도구함으로 다가가 파란색 바가지를 집어 들었다.

자신의 팬티와 바가지를 번갈아 보며 골똘히 생각에 잠겨있던 용화는, 그 짧은 다리로 아장아장 걸어가 파란색 바가지에 물을 한 바가지 담아서 팬티 위에 뿌렸다. 아마도 용화는 똥을 치워 버려야겠다고 생각했던 것이리라.

그러나 상황은 안타깝게도 그냥 악화되어버렸다. 똥 덩어리들이 치워지기는커녕 사방팔방으로 흩어져버렸다. 냄새는 고약했고, 엎친 데 덮친 격으로 아이들이 화장실에 몰려들어와 용화는 바가지를 들고 야구선수가 스윙할 때 폼 그대로 목격되고 말았다.

그 사건 이후로 아이들은 용화를 똥돼지라고 불렀다. 그리고 똥돼지는 아이들의 놀림과 함께 더욱더 폭군이 되어갔다. 나는 그런 용화에게 조금 미안한 마음이 들었다. 그때 내가 자존심만 조금 굽혔더라면 용화에게 그런 치욕적인 별명이 생기지는 않았을 지도 모른다. 나는 상황을 봐서 언제든 나의 빚을 갚으리라고 다짐했다.

그러던 어느 날, 용화는 재용이라는 남자아이와 또 싸움이 붙고야 말았다. 재용이는 장미를 좋아하던 남자애였는데, 똥 사건 이후 장미를 더욱 심하게 괴롭혀 오던 용화를 응징해 주고 싶었던 모양이었다.

그러나 내가 봤을 때 어디까지나 피해자는 용화라는 생각이 들었다. 장미야말로 아이들을 교묘히 주도해서 용화를 따돌리고 있던 것이다. 아이들의 세계는 정확하게 말하자면 어른들의 축소판이었다. 용화와 몸싸움이 붙은 재용이는 이를 악물고 용화에게 덤벼들었다.

하지만 방년 6세, 37킬로그램의 용화를 혼자서 이겨 내기란 쉬운 일이 아니었다. 겁이 난 장미는 아이들을 선동해서 용화를 공격하기 시작했다. 유치원교실은 이내 아수라장이 되어 버렸고, 용화는 아이들에게 둘러싸여 힘겨운 싸움을 벌이고 있었다. 나는 가만 두고 볼 수가 없었다. 부당하지 않은 상황이었다. 더구나 나는 용화에게 빚진 것이 있지 않던가.

"우아아아아아아!"

나는 괴성을 질러대며 아이들 틈바구니에 들어섰다. 내 행동에 깜짝 놀란 아이들은 동작을 멈추고 나를 바라봤다.

"못 됐써. 이런 건 옳지 않아!"

별 수 없는 아이들의 말투였지만 나는 포효하는 사자처럼 그랬다.

"으헝헝엉~ 엄마~"

내가 용화를 거들자 용화는 끝내 꾸역꾸역 참아내던 울음을 터뜨리고 말았다. 용화는 그 날 이후로 조금 달라졌다. 안 입던 원피스를 입고 오질 않나 그 짧은 머리를 구태여 묶고 오기도 했다. 내 눈엔 용화는 꼭 남자가 괴상한 여자 옷을 빌려 입은 것 같이 보였지만.

밸런타인데이, 유치원에서는 작은 행사가 열렸다. 나는 그제야 용화가 변해 버린 이유를 알았다. 짝을 지어서 춤을 추는 행사에서 용화가 나에게 뽀뽀를 해 버리고 만 것이다. 나는 쪽 팔리게 그 자리에서 울어버렸다. 울면서 나는 여자는 무서운 동물이라고 생각했다. 그렇게 용화는 내 인생의 기억에 없어서는 안 되는 요주의 인물이 되었다.

나는 규칙적인 생활과 정해진 할 일이 있는 것이 좋았다. 공부를 좋아했던 나는 자연스레 가족의 희망으로 자라났다. 정의로운 판사가 되기 위해 나는 부지런히 공부를 해 나갔다. 공부의 정직한 면이 좋았다. 노력만큼 대가가 주어지는 것이 세상에 또 얼마나 있을까. 온순한 성품의 나는 사춘기 역시 미온적게 보냈다. 용화 덕분이었는지 여자에게도 별다른 관심이 생기지 않았다.

용화는 초등학교, 중학교를 거쳐 계속 나를 좋아했다. 내 생일, 크리스마스, 밸런타인데이 때에는 한 해도 거르지 않고 내게 선물을 안겨 줬다. 그렇다고 내게 다짜고짜 사귀자고 한다거나 좋아한다고 고백을 해 왔던 것도 아니었다. 나는 부담스러운 마음에 선물을 사양했었는데, 그녀는 어떤 방법으로든 선물을 내게 주고 가 버렸다. 나는 그게 또 미안해서, 보답으로 아끼는 책이나 필기구 등을 주기도 했었다.

용화의 사춘기는 열일곱 살에 찾아왔다. 그녀의 얼굴에는 여드름이 피어났고, 말 수는 점점 줄어들었다. 그해, 용화는 밸런타인데이에도, 내 생일에도 나를 찾아오지 않았다. 그녀가 궁금했다. 그녀의 집에도 가볼까 했지만, 오해받기가 싫었다. 그러던 어느 날 용화에게서 전화가 왔다.

"여보세요. 오빠?"

"어. 용화야. 무슨 일 있니? 왜 이렇게 연락이 안 돼."

"무슨 일은요. 아무 일도 없어요. 저, 오빠 오늘 시간 돼요?"

오래간만의 통화에도 아무렇지 않은 듯한 용화의 목소리를 들으니 안심이 됐다.

"시간? 저녁때까지만 들어오면 돼. 밤에는 과외 수업이 있거든."

우리가 만나기로 한 패스트푸드 점.

용화는 하얀색 교복 상의를 입고 있었고, 날씨 때문에 양 겨드랑이는 땀으로 얼룩지어져 있었다.

"잘 지냈죠?"

용화는 두툼하게 살 오른손으로 소다를 쥐면서 말했다.

"응. 요새 무슨 일 있었니? 학교가 힘들어?"

"아니요."

용화는 벌어진 두 개의 앞니를 훤히 보이면서 웃었다.

"오빠한테 할 말이 있어서 보자고 한 거예요."

용화는 매쉬드 포테이토를 포크로 꾹 꾹 쑤시고 있었다. 나는 그때, 어쩐지 원하지 않는 상황이 벌어질 것만 같은 예감이 들었다.

"뭐, 뭔데?"

눈을 마주 치기가 거북해 조용히 고개를 숙인 내 앞으로 용화의 거대한 종아리가 나타났다. 용화는 긴장한 탓인지 테이블 아래로 계속해서 다리를 떨고 있었다. 팔랑팔랑 하면서 그녀의 플레어스커트가 나부낄 때마다 그녀의 어두운 속살이 보였다. 민망해진 나는 고개를 다른 쪽으로 돌렸다.

"저, 오빠 제가 정말 오랫동안 생각해 봤는데요."

용화는 여전히 시선을 소다에 고정한 채 말을 이었다.

"응."

마음이 초조해졌다.

"저, 오빠 좋아해요. 그거 알고 있었죠?"

"응……. 그랬던 것 같아."

대답을 하면서 왠지 용화에게 미안했다.

"저는요. 오빠가 좋았어요. 만날 미움만 받다가 그렇게 누군가에게 도움을 받거나 하는 일은 처음이었거든요. 어린 나이였지만 그게 참 인상적이었나 봐요. 저 오빠한테 바랐던 거 없어요. 제 마음 알아달라고 오빠한테 그랬던 것도 아니고요. 그런데 제가 요새 조금 이상해요. 오빠를 좋아하는 마음이 갑자기 더 커져 버린 것 같아요. 며칠 전에는 오빠 생각을 하면서 밤새 울었던 적도 있답니다."

용화는 씁쓸한 표정을 짓고 있었다.

"알아요. 저, 너무 너무 못 났다는 거, 오빠한테 이렇게 해서도 안 된다는 걸요. 그런데 자꾸 주체 할 수 없을 만큼 오빠에 대한 마음이 커져가요. 만나고 싶고 보고 싶고 그래요. 나도 모르겠어요. 내가 왜 이러는지. 그래서 이렇게 말하려고 나왔어요. 제가 너무 너무 부족하다는 거 알고 있지만…… 내 마음 받아 줄래요?"

용화의 얼굴이 사과처럼 빨개져 있었다. 그렇지만 그 당시의 나로선 굳이 용화여서가 아니라 그저 누구와도 사귀고 싶은 마음이 없었다.

"저, 용화야……."

나는 간신히 그녀의 이름을 되불렀다. 어떻게, 말을 해야 할까.

"저도…… 알아요. 으형엉."

용화는 내가 미처 대답을 하기도 전에 눈물을 터뜨리고 말았다.

"알아요. 오빠가 무슨 말하려는지. 잘 아는데, 그게 너무 슬프네요. 그냥, 그냥 이렇게 말이라도 해 보지 않으면 후회가 될 것 같았어요. 오빠 바쁘신데 죄송해요. 저 먼저 가 볼게요."

그날, 패스트푸드 점에서는 아이리스의 노래가 흘러나오고 있었다. 그렇게 나는 용화의 두 번째 눈물을 보았다.

비단 용화 사건뿐 아니라, 생각해 보면 나는 사랑을 주는 법을 잘 몰랐던 것 같다. 받는 데만 익숙해져버린 나머지.

부모님은 나를 전적으로 지원해 주신 편이었다. 없는 형편에 아버지는 나만은 꼭 일류대에 보내겠다며 과외선생님을 구해 주셨다. 다른 것은 괜찮았는데 영어가 문제였다.

하루에 20시간 공부. 아침, 점심, 저녁 식사는 도합 30분에 끝낸다. 쉬는 시간에 친구 녀석들과 잡담금지. 물은 식사 시간에만 마신다.

물 비우러 화장실 들르는 시간조차 아깝다.
당시, 나의 상황은 꽤 절박했다.

그 해 여름 내내 나는 영어만 공부했지만, 소용이 없었다. '1등급', 나에겐 영어 1등급이 필요했다. 학교에서는 당연히 전교 1등이었지만 전국의 모든 전교 1등이 일류대에 진학하라는 법은 없었다. 나는 안달이 나 있었다. 목적이 흔들리는 것이 싫었다. 그것은 노력한 만큼 성과를 거두지 못하는 것과도 같은 맥락이었다.

나는 영어 1등급으로 며칠을 앓게 되었다. 어쩌면 평범한 사람으로서는 이해가 안 될 수도 있는 일이라고, 내 자신도 생각하고 있다. 하지만 나에게 공부란 연애 같은 것이었다. 따분한 변명 같은 진실로, 나는 내 자신에게 실망하고야 말았다. 사랑하는 여인을 그리워하는 마음, 내 마음이 딱 그랬다. 그 일로 나는 엄마와 아빠, 그리고 창피하지만 내 동생까지. 전 가족의 염려를 사버렸다.

결국 나의 1등급 소망은 내 동생의 학원과 맞바꾸어 이루어졌다. 가족에게 미안했다. 특히 내 동생에게는 더욱 그랬다. 그러나 그 마음 어느 한 구석엔가, 과외를 할 수 있어서 다행이라는 비겁한 마음이 들기도 했다. 나는 사랑받아 마땅한 사람이니까.

그 몇 해 전이던가, 고모가 우리 집에 고양이를 맡겼던 적이 있었다. 이름이 뭐더라. 나는 그 고양이의 이름조차 기억하지 못 할 정도로, 그 고양이에게 애정을 주지 못했다. 그럼에도 불구하고 그 고양이는 나를 몹시 따랐었다.

저 멀리 검은 땅 아프리카에서 이곳 한국까지 5000년을 거쳐 이동해온 이 작고 오만한 생물은 내 무릎에 누워서 잠을 자는 것을 좋아했다. 내가 침대에 누워있을라치면 겨드랑이 폭으로 끼어들어 자는 모습이 귀여운 느낌이 들기도 했다.

그러나 고양이의 발정기가 돌아오고 모든 것은 변했다. 발정 난 고양이를 겪어 본 사람은 알 것이다. 그것이 얼마나 괴로운 일인지. 특히나 나같이 고양이에게 애정이 없는 사람에게는 더욱이. 어떤 날인가, 그 발정 난 고양이가 공부를 하고 있던 내 앞에 엉덩이를 들이밀고는 제 분비물을 나에게 질러버린 적도 있었다. 뿐만 아니라 어느 날은 내 방 곳곳을 돌아다니며 침대, 의자, 방바닥을 온통 투명하고 지독한 악취를 풍기는 분비물로 적셔놓는 날도 있었다. 내가 아끼는 수학의 정석까지!

예의와 정의를 사랑하는 내게, 그것도, 『수학의 정석』에! 오줌을 지르다니!

"이 예의 없는 녀석! 내 방에서 썩 나가!"

나는 머리끝까지 화가 났고, 발로 차다시피 해서 고양이를 방 밖으로 밀어냈다. 세상에 섹스를 못해서 저렇게 난동을 부릴 수 있다니. 방 밖으로 쫓겨난 뒤에도 고양이는 한참동안 가르릉 대며 내 방문을 긁어댔다. 그때 나는 고양이의 생에서 섹스가 얼마나 괴로우면서도 중요한 일인지 도무지 알지 못했다. 그 일이 있은 후로 나는 고양이를 내 방에 얼씬도 못하게 했다. 처음에는 방문을 긁고, 울고 난동을 부리더니 고양이는 차츰 바깥으로 그 흥미를 돌려갔다. 그 즈음 어쨌거나 그것은 이미 나의 관심 밖의 일이 돼버렸다.

그 고양이의 생애는 참으로 묘해서, 결국은 자살로 마무리했다. 실은, 고양이의 죽음 역시, 용화를 지켜보던 그날과 같은 비겁을 범했다.

깊은 밤, 나는 방문 밖으로 죽어가는 고양이 울음소리를 들었었다. 말하자면, 동생 태백이가 고양이를 괴롭히고 있는 걸 알고 있었다는 뜻이다. 그러나 나가 보지 않았다. 관심 밖의 일이었다. 나는 사랑 받아야 할, 보호돼야 할 사람이었다. 보호하는 일은 내 몫이 아니라고 생각했다.

중세시대 유럽에는 고양이가 차고 넘치게 많았다고 한다. 장사가 안 되는 날 생선가게 주인이 재미삼아 생선 대신 고양이 목을 댕겅 잘라 내도 좋았을 만큼. 그때부터 고양이의 숙명은 시작돼 버린 걸까?

상처를 받아보지 않은 사람이 오히려 남에게 상처를 더 잘 준다. 아마, 상처를 받아보지 않아서 그 아픔이 얼마나 큰지 알지 못하기 때문일 것이다.

나는 그 후에 발생한 일이 있기 전까지 고양이의 고통을 잘 알지 못했다. 누군가를, 무언가를 이해하기 위해서는 시간과 경험이 필요하다는 걸 깨닫게 된 것은 그보다 더 먼 후일의 일이었다. 이제야 고양이의 아픔을 이해할 만큼 나는 더디게 성장했다.

고양이는 우리가 가지고 있는 편견과 달리, 피해자인 경우가 더 많다는 것을 알게 된 것도 최근의 일이다. 그 흔해 빠진 '톰과 제리' 예를 들지 않고 서라도 쥐의 간악한 계략으로 인해 12간지에 포함되지 못한 비화라든가, 고양이를 숭배하던 토속신앙이 천주교에 밀려버리면서 시작된 고양이 박해 축제인 벨기에의 고양이 축제만 해도 그렇다.

사랑을 받아 보기만 한 자는 사랑을 주기에 서툴렀다. 어떤 고양이의 처절한 죽음도 동정하지 못할 만큼.

미안, 고양이. 너의 섹스의 괴로움까지 사랑해 주지 못해서.

고양이가 죽고, 용화가 고백을 하고, 나는 대학생이 됐다.
꽃샘추위,
곧 봄이 올 기세였다.
나는 군불을 지핀 온돌방에 배를 깔고 누워서 사과 푸딩-엄마의 요리(엄마는 지난 해 서양식 요리에 푹 빠져 있었다.)을 먹고 있었다. 나의 처지는 그야말로 기세등등이었달까.
나는 일류대에 합격 했다. 동생의 미래와 맞바꾼 과외 덕 인지는 몰라도. 그해 늦은 겨울, 나는 그야말로 신세 좋게 뜨끈한 방 안에 누워서 봄이 오기만을 기다리고 있었다.
한 차례 한파가 지나고 이례적으로 쌓인 봄눈으로, 기분 좋은 예감과 함께 봄이 찾아왔다. 수강 신청이니, 신입생 환영회라느니, 생소한 것들로 느닷없는 3월이 지나고, 역시, 아침이나 저녁으로는 쌀쌀했지만 반팔 차림을 할 수 있는 4월이 돌아왔다.

캠퍼스는 군자란이며 등나무가 피어서 대형 식물원 같은 분위기를 내고 있었다. 나는 연못 앞 벤치에 앉아 느긋한 오후를 즐기며 샌드위치를 먹고 있었다.

"어? 오리에 눈이 없네?"

샌드위치를 반쯤 먹었을까, 옆 벤치에 앉아있던 여자가 그런 말을 꺼냈다.

"설마요."
나도 모르게 나온 대답이었다.
"진짜에요."
여자는 눈을 가늘게 뜨고 미간을 모은 채 말했다.
"자, 여기 확인요."
민트색 원피스를 입은 여자는 냉큼 오리 곁에 다가가 맨손으로 오리를 집어 들었다.
"으어억!"
놀란 나는 집고 있던 샌드위치를 바닥에 떨어뜨리고 말았다. 철퍽하는 둔한 소리와 함께.
놀란 오리 역시 큰 날갯짓과 함께, 푸드덕하고 박력 있게 여자의 손을 벗어났다.
"까악!"
여자는 오리의 힘찬 날갯짓에 뒤로 까무러쳤다.
"아야!"

눈썹을 찡그리는 여자의 무릎에 피가 맺혔다.

"괜찮아요?"

"조금요."

그 말은 괜찮다는 뜻이었을까. 그렇지 않다는 뜻 이었을까. 무심코 다친 여자의 다리를 바라보았다. 커피색 스타킹이 보기 좋게 뜯겨 있었다.

"잡아줄까요?"

"글쎄요."

이런 식의 대화법이라니. 나는 우선 여자의 손을 잡아끌었다. 참 작고, 마른 보통의 여자다. 매력이 없는 타입정도.

"뭘 그렇게 봐요?"

여자는 심드렁하게 나를 쏘아 보았다. 여자의 세무원단 머리띠가 거슬렸다. 민트색 원피스에 커피색 스타킹 거기에 세무원단 머리띠라니. 부조화의 극치였다.

"저, 초면에 죄송한데, 스타킹 하나만 사다줄래요?"

나는 뜨악한 채 그녀를 바라봤다. 뭐 이런 여자가 다 있지. 초면에 스타킹 심부름이라니.

"나도 아는데, 이런 상태론, 어디든 갈 수가 없잖아요."

여자는 천진하게 웃으며 갈색 가죽 백에서 지갑을 꺼냈다. 나는 하는 수 없이 여자로부터 돈을 건네받았다.

"저, 초면에 미안한데, 핫도그도 하나 부탁해요. 그쪽 샌드위치 먹는 걸 봤더니 배가 고프네?"

멀리서 손을 흔들며 여자가 외쳤다.

"치즈 아니면? 칠리?"

"어느 쪽이든."

형편없는 대답이 이어졌다.

"커피색으로 사왔어요?"

"네. 여기, 핫도그."

"쌩큐."

여자는 작은 손을 모아, 잡동사니들을 받았다.

"있죠. 저 오리, 정말 눈이 없어요."

"네?"

"내가 아까 그쪽이 물건들 사러 갔을 때 확인했어요. 반가워요. 난 사라예요."

갑작스런 자기 소개였다. 이름치곤 '사라다'가 연상되는 꽤 맛있는 이름이긴 했지만.

"난. 이소백."

햇살이 좋은 오후였다. 등나무 꽃의 향기가 좋았다. 대체적으로 푸른 느낌이 드는 풍경이었다. 우리는 간단히 통성명을 한 후, 한동안 말 없이 고요한 수면 위를 바라봤다. 여자는 치즈맛 핫도그를 오물 거렸고 나는 두 다리를 쭉 뻗은 채 눈 없는 오리를 지켜봤다.

"오리……. 분명히 누군가가 괴롭힌 걸 거야."

"아마도."

"끔찍해."

여자는 여전히 반쯤 남은 핫도그를 우물거리면서 말했다.

나는 여자 쪽으로 고개를 돌렸다. 햇빛이 들어서인지 여자 얼굴이 약간은 귀염성 있게 생겼다는 생각이 들었다. 피부가 좋네.

"스타킹, 아무래도 어딘가로 들어가서 해결하는 게 낫겠지?"

"아무래도."

"대답이 뭐 그러니? 스타킹, 핫도그 모두 고마워. 그럼 다음에 또 보자."

여자는 손에 묻은 빵가루를 털어내며 말했다. 괴상한 화법이다. 약속도 안 하고 다음에 또 보자라니.

"응."

그러나 나는 결국, 대답하고 말았다. 어디서 어떻게 또 보자는 거지?

나의 염려와는 다르게, 여자는 며칠도 안 지나서 또 다시 내 앞에 나타났다.

"서프라이즈."

분홍색 쇼트 스커트에 감색 반팔 티셔츠를 입고서.

나는 김밥을 사러가는 중이었다.

"밥 먹으러 가는 중?"

"우리 자주 보게 되네?"

"그런 편인가? 친구 없니? 이런 봄날에 홀로 식사라니."

"시간표를 잘못 짜는 바람에."

"실은 나도 같은 처지. 도대체 우리 학교 시간표 작성, 왜 그런다니?

일류대 명성에 어긋나는 거야. 이거. 그나저나 뭐 먹으러 가는 중?"

"간단히 김밥 정도로 때울 예정이었어."

"으악, 너 정말 최악의 청춘이다. 우리 콩나물국 먹으러 가자. 정말 맛있는데 있거든."

사라는 막무가내로 날 끌고 어디론가 향했다.

"이런 날은 콩나물국을 먹어줘야 해. 여기 그거 되게 잘하거든."

사라가 데리고 온 곳은 전철 다리 아래의 작은 포장마차였다. 낮 동안에 하는 포장마차도 다 있구나. 사라는 넉살좋게 주인아주머니를 이모라고 부르며 콩나물국 두 개를 주문했다. 포장마차에서도 콩나물국을 파는구나.

"맥주도 한잔씩 하자. 달리는 전차 아래에 맥주와 콩나물국, 괜찮은 조합 아니니?"

어깨까지 내려오는 갈색 머리칼을 매만지며 사라가 웃었다.

어딘가 귀여운 구석이 있는 얼굴이라고 생각했다.

주문한 콩나물국이 나왔다. 볕이 내 어깨 반을 감쌌다. 우선 시원한 맥주부터 들이켰다.

"지구 온난화인가? 봄인데 벌써부터 더워."

나는 어쩐지 그녀에게 시덥지 않은 이야기를 하고 싶었다.

"동정 없는 어린 것, 때문이겠지."

사라는 농담 같은 이야기를 하며 깔깔깔 하고 명쾌하게 웃었다. 무슨 말인지 모르겠지만 어쨌든 나도 따라 웃었다. 그녀의 웃음소리가 전철음에 더빙되어 포장마차 위를 지났다.

나는 간단히 두르고 있던 옅은 피치색 카디건을 의자에 걸어 두었다. 빨간색과 초록색 고추로 멋을 낸 맑은 콩나물국에서는 따뜻하고 좋은 냄새가 났다.

아, 따뜻하다.

온전한 봄이 내게도, 찾아 온 것 같은 기분이 들었다.

내 오른편에 앉은 사라는 갈색 머리를 한쪽으로 하고 부지런히 콩나물국을 떠 마셨다. 에머랄드색과 흰색이 불규칙적으로 혼합된 플라스틱 그릇 위에 눈처럼 쌓인 밥 김이 그녀의 주변으로 모락모락 피어올랐다. 여자란 신비한 동물일 수도 있겠다는 생각이 들었다. 머리를 모아 잡고 있는 사라의 왼쪽 팔에 가지런히 돋아 난 솜털이 눈에 들어왔다. 왠지 팔에 난 솜털조차 귀엽게 느껴졌다.

"살피지 말고 먹어."

사라는 그릇째 들고 콩나물국을 마시는 중이었다. 민망해진 나는 괜히 맥주를 들이켰다.

"예쁜 건 알아가지고."

사라는 어깨를 으쓱해했다.

사라는 젓가락을 잡는 손이 어른스러운 감이 있었다.

중간고사를 마치고, 그녀와 데이트를 할 때였다.

"대체된 아이로서의 삶은 어땠을까?"

고흐 전을 보고 왠지 배가 고파진 우리는 시립 미술관 옆 국수집에 들렀다. 가게의 내부는 광택 소재의 검정색 갑판으로 정리되어 있어서 깔끔한 인상을 주었다. 우리는 원목 탁자에 앉아 비빔국수와 냉메밀면을 주문했다.

"대체된 아이라니?"

나는 젓가락으로 야채와 버무려져, 새콤한 향이 나는 비빔국수를 집었다.

"빈센트 반 고흐라는 이름, 원래는 그의 형 이름이래."

꽃 펜던트가 달린 목걸이와 얇은 시폰 블라우스를 입고 있는 사라가 면을 메밀장에 담갔다. 사과며 배, 양파니 간장이 어우러져 깔끔한 맛을 내고 있겠지. 나도 메밀면을 먹을 걸 그랬나, 라고 시시한 후회를 해보았다.

"그래?"

"응. 그래서 자신은 엄마로부터 사랑을 받지 못했다고 생각했대."

"정체성이 모호했겠구나."

"그림이, 자신을 찾기 위한 도구였을지도 모르지. 그러니까 아까 우리가 보고 온 건, 반 고흐라는 이름을 가진 사내의 기워진 정체감 같은 걸지도 몰라."

사라는 왜 그런 말을 했었던 걸까.

"그 사람 과연 행복한 사람일까? 사후의 명성이 다 뭐겠어."

"개똥밭에 굴러도 이승이 낫다 뭐 이런 건가?"

"말하자면 그런 거네."

그녀의 말대로 죽은 뒤의 명성이 다 무슨 소용일까 하는 생각이 들었다.

"불쌍해. 그렇게 예쁜 별밤을 그릴 수 있는 감성을 가진 남자가 자살로 생을 마무리 한다는 건."

그녀는 면을 휘저어 어른스러운 젓가락질로 들어올렸다. 어른이 된다는 것은 남을 헤아릴 수 있는 마음이 생기는 걸까. 나는 그녀의 기다란 손가락을 바라보면서 어쩐지 그런 생각이 들었다.

"있잖아. 상처가 있는 사람들은 가여운 사람들을 좋아 하게 돼. 마치, 내가 구원자가 되어줘야 할 것 같은 기분이 들게 하거든. 반 고흐가 거리의 여자들을 사랑했던 것처럼."

그녀는 아무렇지 않은 표정으로, 간장국을 마셨다.

"아, 맛있어!"

심각한 이야기도 참 밝게 한다. 이 아이.

지하철까지 걸으면서 우리는 이런 저런 이야기를 나누었다. 가족이 몇 명이니, 운전면허는 언제 취득할 예정이냐니, 애완견은 키워 봤냐는 식의 이야기들. 나는 문득 그 아이의 손을 잡고 싶다는 생각이 들었다. 명랑한 아이였다.

집에 돌아와서도 나는 계속해서 사라 생각이 들었다. 아까의 일이 반복해서 생각났다. 가슴에 따뜻한 빵 한 조각이 부풀어 오르는 느낌이 들었다.

계절이 더욱 좋아졌다. 화단에 선홍색 장미와 데이지가 피었다. 핀 꽃들을 사진에 담아서 방 벽에 붙여 두었다. 세상이 이렇게 아름다운 곳이었던가? 나는 사라에게 전화를 걸었다.

"웬일이야?"
"그냥. 저, 그냥 뭐하는지 궁금해서."
박력 있지 못한 응답이었다.
그래도 사라는 다정하게 나의 마음을 헤아려줬다.
"우리 집에 놀러올래?"

사라는 혼자 지내고 있었다. 본가는 학교에서 두 시간 걸리는 곳에 있다고 했다. 나는 지나가는 길에 꺾은 장미 한 송이를 그 아이에게 선물했다.
"자, 여기."
"어머, 예쁘다."
그녀는 머리에 실핀을 두 개 꽂고 있었다. 톡 튀어나온 이마가 귀여웠다. 5월인데도 불구하고 날씨가 초여름 같았다. 사라는 청색 스커트에 레몬색 민소매 티셔츠를 입고 있었다. 나는 손에 난 땀을 바지에 닦았다. 사라가 아이스크림을 가지러 간 사이에 그 아이의 방을 둘러봤다. 핑크색 침대, 하트로 된 러그, 하얀색 책상 위에는 아기자기한 소품들이 진열되어 있었다. 과연 여자 방이라는 느낌이었다. 침대 맞은편에는 하얀색 미니 화장대가 있었다. 화장대에는 화장수니, 로션이니 하는 것들이 널려져 있고 거울에는 무언가 사진이 붙어 있다. 고양이 두 마리.
"뭘 봐?"
"아, 고양이 길러?"

사라가 딸기맛 아이스크림을 들고 나타났다.

"예전에 길렀었어. 집, 이사하기 전에."

사라는 베란다 문을 열고 따라 나오라고 손짓한다. 원룸식 오피스텔에 베란다 딸려 있는 형식의 집이다. 사라는 베란다 난간에 발을 끼우고 앉았다. 나도 따라서 앉았다. 베란다 타일은 파란색과 흰색으로 균일하게 짜여있었다. 밖으로 푸른 도심의 하늘이 펼쳐져 있었다.

사라는 팔을 등 뒤로 해서 바닥 면에 손바닥을 대고 난간에 낀 발을 앞뒤로 흔들고 있었다. 한쪽 손에는 딸기맛 아이스크림이 들려있다. 보기 좋은 모습이다.

"따뜻한 바람은 역시 좋아."

사라는 눈을 감았다. 훈풍으로 그녀의 건조한 머리카락이 흔들렸다. 타일의 차가운 감각도 마음에 들었다. 우리는 이따금씩 말을 보태며 봄을 즐겼다. 봄꽃들이 바람에 향기롭게 흔들렸다.

해가 질 때쯤, 나는 그녀의 집에서 나왔다. 또 다시 볼에 입맞춤 정도는 어떨지 망설여졌다. 하지만 나는 어떤 것도 실천에 옮기지 않았다. 신발이 무겁게 느껴졌다. 사라는 가는 내게 잠깐만, 하더니 향수를 들고 돌아왔다.

"뭐야?"

사라는 대답대신 내 코에 향수를 뿜었다. 달착지근한 사라의 향.

"봄, 선물. 집에 가는 길에도 내 생각하라고."

사라가 장난스럽게 웃었다. 거울에 붙어있던 다정한 고양이 두 마리가 떠오른다. 다음번에는 고양이에 대해서 물어야지.

본격적인 무더위가 기승을 부릴 때 즈음, 우리가 만나는 횟수는 더욱 늘어나게 되었다. 나는 사라에게 이런 면이 있었나, 라든가 사라는 무엇 무엇을 좋아하지, 등의 사라의 세계를 조금씩 알아가고 있다는 느낌이 들었다. 나는 점점 사라를 더 좋아하고 있었다. 그러나 불행히도, 사라는 나와 반대의 길을 걸어가기 시작했다. 냉장고 안에 시들어가는 오이처럼, 나와 함께 할 때의 그 아이 표정도 점점 시들어갔다.

작년, 여름이 끝날 때 즈음에는 우기라도 되는 것처럼 계속해서 비가 내렸다. 그리고 나는 끝내 그녀로부터 이별통보 문자 메시지를 받게 되었다.

"안녕."

어디서부터 잘못 되어진 걸까? 그런 식은 받아들이기 힘들었다. 나는 우산을 들고 밖으로 뛰쳐나갔다. 세상이 온통 먹색이었다. 비정한 바깥의 온도가 느껴졌다. 비가 꽈광 꽈광 망치소리를 내는 것 같이 느껴졌다. 어떻게 하지? 나는 오른발을 힘껏 굴렀다. 카메라 앵글이 나를 따라 어지럽게 돌고 있는 것 같은 느낌이 들었다.

우산을 집어 던졌다. 모든 것이 거추장스럽게 느껴졌다. 빗물이 머리를 적셨다. 먹물처럼 젖은 머리카락이 이마위로 흘러내렸다. 나는 머리를 걷지 않았다. 눈을 감고 심호흡을 했다. 뇌가 울리는 듯하다. 나는, 나는, 이제부터 무엇을 어쩐다 말이지? 핸드폰을 꺼내서 사라의 단축번호를 눌렀다. 받아라. 받아라. 신호음이 울린다. 받아라. 받아라.

받지 않는다.

나는 무작정 지하철을 탔다. 그녀에게 가야만 했다. 젖은 몸이 추위로 오들오들 떨렸다. 몸에서 김이 나는 것 같은 기분이 들 정도였다. 괜찮았다. 지하철 밖으로 비가 내리고 있었다. 꽈광 꽈광 망치 두드리는 소리가 들리는 것 같다.

분노. 나는 분노했다. 그녀의 집 앞에 도착한 나는 다시 그녀에게 전화를 걸었다. 받지 않는다. 그녀의 집 현관문을 두드렸다. 손이 부서질 것 같다. 그래도 괜찮았다. 그녀가 문만 열어 준다면. 그녀가 문을 열어줬을 때의 계획 같은 것은 생각할 겨를이 없었다. 다만 그녀의 얼굴을 봐야겠다는 생각이 들었다.

나의 상황은 절박했다. 그것은 1등급의 논리와 비슷했다. 제발. 나를 염려해 주길 사라. 한참이 지나도 문은 열리지 않았다. 나는 고개를 숙이고 내 발등을 바라봤다. 슬리퍼 아래의 발은 구정물로 찌들어 있었다. 발등 위로 뜨거운 눈물이 떨어졌다. 제길.

"뭐해?"

울고 있는 내 등 뒤로 사라의 목소리가 들렸다. 그녀다!

나는 붉어진 눈동자로 뒤를 돌아보았다. 얇은 실로 짜인 티셔츠를 입은 사라가 보였다. 나를 만나는 동안 길어버린 머리카락과, 어른스러운 손으로 마주잡은 한 남자의 손도.

"누구야?"

나는 남자를 올려보며 그 아이에게 물었다. 짙은 오렌지색 눈썹, 회색빛 눈동자, 외국인?

"알 거 없어."

"왜 내가 알 거 없어?"

"넌, 알 거 없으니까."

"Who is he?"

외국인남자가 사라에게 의아한 표정을 지어 보였다.

"Oh, who am I? I'm a man that she has met for some months."

"You mean, you were a boyfriend of her?"

"F u c k!"

그래, 이 멍청한 작자야. 분위기상 모르겠어? 당신은 어디서 굴러먹던 작자냐, 꺼져라. 마음속에 할 말이 넘쳤지만 영어로는 어떤 말도 할 수가 없었다. 내 자신이 한심했다. 제길. 하필이면 이런 날, 꼬질꼬질한 발가락이라니.

"도대체 왜⋯⋯."

나는 고개를 숙였다. 뜨거운 눈물방울들이 더러운 발등에 겹겹이 흩어졌다.

"왜냐고? 간단해 이 사람은, 내가 구원해 줘야 할 것 같은 기분이 들게 하거든."

사라는 내 어깨를 두 손가락으로 밀어내면서 말했다.

"Come in."

둘은 안으로 들어가 버렸고 나는 혼자 남아서 고개를 숙인 채 눈물을 흘렸다.

왜 나에게 이렇게 모질게 구는 거야 나는, 사랑 받아 마땅한 사람인데.

몇 분이 흘렀을까, 사라가 현관문을 다시 열었다. 나는 뭔가, 기회가 남아 있는 것은 아닐까 기대에 차서 그녀를 바라봤다. 사라는 문 사이로 얼굴만 내밀고는 자신의 쪽으로 다가 오라는 손짓을 했다. 이런 식은 자존심이 상했지만, 나는 잠자코 그녀의 쪽으로 다가갔다.

사라에게서는 달콤한 향기가 났다. 내가 다가가자 그녀는 내게 좀 더 다가오라는 듯 긴 손짓을 했다. 나는 용기를 내서 그녀에게 좀 더 다가갔다. 그녀는 피식 웃는 것 같이 보였다. 그러더니 내 귀를 자기 쪽으로 바짝 붙이고는,

"야~ 옹."

이라고 말했다. 야옹.

야옹. 복도 끝 창문 바깥에서는 어두운 비가 더욱 거세게 몰아치기 시작했다. 나는 얼떨떨하게 얼어 그녀가 했던 말을 곱씹어 보면서 그 자리에 서 있었다. 그 사이에 그녀는 사진 한 장을 문 밖으로 휙 던지고는 매정히 출입문을 닫았다.

나는 허리를 숙여 바닥에 널 부러져 있는 사진을 집었다. 떨어진 사진 뒷면에는 '다정한 헬레나와 야곱'이라고 적혀 있었다. 다정한 헬레나와 야곱, 헬레나 어디서 많이 들어본 이름인 것 같은데.

나는 황급히 사진을 뒤집어 보았다. 다정하게 보이는 고양이 두 마리. 밝은 황색과 흰색 검정이 어우러진 얼룩고양이 옆에 투실 투실하게 살 오른 회색 고양이가 보였다. 회색 고양이. 헬레나. 그제야 나는 우리 집에서 짧은 생을 다한 고양이 이름이 헬레나였던 것을 기억해

냈다.

버림받는다는 것이 그런 것이었니, 헬레나야? 나로부터 영문도 모른 채 쫓겨나 방문을 두드리던 헬레나의 영상이 떠올랐다. 여전히 비는 망치소리를 내면서 떨어지고 있었다.

나는 한 손에 고양이 두 마리 사진을 들고, 꼬질꼬질한 발가락을 디뎌 집으로 향했다. 밖은 어두워졌고 오른손에 들린 사진은 축축하게 젖어갔다. 그리고 나는, 더 이상, 울 수 없었다.

어느새 날씨가 선선해졌다. 집 근처의 초등학교에서는 운동회 준비가 한창이어서, 밝고 어린이 풍의 노래가 온 동네에 계속되고 있었다. '영차영차, 힘을 쓰자, 힘차게 줄을 당기자'와 같은 노래를 듣고 있자면 왠지 내가 무척 건전한 사람이 되는 기분이었다. 저쪽 운동장에서 귀엽고 아기자기한 꼬마들이 노란색 운동복을 입고 깔깔깔 하고 웃고 있는 상상을 해보기도 했다. 그날은 수업이 없는 금요일이었고, 가을의 하늘은 맑아서 나는 어디론가 산보를 하고 싶은 마음이 들었다.

나는 주방 식탁 위의 파란색 풋사과 한 개를 들고 거리를 나섰다. 온몸을 훑는 바람은 청량했다. 깨끗하게 세탁된 하얀 운동화의 촉감도 좋아서 나는 아삭, 하고 사과를 한입 베어 물었다. 어디를 가면 좋을까, 잠시 망설이다가 나는 초등학교에서 울려 퍼지는 건전한 노랫소리에 마음이 동해 오래간만에 초등학교 구경에 나섰다.

거리를 걷는 내내 나는 사과를 우물거렸다. 단단한 알맹이가 조각조각 입 안에서 부서졌다. 커다란 가로등이 있는 우리 집 골목을 돌아, 나는 집 근처의 초등학교로 길을 나섰다. 아스팔트 위를 비집고 핀 들꽃들이 바람에 너울거렸다. 저렇게 예쁜 꽃들에게 이름이 없는 것은 애석한 일이라고 생각해보면서, 사과를 또 한입 베어 물었다.

노랫소리가 점점 가까이서 들려왔다. 초록색 비닐로 덮여진 철조망 사이로 초등학생 한 무더기가 보였다. 예상했던 노란색 운동복은 아니었지만, 에메랄드 녹색에 팔 부위만 흰색과 검정색으로 디자인 된 세련된 운동복을 입은 어린 아이들이 노래에 따라서 명랑하게 안무 연습을 하고 있었다.

나는 다 먹은 사과 알맹이를 철조망 위에 올려두고는 철조망 사이로 손가락을 끼운 체, 고개를 숙여 아이들을 바라보았다. 차가운 바람이 머리칼을 흔들었다. 나는 운동장에서 울려 퍼지는 노래를 따라 고개를 끄덕이며 추억에 잠겼다. 돗자리를 깔고 먹었던 김밥이니 치킨의 맛을 떠올리기도 하고, 팔 위의 판박이 문신이며 달리기 일등 도장 같은 것을 생각해 보기도 했다.

그러다 문득 아직도 그런 것들을 파는지 궁금해져, 음료수도 마실 겸 학교 앞 문구점에 들렀다. 마침 합판에 페인트로 '지혜 문구사'라고 적혀있는 가게가 보였다. 여덟, 아홉 살 정도로 보이는 꼬마 녀석이 소형 오락기 앞에서 요란한 소리를 내며 버튼을 두드리고 있는 모습이 눈에 들어왔다. 주인아주머니는 가게 안으로 연결되는 방문턱에 기대 졸고 있었다.

여전하네 라고 생각하면서 나는 가게 안을 둘러보았다. 나무 마루에 장판을 깔아 만든 전시대 위에는 변함없이 색색의 불량식품이 놓여있었다. 과일 향에 특유의 톡톡 튀는 맛 때문에 좋아했던 피처며, 구운 옥수수맛이 나는 그 이름 논두렁, 콜라맛 제리에, 하트 모양 플라스틱 용기에 담긴 크림맛 초콜릿까지! 모든 것이 여전했다. 세상이 이렇게나 변했는데도 말이다.

나는 어린 시절, 석유난로에 구워먹던 쫀득이를 떠올리며 옛 추억에 젖어 양손 가득 불량식품을 담고 있었다. 그때, 아까 가게 앞에서 오락을 하던 아이가 몰래 들어와 냉동고에서 아이스크림을 훔쳐가는 모습을 목격하고 말았다. 그 아이는 내가 못봤다고 생각했는지 자연스럽게 아이스크림을 꺼냈다. 그러나 나는 아이의 모든 행동을 아이스크림 통 반대편의 음료수 냉장고 유리문을 통해 지켜보았다.

어떻게 해야 할까. 나는 잠시 망설여졌다. 내가 상관할 바 아니잖아, 하는 어줍잖은 이기적인 마음이 들기도 했지만 나는 헬레나에게 진 빚도 있었고, 목격할 때마다 느껴야 하는 죄책감의 무게 따위를 더는 지고 싶지 않아졌다. 나는 성인이고, 아이들이 올바르게 자라기 위한 책임감이랄까 의무감이랄까 하는 것들이 조금은 있으니까. 나는 들고 있던 불량식품을 제자리에 다시 두고, 아이를 따라 나섰다.

"얘, 꼬마야."

나는 그 어린 아이에게 위협감을 주지 않기 위해서, 사분히 걸어가 조심스럽게 아이의 어깨를 잡았다.

신이 나서 아이스크림을 먹고 있던 어린아이가 눈을 동그랗게 뜨고 뒤를 돌아보았다. 나는 무릎을 굽혀 아이와 눈높이를 맞추며 말했다.

"이거."

"네?"

"네가 아이스크림 값을 내고 가는 걸 잊은 것 같아서."

나는 아이의 머리를 부스스하게 비벼주며 말했다. 아이의 얼굴이 붉어졌다.

"저, 실은 돈이 없는데…… 아이스크림이 너무 먹고 싶어서 그런데 아줌마가 자고 있으니까 아까 게임을 했는데 삼판 다져서 목이 마른

데, 돈이 없고……."

아이는 입에서 아이스크림 국물이 흐르는지도 모르고 울먹거리며 말했다.

"아이스크림을 먹고 싶은 건 이해하지만, 남의 물건을 허락 없이 가져가면 안 되는 거야. 그럴 땐 꾹 참고 백 번까지 숫자를 세면서 집에 걸어간 다음에 엄마한테 말씀드리고 사 먹어야 해?"

"네. 잘못했습니다."

아이는 입을 삐쭉삐쭉거렸다.

"저 이거."

아이는 한참을 망설이더니 다 녹아서 흐물거리는 아이스크림을 내게 건네었다. 얼마나 먹고 싶었으면 그 커다란 눈에는 눈물이 그렁그렁 했다. 나는 그게 귀여워서,

"다음부터는 그러지 마. 이건 형이 사줄게. 대신 내일 여기 와서 아주머니에게 죄송하다고 말씀드려야 해? 약속!"

아이는 그제야 해맑게 웃더니 아이스크림이 녹아 끈적해진 자신의 새끼손가락을 나에게 걸어 주었다.

학교에서는 여전히 밝은 어린이 풍 노래가 흘러나오고 있었다. 나는 카드를 주머니에 넣어 두고 다시 지혜 문구사에 들어갔다. 아주머니는 여전히 잠에 곯아 떨어져 있었다. 뒷주머니에서 지갑을 꺼내 천 원짜리 한 장을 계산대 위에 올려 두고 돌아왔다.

어느덧, 시간은 겨울을 향했다. 장롱에 묵혀두었던 스웨터를 꺼내입었다. 날이 제법 쌀쌀해져서 길가에는 벌써부터 붕어빵가게가 들어섰다. 건강한 노동(그 무렵 나는 한 중학생의 수학과 영어 개인 교습을 맡고 있었

다.) 후의, 발걸음은 가벼웠다.

집에 도착하면 샤워 후에, 보리차를 마시며 도스토예프스키의 『죄와 벌』을 마저 읽어야지.

집에 돌아오자, 동생과 엄마가 현관까지 마중을 나왔다. 웬일이지?

"왔어, 형?"

태백이가 붕어빵 봉투를 받아들었다. 응, 나는 짧게 대답하고 어깨에 맨 검정색 가방을 바닥에 내려두었다.

"왜 아직까지 안자고?"

"형, 입영통지서 왔대."

태백이가 시무룩하게 대답했다. 엄마는 팔을 낀 채 나의 표정을 살폈다.

입영이라. 아직은 생소하기만한 단어의 울림이었다. 누구나 다 가는 것이긴 하지만, 괜히 시무룩해져버렸다. 사라가 떠오른다. 샤워도 뭐도 하기 싫어졌다. 앞으로 22일, 무슨 사형선고라도 받은 것 같은 기분이 들었다.

인생의 터닝 포인트.

성찬이의 말을 빌자면, 나는 진정한 남자로 거듭 날 수 있는 인생의 전환점을 맞이했다는 것이다.

"너, 그동안 너무 공부만 했어."

심각한 얼굴로 성찬이가 나에게 그랬다.

"꼭 이래야만 하나?"

나는 붉은빛 조명이 길가 전체에 들러붙어 있는 듯한 길 한가운데에 서 있었다. 낡은 건물들이 죽 늘어져 있고, 건물 유리창 안으로는 여자들이 마네킹처럼 의자에 앉아있었다.

"한 명만 골라."

성찬이가 내 옆구리를 찌르며 말했다.

"가볍게 생각해. 어차피 여기에 여자를 만나러 오는 건 아니니까."

나는 자의반 타의반으로 복도 끝에 있는 방 한 칸으로 떠밀려 들어갔다.

"키스는 하지 마. 몸 파는 여자의 불문율이란다. 키스는 사랑하는 사람하고만 하는게……."

성찬이가 당부랍시고, 내게 말했다. 방에서는 약간의 술 냄새와 여자의 농염한 분내가 뒤덮여 오묘한 냄새가 났다. 잘 한 걸까, 싶으면서도 조금은 마음이 들떠서, 여자가 있는 쪽으로 고개를 돌렸다.

"어서 와."

커트머리를 한 여자가 침대 머리맡에 앉아서 웃고 있는 모습이 보였다.

"네."

"후후후, 귀여워라. 이런데 처음이니?"

"아, 아니요."

처음이었다. 그렇지만 성찬이가,

"등신같이 처음이라고 하지 마! 여자가 얕보니까."

한 말이 떠올라, 그냥 그렇게 말해버렸다. 하지만 이 여자 분명히 알고 있었겠지.

"남자들은 왜 이렇게까지 하려고 드는 걸까?"

여자는 내가 입고 있던 재킷을 능숙히 벗겼다.

여자의 새하얀 종아리와 발이 차례로 눈에 들어왔다. 발에는 빨간색 페티큐어가 꼼꼼하게 발라져 있었다. 가까이 다가온 여자의 입에서는 박하향이 섞인 담배향이 났다.

"애인 사귀어 봤어?"

여자는 잠자코 있는 내 허벅지 위에 손을 올렸다.

"네. 아마도."

"깔깔, 재미있는 화법인데? 그 말은 사귀어 봤다는 말이니?"

여자가 웃었다. 참 예쁘게 생긴 여자라고 생각했다. 덕분에 사라가 떠올랐다. 눈이 없던 오리와 그녀의 집 뒷마당의 장미도 함께.

"있지. 소중한 것을 지키는 건, 너무나 어려운 일이야."

"네. 아마도요."

"호호, 대답이 너무 한결 같은 거 아니니, 너?"

여자는 입술을 도톰하게 오므려서 웃었다. 이런 곳에 어울리지 않는 사람이다.

"바다 년의 저주이든 뭐든, 헤쳐 나가야 하는 문제 앞에 서 있는 건 바로 우리잖니. 억울해도, 우리가 바꿔 나가야 하는 거야."

"무엇을요?"

"네 문제. 드디어 누군가를 이해하는 법을 배웠는데, 사랑도 멋지게 해 봐야 하는 거잖아."

여자는 내 곁에 더 바짝 다가와 양팔로 나를 안아 주었다.

"이 정도로만 해두자."

여자는 내 등을 쓰다듬어 주었다. 따뜻한 손이다. 잠이 쏟아져 왔다. 나는 한동안 삐걱거리는 침대에 누워 여자의 분 냄새를 맡으며 잠에 들었다. 자는 내내 여자는 내 옆에 누워 내 등과 머리, 볼을 쓰다듬어 주었다. 사라가 보고 싶었다. 눈물이 나올 것 같이 코끝이 시렸다.

잠에서 깨어난 후, 나는 무언가 하얀 두부가 되어버린 느낌이 들었다. 헬레나도, 사라도, 1등급도 내 머릿속에서 사라져버린 것 같은 기분이었다. 몽롱하긴 했지만, 그것은 그런대로좋은 느낌이었다.

여자는 싱긋 웃으며,

"잘 잤니?"

하고 물어 주었다. 얇은 민소매 티셔츠 사이로 여자의 가슴이 반쯤 드러나 보였다. 아름다웠지만 별다른 느낌은 들지 않는다.

"오늘, 잊지 마. 군대는 좋은 경험이 될 거야. 분명히."

여자는 방을 나가는 내게 그랬다.

"참, 동생에게도 고마웠다고 꼭 좀 전해줘."

인사를 하고 방문을 닫으려는 찰나, 저쪽에서 여자의 목소리가 들려왔다. 나는 무슨 말인가 싶어서 뒤를 돌아보았지만 침대에 누군가 앉았던 흔적만 있을 뿐, 여자는 보이지 않았다. ⋖𝓫⋗

그것은
사랑이었네